羕は、平民の私を
お好きのようです

琴莉
Kotori Hinano

イラスト：藤 未都也
Mitsuya Fuji

TOブックス

イラスト：藤 未都也
デザイン：伸童舎

＋＋＋第一部＋＋＋

「悠斗《ゆうと》……！」

シューッと電車の扉が開いて、私は急いで飛び出た。

思わず声をかけてしまったが、彼は振り返らない。

すごく似ていたけど、きっと人違いだ。

人の波が押し寄せてきて、私はバランスを崩《くず》して倒れそうになる。

ハッとして歩き出した。

ねえ、悠斗。

元気にしていますか？

こちらは、だんだんと冷え込んできて、木枯《こが》らしが吹いてきたよ。

ベージュのニットのアンサンブルに膝《ひざ》下丈のチャコールグレーのスカート、さらにはコートを羽《は》織《お》らないといけない季節になっちゃった。

ミニスカートばかり穿《は》いていた私しか知らない悠斗は、こんな落ち着いた格好《かっこう》を見たら笑うでしょうね。

『お前、どうしたの？　その格好』って。

でも、きっと、頭をポンポンと撫《な》でて、綺麗《きれい》な瞳を向けてさり気《げ》なく甘いセリフを言うの。

『大人っぽくて、いいよ。あ、お前がいいんじゃなくて、服装が』って。

そして、私は頬《ほほ》を膨《ふく》らませる。

今年はすごく冷え込むから、東京にも雪が降るかもしれないよ。

悠斗とお別れした日は雪が降っていたよね。

北海道は、今日も冷え込んでいますか？

寒い季節になると、ついつい悠斗と過ごした日々を思い出しちゃうんだ。

悠斗、会いたいよ。ものすごく、会いたい。

せめて、声を聞くだけでもいい。

元気に過ごせているのかそれだけでも知りたいよ。

ねえ、悠斗……。

「あぁ、またやってしまった」

悠斗と離れ離れになってから、心に悠斗を思い浮かべて、悠斗に話しかけてしまう。

何年過ぎても、悠斗は私の心から消えてくれない。

私にとって彼は大事な人だった。

まだまだあの頃は子供だったけど、私は悠斗のことが大好きだった。

寒い札幌《さっぽろ》で全身が熱くなるほど、悠斗に恋をした。

叶わぬ恋だと知っていながら、一生懸命、悠斗を想い、悠斗の笑顔が見たくて頑張《がんば》った。

悠斗が笑ってくれるなら、なんだって、できる気がしたの。

今、私は二十六歳になって、真面目に事務員として働いている。

本来、出会うべき二人ではなかったのだから、今が自然の形。

そうだとわかっていても、やはり胸の奥にある塊《かたまり》はいまだに私を苦しませる。
時が流れようと、純粋にあなたのことが大好きです。
報《むく》われなくても、ずっとずっとずっと——。
ずーっと、ずっと愛しています。

——月のようなキミ。
月のような柔らかい光で、僕を包み込んでくれた。
僕とキミは、出会う運命じゃなかったのかもしれない。
こうして、会えないでいるのが自然なのかもね。
だけれども。
今宵《こよい》も月を眺《なが》め、キミを想い続けています。
キミに不幸が訪れませんように……。
キミが試練に負けませんように……。

第一章　大豪邸《ごうてい》の中での秘密

私、佐竹《さたけ》千華《ちか》、高校三年生。

四月で十八歳になったばかりだ。

ごく普通な女子高生で特に特徴もなく、太りすぎず、痩《や》せすぎずな感じ。

身長は低め。もう少し高くなりたい。チビ扱いされるから。

髪は茶系に染めていてセミロングヘアーを二つにゆるく結んでいる。

受験までには黒く戻さなければいけない。

奥二重で腫《は》れぼったい目はまつ毛をビューラーでくるっと巻いて、大きく見せていた。

白いブラウスに小豆《あずき》色のチェックのリボンと、紺色のスカートの制服でいることが多い。もちろん、足が長く見えるように超ミニスカートにしている。

「はぁ、終わった……。まじ、疲れた」

塾を終えた私は、愚痴《ぐち》をつぶやきながら鞄《かばん》にテキストを詰める。

教室内は疲れた生徒らが、どんよりとした空気感を作り出していた。

その雰囲気が重たくて嫌で誰よりも早く教室から逃げる。

廊下《ろうか》を早足で歩き、エレベーターに乗り、階数ボタンを押して欠伸《あくび》をした。

学校で勉強をしてさらには塾に行く。

そこまでする必要はあるの？

勉強なんてしなくても大人にはなれると思う。

小さなため息をつくとエレベーターは一階に到着した。

正面玄関を出たら空気がまだ暖かかった。

今年は、ゴールデンウィークを終えたばかりだが、例年よりも温度が高い。

札幌も、毎年気温が上昇している気がする。

友達はまだ出てきていないので花壇《かだん》に腰をかけて待つ。

受験を控えているのに危機感なし。べつに大学に入らなくてもいい。

早く働いて実家から出たいのが希望だけど父親は許してくれず、志望校を決めかねている。

生徒らが玄関から出て、挨拶《あいさつ》をして散っていくのをぼんやり眺めていた。

ここは札幌駅からすぐ近くにあるビルだ。

外はもう真っ暗だが、人通りはまだまだある時間帯である。

仕事帰りのサラリーマンやＯＬさんが、疲れきった顔をしながら通り過ぎていく。

大人になることへの絶望感が全身を駆《か》け巡《めぐ》る。

どうして大人は、あんなにくたびれた顔をしているのかな。

人生で起こるすべての出来事には、意味があるとかよく聞くけど理解ができない。

なにが楽しくてあの人たちは生きているのだろう。

人生って、つまんない。

誰かを好きになったこともないし、家庭環境は最悪だし、希望なんて言葉は儚《はかな》いような気がしていた。

あのポエムサイトに出会うまでは、生きることすらも無意味だと思っていたのだ。

親友の相賀《あいが》澪《みお》と満田《みつだ》ヒカリがやってきて、私の隣《となり》に腰をかける。

「遅くなってごめーん。まじ、暑いんですけど！」

澪がパタパタと手で顔を扇《あお》ぎながら言う。

「アイス食べたーい」

ヒカリが続いてだるそうにつぶやいた。

花壇の花達はいつも、女子高生の文句を聞いていてうんざりしているに違いない。無駄に声が大きいウチらは仲よし……いや、悪友《あくゆう》三人組？

学校も塾も同じで四六時中《しろくじちゅう》一緒にいる。

どうでもいい話ばかりをしているけど、それが楽しい。

澪の容姿《ようし》は、いかにもギャルって感じ。茶色のセミロングの毛はいつも綺麗にカールされていて、バッサバサのつけまつ毛がトレードマーク。女の子らしい高い声で萌《も》え発言をすることがある。

ヒカリは、黒のサラサラストレートロングヘアーで切れ長の目。身長が高く、年齢よりも大人っぽく見える。アジアのモデルさんのように美人だ。

二人ともキスをしたことがあるらしい。

私はまだファーストキスすらしたことがないが、恥《は》ずかしくて経験済みと嘘《うそ》をついている。親友にも本当のことを言えない、私は弱虫だ。

「担任がさ、お前アピールポイントないから、ボランティアでもやれと言うの。失礼だと思わない？」

私がムッとしながら告げたら、澪とヒカリがありえないというふうに笑う。

「めっちゃ、失礼じゃない？」

澪が頬を膨らませると、ヒカリがかったるそうに首を回す。

「遊ぶ時間、なくなっちゃうじゃん。それよりもお金ほしいよね！」

「うちの学校バイト禁止だし。隠れて働くとか？」

澪とヒカリの会話を聞いて私は、頷《うなず》く。

家庭が大変など事情がある場合、学校に申請《しんせい》して認められたらバイトできるが、基本的には禁止されている。

お金をもらえないのに、ボランティア？

時間と体力を使うなんて、かなり無駄なことのように思えた。

三人でペチャクチャ話していると、スーツをビシッと着た初老の男性が近づいてきた。身なりはちゃんとしているけど、怪しすぎる。

「あ、あの……」

おそるおそる話しかけてきたので、私達は警戒《けいかい》しながら視線を向けた。

困ったことでもあるのかな。道を聞きたいとか？

「なにか？」

立ち上がるヒカリの後ろに、私と澪が隠れて様子を窺《うかが》う。

おじいちゃんはビクビクしながら、震える手で名刺《めいし》を差し出してくる。

受け取ったヒカリの名刺には『草野《くさの》』と書かれている。

「ボランティアを……、そ、その、されたいとお話をしておりましたので……」

「援助《えんじょ》交際したいの？　おじいちゃん」

ヒカリがピシャっと言い放つと、草野さんは顔を真っ赤にして手をブンブンと振りながら否定する。

「違います！　決して、そんなことじゃなくて……！」

「じゃあ、なんなの？」

ヒカリは怯《ひる》むことなく彼を攻め込んでいく。さすがだ。

「週に三回ほどで、一度に一万円お支払いします。一時間程度でいいです。やましいことはないです。人助けしませんか？」

「はあ？」

怪しい。

変態って本当にいるんだ。援助交際なんて自分の人生には関係ないものだと思っていた。

関わらないほうがいいと思って逃げようとした私がチラッと草野さんを見ると、若干《じゃっかん》震えている。

「興味がおありでしたら、ご連絡ください」

礼儀正しく頭を下げて、草野さんがその場を去っていく。

初老の男性の姿が完全に見えなくなり、私達は目を合わせて笑い合う。

「ウケる、はい、千華にあげる」

ヒカリが、名刺を私に渡してきたので、全力で拒否をする。

「な、なんで私に渡すのよ！」

「人助けって千華にはピッタリじゃん。面接の時にアピールポイントになるからボランティアでもしろって担任に言われたんでしょ？　だったら千華がやってみたら？　あげる」

私は、反射的に受け取ってしまうが困惑《こんわく》する。

「たしかに言われたけど……。こ、困るって……！」

「じゃあ、帰ろう」

「え、ちょっと……待ってよ！」

ヒカリが逃げるように走りだすと、澪も続く。

札幌駅から一駅のところに住んでいて、自転車で塾まで通っている。

自転車置き場に到着して鍵を解除して、それぞれ自宅に戻った。

◆

次の日。

昼休みになり、私は姉が作ってくれたお弁当を机に置く。

教室内はそれぞれが仲よしグループで集まって、机をくっつけて持参したお弁当を食べる。

窓際で大人しく読書をしている子や、さっさと食べて体育館に行く男子など思い思いに昼休みを満喫《まんきつ》していた。

「草野、まじキモかったよね」

澪がピンク色のヒョウ柄のお弁当箱を突《つつ》きながらヒカリに視線を送った。

「あのおじいちゃん、本気で援助交際目的なのかな？」

ヒカリが購買《こうばい》で手に入れてきたパンをかじりながら言う。

「妙に切羽《せっぱ》詰まっていた気がしたんだよね。本当に人を助けたいのかもしれない。どう思う、千華?」

ヒカリと目が合うとニヤリと笑っている。何か企《たくら》んでいそうな表情だった。

「わかんないけど、悪い人ではなさそう」

「じゃあ行ってみれば?」

「無理!」

「千華が適任《てきにん》だと思う! 千華って根がやさしい子だし、ボランティアとか向いてそうだし」

澪まで私に勧《すす》めてくるので、断りきれず困ってしまった。

草野さんがくれた名刺には、彼の名前と電話番号しか記載《きさい》されていないので、情報が少なすぎる。

ボランティアなんて私にはできる気がしないけれど、父親がくれる一万円のお小遣いの中からスマホの料金を払っているし、お金なんてすぐになくなる。

自由になるお金がとにかくほしい。服とか、アクセサリーとか、雑貨とか、買いたい物がいっぱいあるけど、簡単にお金をもらえないことくらいわかっている。

「とりあえず、どんな話か聞いてみてよ」

ヒカリか澪が行けばいいのにと内心思うけど、私は友達に対しても自分の意見をあまり言えない。自分の考えていることを伝えて空気が悪くなるのが怖いのだ。

苦笑いをしてごまかす。

澪が閃《ひらめ》いたように身を乗り出した。

「じゃあ、三人で行かない？」

「賛成！」

ヒカリが手をピンと上げて二人で私を見つめてくる。こうなるともう断れない。

「わ、わかったよ。三人で行こうね。ドタキャンとかなしだよ」

私は、ついつい同意してしまった。

無理にお願いされると嫌と言えない性格を変えたい。だからお人好《よ》しって言われてしまうのだ。

話を聞いてみるだけ。それなら、きっと大丈夫。澪もヒカリもいるし、危なければ逃げたらいい。


放課後になり生徒が下校する中、私達は教室に残っていた。なぜか私があの怪しいおじいちゃんに連絡する係になり、名刺を見つめながら電話番号を押す。多数決を取ったらすぐに澪とヒカリが仲間になってしまう。何をするにもワンテンポ遅れているんだよなぁ、私。

数コール数えて切ろうとした時、電話に出てくれた。

『はい、草野でございます』

「あ、あのう、昨日の夜、札幌駅近くで名刺をもらった者ですが……」

『あ、あぁ！　わざわざご連絡くださりありがとうございます』

期待に満ちた明るい声が聞こえてくる。まだ深く話していないが援助交際目的には聞こえない。

「ボランティアとのお話だったので、どんなものか気になりまして電話しました」

『ありがとうございます。一度お会いしてご説明させていただきたいのですがいかがでしょうか？』

「そ、そうですね。土曜日であれば時間が取れると思います」

澪とヒカリに目配せをすると、二人は頷いている。

『かしこまりました。では、次の土曜日は空いておりますか？』

「はい、大丈夫です」

『では、札幌駅の西口近くにあるシャラシャラという喫茶店《きっさてん》で、十一時に待ち合わせはいかがでしょうか？』

「わかりました。よろしくお願いします」

『ご連絡、本当にありがとうございました。よろしくお願いいたします』

ずっと年下の小娘に対して、草野さんは丁寧《ていねい》な対応をしてくれた。

電話を切ると心臓がドキドキしている。

「土曜日、楽しみだね」

「うん！」

澪とヒカリが頷き合っているのを私はなんとなく同意できずに見ていた。

◆

あっという間に約束の土曜日になり、私は朝から緊張していた。

何を着ていこうか悩んだが無難《ぶなん》に制服がいいだろう。

着替えて約束の場所へと向かうため家を出た。

日差しの強い太陽にうんざりしながら、歩いていく。

その途中、澪とヒカリから立て続けに『行けない』とメッセージが入った。

ドタキャンするなんて酷《ひど》い。ものすごく裏切られたような気持ちになる。

二人は裏で口合わせをしていて、はじめから来るつもりがなかったのかもしれない。まんまと友人にはめられてしまった。

私も草野さんと会うのをやめようかと迷ったけれど、ドタキャンの嫌な気持ちをたった今経験した直後だ。

同じことを人にするべきじゃないと留《とど》まる。

出しかけたスマホを鞄の中にしまった。

仕方がない。一人で行くしかないか。

喫茶店に到着して窓から店内を覗《のぞ》く。草野さんが背筋を伸ばしてじっと真っ直《す》ぐ前を見て座っていた。すごく真面目そうな初老の男性だ。

まだ明るい時間だし、二人きりではない。

怪しければすぐに逃げて助けを求めればいい。

自分なりに作戦を立てて、喫茶店へと入った。店内は薄暗くて小さな音でクラシックが流れていた。背の低い白いテーブルと赤いビロードのソファーが設置してある。黄色い傘《かさ》のランプが置いてあり、タバコとコーヒーの香りが染みついている。こういうレトロなところは嫌いじゃない。

草野さんの目の前に行き私は深呼吸をした。

私の存在に気がついた彼が、ハッとして立ち上がり深々とお辞儀《じぎ》をしてくれた。

「わざわざ来てくださり、ありがとうございます」

「いっ、いえっ」

とても、丁寧な挨拶に思わず恐縮してしまう。かなり低姿勢で、子供の私に対しても大人のように接してくれる。

「どうぞおかけください」

「失礼します」

まるで面接みたいだと心の中で思いつつ、椅子《いす》に腰をかけた。

私はオレンジジュースを注文してから草野さんを見つめる。

草野さんって何歳くらいだろう。髪の毛は短く切りそろえられていて清潔感があるが、明るいところで見るとかなり白髪《しらが》が混じっている。父親よりも上っぽい。六十五歳くらいかな。

「あまりお時間を取らせては申し訳ないので早速《さっそく》ご説明させていただきます。札幌駅のすぐ近くに大きな一軒家があるのはご存知ですか？」

草野さんがすぐ本題《ほんだい》に入ったので、私は慌てて意識を集中させた。

「あぁ、はい」

全国にビルを持つ蒼井《あおい》コーポレーションの社長の家だと聞いたことがあった。

蒼井コーポレーションに関係しているボランティアってすごい。私のテンションが上がりだす。

なんだ、危ない感じのボランティアではなさそうだと肩の力が抜けた。

おじいちゃんの話し相手とか？　家の草むしりとか？　ペットのお世話とか？　自分にできそうなことであれば、チャレンジしてみたいと思ってしまう。

「ご存知《ぞんじ》でしたか。安心しました」

微《かす》かに笑みを浮かべた草野さんだが、すぐに深刻そうな表情になり静かに話しだす。

「坊ちゃんがいるんです。事故で不自由になり人の介護《かいご》が必要になってしまいました」

「介護？　それなら、ヘルパーさんとか福祉《ふくし》の専門の方に頼むべきではないですか？」

「相性というものもあるので……」

それ以上、詳しいことを言わない。私はキョトンとして草野さんを見つめる。

介護なんてしたことがないから、想像がつかない。専門的な知識がなくてもできるのだろうか。

「相性ですか。たしかに人と人ですからね。でも、介護って私なんかにできるでしょうか？　怪我《けが》をさせてしまったら困りますし」

「お散歩……をさせてあげたいのですが……」

「そんなんで、いいんですか？」

拍子《ひょうし》抜けした私は笑顔になって身を乗り出した。

「どうしますか？　会って決めますか？　初回のみでもお支払いはいたします」

よっぽど気難しい人なのだろうか。お金持ちだから、超、ワガママだとか？　まぁ、会うだけ会ってみるか。お金がもらえるみたいだし、私は気軽な気持ちで頷いた。

「いいですよ。暇《ひま》なんで、今からでも」

「ほ、本当ですか。では、ぜひともよろしくお願いいたします」

話が一気に進みその足で蒼井家にお邪魔することになった。


蒼井コーポレーションのお坊っちゃんが、住んでいる場所は札幌の一等地。

観光施設か国の所有物なのかと思わせるほどの立派な外観で、家と周りを囲む樹木がある。

外国人観光客が観光施設と間違って写真を撮っているのを見たことがあった。

この門の中に入ることが、地元の人達の憧《あこが》れだったりする。

庭には小川が流れているという噂があった。

野生のリスも住んでいるらしい。そんな話を聞くとさすが北海道だと思ってしまう。

敷地に足を踏《ふ》み入れるなんてめったにないチャンスだから、私は楽しもうと思っていた。

草野さんが重そうな門の扉を開く。

「どうぞ」

「お邪魔します」

ワクワクしながら歩みを進めていくと、綺麗に手入れされている植物が出迎えてくれた。噂通り小さな川が流れている。青々したと木々が太陽の光を遮《さえぎ》り、涼しい。まるで避暑地《ひしょち》みたいだ。予想以上に素敵な場所だったので、私のテンションは上がっていた。

「旦那様は、こちらにはほとんど帰られません。奥様とお坊ちゃまが住んでいらっしゃいます」

説明を聞きながら歩くが、門をくぐり抜けてから玄関までの距離が長い。

「このお庭は四季折々で表情を変えてとても美しいのです。庭師さんが愛情を込めて手入れしてくださっています」

「そうなんですか。さすがお金持ちって感じですね」

私の言葉に草野さんは否定することなく微笑《ほほえ》んだ。

やっと建物に辿り着き、玄関の扉を草野さんが開けてくれた。

「どうぞ」

「お邪魔《じゃま》します」

おそるおそる足を踏み入れると、広い玄関ホールが私を出迎えた。

「すっごい……」

思わず声が出てしまう。

「いらっしゃいませ」

家政婦《かせいふ》さんが満面の笑みで出迎えるのだ。なんなの、この異空間は！

お嬢《じょう》様になった気分になり、漫画や小説でしか見たことがない世界に、私の興奮度が高まる。ふかふかのスリッパに足を通してみると履《は》き心地がよくて顔が綻《ほころ》んでしまう。

「うわぁ、ふっかふか」

「お気に召したようで何よりです。どうぞこちらへ」

草野さんに促《うなが》されて後ろをついて歩くと、長い廊下には高そうな絵画《かいが》が飾られていたり、綺麗に生《い》けられた花があったり、高級ホテルみたいだ。

リビングに通されると息を呑《の》んだ。うわ、一体、何畳《じょう》あるのだろう。

ここって、本当に日本の家？　シマウマの剥製《はくせい》がドンと置いてある。

「まずは奥様にご紹介します。しばらくお待ちください」

草野さんがリビングを出ていくと、私は革《かわ》張りの大きなソファーに腰をかけた。

きょろきょろとあたりを見渡す。薄くて超大型のテレビがあり、音がすごくよさそうなスピーカーが置いてある。

ガラス張りのコレクションボードの中には、観賞用のグラスがピカピカに磨《みが》き上げられていた。

まるでヨーロッパの貴族の家みたい。

「こちらどうぞ」

「あ、ありがとうございます！」

お手伝いさんが出してくれたパイナップルジュースを遠慮《えんりょ》なく飲む。

果汁が千パーセントと言いたいくらい濃くて美味しい！

感動しながら待っていると、草野さんと女優さんかと思うほど綺麗な女性が入ってきて近づいてくる。私は、反射的に立ち上がり笑顔を向けた。

「お待たせいたしました。こちらのお屋敷の奥様でございます」

制服姿の私を見た奥様は、目をパチクリさせている。

まさかの女子高生の訪問に、驚いたのかもしれない。

「蒼井と申します。私の大切な息子、悠斗のお世話をしてくださると聞きました。ご迷惑をおかけするかもしれませんが、どうかよろしくお願いします」

「佐竹千華と申します。まだ見学なのでわかりませんが、できることは精一杯やりたいと思っております！」

元気いっぱい返事をすると奥様は柔らかな笑みを浮かべた。

いい雰囲気だし安心する。

お金持ちだから、気が強くて意地悪な人が出てくると勝手に予想していたけど、そんなことはないみたい。

「悠斗は今二十歳《はたち》なの。佐竹さんはおいくつなの？」

奥様が問いかけてくる。これは面接的なものなのだろうか。面接は、愛想がいいのが一番だと思って明るく受け答えをする。

「十八歳になりました。高校三年生です！」

「そう、二歳違うのね。受験生でお忙しいのでは？」

「……えー、あーそうですね。でも、勉強以外に大切なこともあるかなと思いまして、ここに来ました」

「そう言ってくださると助かりますわ。決して、無理はしないでちょうだいね」

「わかりました」

私が元気よく答えると奥様はゆっくりと頷いてくれた。

たった二歳しか違わないなら、友達になれるかもしれない。こんな素敵なお屋敷の息子さんならいい人が登場するのだろうと私の胸は期待で膨らんでいた。

「では、早速、参りましょうか？」

草野さんに促されて私は奥様に頭を下げてから廊下に出た。

スタスタ歩いて左に曲がるとそこにはエレベーターが設置されている。

家の中にエレベーターがあるって、どういうこと⁉　豪華すぎる屋敷に私は驚くばかり。

蒼井コーポレーションは、どれほど莫大《ばくだい》な金額を持っているのだろう。子供の私には想像できない。

二階に到着するとシーンと静まり返っていて人が住んでいる気配を感じない。とても綺麗にされているし、装飾品も高級なのにすごく寂《さび》しい雰囲気が漂っていた。

「あちらの、奥の部屋です。ここからはどうぞ、お一人で……」

一緒に行って紹介してくれないの？

草野さんは、震えながら鍵を差し出すのだ。私はゆっくりと手のひらを広げた。鍵は普通の鍵なのにやたらと重い感じがする。

逃げ出したくなったが、ここまできて後戻りはできない。

緊張で口が乾いて指先が冷たくなった。

「行ってきます」

私は鍵を握りしめて、あえて元気に挨拶をした。

扉の目の前に立つと深呼吸をしてから、コンコンとノックをする。返事がない。

本当にここの部屋で合ってるのか確認しようと振り返ると、草野さんはもういなくなっていた。

コンコンコンコン！

激しくノックをしてみちゃう。

「誰だ」

太くて低い男性の声が聞こえてきた。

「ボランティアでーす！」

タイムセール中のアパレルショップの店員さんかと思うほど、ウザイくらい明るく言う。

鍵穴に差し込み右に回すとカチャッという音がした。

ドアノブに手をかけて回してゆっくりと扉を開き、躊躇《ちゅうちょ》せずに入っていく。

「失礼しますー！」

湿《しめ》った匂いがする。

太陽の光を忘れてしまった空間みたい。

目を凝《こ》らすとカーテンが閉め切られていて、パソコンの液晶画面の光だけが部屋の中にぼんやりと浮かんでいる。

パソコンの目の前に人がいる。部屋の中は薄暗くてよく見えないがかなり広いようだ。

壁に沿って壁面《へきめん》収納できる本棚があり、本がいっぱいある。まるで図書室みたいだ。

中へ、中へと進み、悠斗の姿を確認しようと近づく。壁に向かってパソコンデスクが置いてあり、車椅子に座ってものすごいスピードでキーボードを叩《たた》いている。

静かな部屋にカタカタと音が不気味に響《ひび》く。私は息を潜《ひそ》めていた。

暗闇に目が慣れてきて浮かび上がってきた悠斗の姿に、私は目を疑う。

私の目の前にいる青年は、二十歳とは思えない風貌《ふうぼう》だった。

髪の毛も髭《ひげ》も伸びきっていて、仙人のようだ。

ゆっくりとこちらを向いた悠斗は、私を睨《にら》みつけた。背筋が凍《こお》るような恐ろしい瞳に、自分が凍りついていくのがわかった。

「出ていけ」

低くて恐ろしい声が耳に届く。

「出ろ！」

大声で叫ぶ彼の目の前で呆然《ぼうぜん》と立ちすくむ。

こんなこと思うのはとても失礼なのかもしれないが、野獣《やじゅう》に見えた。

私は、作り笑いすらできないで、ただただ突っ立ったまま。

前に進むこともできず、戻ることもできなくて、足が床にくっついてしまっているかのようだった。

信じられない光景が広がっているのに、私は少しずつ冷静になっていく。

この人、ちゃんとしたらカッコイイだろうに。

どうして、こんな姿になってしまったの？

事故で体が不自由になり人生に絶望したのかもしれない。

「聞こえないのか！」

再び大きな声をあげられた次の瞬間、机の上に置かれているペンやノートが投げ飛んできた。男性の力だから勢いがよくて、健康な体の私でも避けるのがやっとだった。

「聞こえないのか！」

ガシャン――と音を立ててガラスのペン立てが割れて、ギラギラと破片《はへん》が飛び散る。

静まり返る部屋の中、私と悠斗は睨み合う。

今まで黙っていたがプチッと何かが切れた私は、仁王《におう》立ちになって悠斗を見下ろす。

「ちょっと、あんた、初対面の人に何すんのよ！」

大声で叫んでからガラスを拾うためにしゃがんだ。危険であることも忘れるくらい興奮していて、ガラスを素手《すで》でつかみ、指を切ってしまった。

血がジワリと滲《にじ》んできた。しゃがみながら、指を舐《な》める。

腹が立って睨みつけると、少しだけ申し訳なさそうな顔をしていた。

「あぁっ、もうぉっ、痛い！」

ヒステリーを起こしたかのように大きな声を出した。

「……っ……バカ」

悠斗は怖い顔をしているけど、瞳の奥がやさしいのを見逃さなかった。

（……私の指よりも、この人の心はもっと痛んでいるのかもしれない）

伸び切った髪の毛や髭の長さから、彼が引きこもっていた年月が長いのがわかる。

悠斗は、きっと、深く、深く傷ついているんだ。彼の苦しんでいる心が伝わってきて今にも泣きそうになった。涙を流すことで同情していると思われたくないので、あえて強い口調で言葉を投げる。

「人に対して物を投げるなんて失礼すぎるんじゃない？」

「は？　勝手に入ってきたのはお前だろ」

「挨拶しようとしたのにあんたが物を投げてきたんでしょ？」

強気で言い返す私に悠斗は唖然《あぜん》としている。

「そりゃあ、勝手に鍵を開けて入ってきたのは悪かったけど、そうでもしなかったら会えなかったでしょ？」

「……」

「いい？　どんなに物を投げられても、私はここに来るから。覚悟しててね」

「……なんだって？」

「今日は名前だけでも、覚えておいて。私は千華。じゃあ、また来るから」

部屋を勢いよく出ると、廊下には心配そうに視線を向けている草野さんと奥様がいた。

私の手から血が出ているのを見て、驚いている。

「怪我をしているわ！　早く手当をしてあげて」

リビングで家政婦さんが切ってしまった指を消毒して絆創膏《ばんそうこう》をつけてくれた。傷は思ったほど深くないので心配することはない。

「本当に、申し訳ありません」

草野さんが眉《まゆ》を寄せて、何度も頭を下げてくる。

「いえ。私も強引に中に入っちゃったんで。逆に悪いことをしてしまいました」

「どんな優秀なヘルパーさんやカウンセラーさんに来てもらっても、駄目なのよ。悠斗は出てこないの。引きこもって誰とも会おうとしないわ」

奥様が肩を落としながら語るのを真剣に耳を傾ける。

「大学に入学してはじめての夏休みでこっちに戻ってきている時に、事故に遭《あ》ったの。その時、片足を失って。K大も中退してしまって……」

「片足を……失っていたんですね」

片足を失っていることに私は気がつかなかった。奥様の悲しげな表情を見ていると胸が痛む。

K大という優秀な大学に行っていて、楽しい学生生活だっただろうに。

片足を失うような大きな事故に遭遇《そうぐう》するなんて、どれほど辛くて悲しかっただろうか。

悠斗の絶望感を想像すると、まだ高校生の私にはどんな言葉を口にすればいいのかわからない。可哀想《かわいそう》ですねとか、大変だったのですねとかならあまりにも軽い感じがする。ずっしりと重くて冷たい塊が胸を支配した。

消毒をしてもらった絆創膏のついた指を見つめる。

悠斗にもきっと生まれてきた意味がある。それをどうにか伝えたいけど、まずはもっと心の距離を縮めていかなければ、私の放つ言葉が彼には届かないだろう。

草野さんが封筒を差し出してきたので、キョトンと視線を向けた。

「これはなんでしょうか？」

「お約束のものです」

あぁお金か。

元々はお金がもらえるから話を聞こうと思ったのに、今はそんな気分じゃない。

「いらないです。別に大したことしてないですし」

奥様が首を左右に振り、草野さんの持つ封筒を私に押しつけて、本当に申し訳なさそうな瞳を向けてきた。

「怖い思いをさせて申し訳なかったわ」

「いえ……、本当にいらないです」

部屋がシーンと静まり返り、なんともいえない空気に包まれる。

私のような普通の女子高校生ができることなんて少ないかもしれないけど、力になれることがあれば協力したい。

私は、奥様を真っ直ぐに見つめる。

「あの、また来てもいいですか？」

予想外の言葉だったのか、奥様は目を大きく見開いた。

「そんなにお金に困っているの？」

「お金とかじゃなくて、できる限りのことをやってみたいんです。たった一度会っただけでは悠斗さんのことなんてわかりません。悠斗さんと友達になりたくて」

不思議な子だという表情をされるが、心からそう思っていた。

普通は恐ろしくなってもう来たくなくなるだろうが、私は悠斗の瞳の奥がやさしかったのを見逃さなかった。本来はすごく温かい人間のような気がするのだ。

「悠斗さんならきっと、立ち直ってくれると思います」

私の強い思いを奥様は噛みしめるように聞いていた。

「あんな状態の息子を見ても希望を見出してくれるなんて、母親としてありがたい限りです。ありがとうございます。ぜひ悠斗と友人になってあげてください。お願いします。辛くなったらいつでも伝えてくださいね。そして、悠斗のことは内密《ないみつ》に……お願いね……。誰にも言わないでください」

「もちろんです」

草野さんは隣で黙っているけれど、どこか嬉しそうに瞳に光を宿していた。

「でも、やはり貴重な時間を割いてきてもらうのでただというわけにはいきません。ほんの少しですがお金を受け取ってください」

奥様は何度断ってもお金が入った封筒を押しつけてきたので、私は鞄に封筒を入れた。そうしないと悠斗にまた会いに来られないような気がしたのだ。

話を終えると、草野さんが家の外まで見送ってくれた。

「今日は本当にありがとうございました。お気をつけてお帰りください」

「失礼します」

頭を下げて丁寧に挨拶をし、自分の家に帰るために歩き出した。

札幌の中心部にある大豪邸の中で、予想外の光景が広がっていて衝撃的だった。

悠斗に元気になってもらいたい。

大変な道のりかもしれないけれど、私の決意は強かった。

他人なのにどうしてここまで思えるのか。

それは、私も傷ついて絶望していたけど、救われたから。だから、私も微力《びりょく》かもしれないけれど、誰かの助けになりたい。

悠斗のことを考えながら歩いていると、家の近くの公園に到着した。まだ家に帰りたくないので、ふらふらと公園に入っていく。

誰もいない夕方の公園は、遊具《ゆうぐ》が寂しそうに見えた。その空間だけ時間が止まっているようで私は嫌いじゃない。

ブランコに乗ってスマホで『青い羽根《はね》』というサイトを開いた。

ちょうど一年前に見つけ、そこにはポエムが綴《つづ》られている。

うちに母親がいない理由を聞いてから、自分の産まれてきた価値が見いだせなくて、日に日に心が凍りついていた。

産まれてこなければよかったなんて本気で思って過ごす毎日だった。すべてのことにやる気を失いぼんやりとツイッターを眺めていたら、シェアされていた言葉が温かくて、ポロッと涙があふれた。

どんな人が書いているのだろうと思い、リツイート先に飛んで作者のホームページにたどり着いた。いくつものポエムが掲載《けいさい》されていて、言葉達が傷ついた心を癒《いや》してくれた。私は読書をあまりするほうじゃなかったし、文字で泣いたことはなかった。

あっという間に青色の画面に引き込まれた。

それからというもの、私は青い羽根を訪れるのが日課になっている。

アクセス数が少なかったサイトは、この一年でどんどん訪問者が増え、今ではランキング上位の常連《じょうれん》だ。

掲示板は、いつも賑《にぎ》わっている。

このサイトの管理人は、どんな人なんだろう。

普通の女子高生かな。

それとも、男性かな。

『ゆう』のペンネームだけでは判断しかねる。きっと、素敵な人が綴っているのだろう。

悠斗にもこのサイトを勧めたい。もしかすると、私のように救われるかもしれないから。

私はゆうさんが大好きだ。

かなりのファンで、書籍《しょせき》になることを熱望《ねつぼう》している。

メールのやりとりをしていて、私の心が元気なくなった時にメッセージを送ると、返信を丁寧にしてくれる。

ゆうさんは、フリーのアドレスを使っていて、返事が来るのは二~三日後だ。けれど、お互いの素性は明かさないまま。ゆうさんにとって私は沢山のファンの中の一人にしか過ぎないだろう。

「エネルギー補給完了」

ブランコから降りて、トボトボと歩く。

家に到着して外観を眺めた。

悠斗の家とは比べようもないほど狭いけど、一応一軒家である。

「ただいま」の言葉もなく、私は自分の部屋に向かう。

七つ離れたお姉ちゃんと、普通のサラリーマンの父親と、私の三人暮らし。

私は父親が大嫌いだ。

普通の女子高生が父親を毛嫌いするのとはワケが違う。憎悪《ぞうお》に近い感情である。

「千華、お帰り。ご飯は?」

部屋に入ろうとする私に、お姉ちゃんが話しかけてきた。

「いらない」

愛想なく答えてから自分の部屋に入る。

家に帰っても、頭がぼーっとして、火照《ほて》った身体はなかなか冷めない。

悠斗との出会いが夢なのか、現実なのか。

区別がつかないほど衝撃的だった。

あんな豪邸に住んでいて、誰もが羨《うらや》む生活なのに、蓋《ふた》を開けてみれば、大きな悩みを抱えていた。

人には言えない悩みを抱えながら人は生きているのだろう。

もらったお金を机の引き出しにそっとしまった。

お金がほしいけど、このお金は使いたくない。お金でつながるような関係にはなりたくなかった。

「はぁ……」

深いため息をついてベッドに横になる。全身の力を抜いて天井を見つめた。

そろそろ夏休みだというのに、これといった楽しみがない。受験生なので夏休み中も塾に行かなきゃいけないし、つまんない。

ブーブーっとスマホが震えたので、確認すると彼氏の野田陽一《のだよういち》からのメールだった。

付き合って一ヶ月が過ぎたが、デートらしいデートをしたことがない。

私は恋をしたことがなくて、誰かを好きになった経験がないのだ。

私が、私を好きじゃないから、他人を好きになれないのかもしれない。

告白されて断るつもりだったけれど、お姉ちゃんに『一度くらいお付き合いしてみなさい。付き合えば本気で好きになれるかもしれないよ?』なんてアドバイスをされて軽い気持ちで付き合うことにした。

陽一は、名前の通り太陽のように明るくて、いい人。

一年の時は違うクラスだったけど、ヒカリに紹介されて遊ぶようになったのだ。

私は全然意識していなかったから、想いを聞かされた時は驚いた。

高校最後の夏休みだから彼氏がいたほうが楽しそうだと思って付き合ったが、今はどうやって別れを切り出そうか悩んでいる。

付き合って間もないのになぜ別れようかとしているのか。それは、陽一からキスをされそうになった時、私は反射的に避けた。唇を合わせるなんて、気持ちが悪いと思ってしまったのだ。

こんな中途半端な感情のままで交際しているなんて申し訳ない。

機会を見つけて別れの言葉を言おうと考えていたが、相手を傷つけないでさよならする方法が思いつかず今に至っている。

好きだと思えない人とお付き合いなんてしなければよかった。

「はぁ……」

ふたたびため息をついてベッドから起き上がり机につき、パソコンを起動して『青い羽根』をチェックする。

更新分を読んでから、メールを確認すると返事が来ていた。

《ゆうさんへ☆　今年の夏もあまり、エンジョイできなさそうです。私は恥ずかしながら恋愛経験がありません。一度も人を好きになったことがないんです。どうしたらいいでしょうか？　このまま大人になってしまうのも不安です。アドバイスください。千羽鶴《せんばづる》より》

これが私の送ったメッセージ。

千羽鶴というのは、私がインターネット上で使うハンドルネームだ。

《千羽鶴さんへ。いつか人を愛せる日がきますよ。全てを失っても、愛を選びたいと思う恋愛をする日が来ると思います。素敵な恋愛ができるように願っています。青い羽根管理人　ゆう》

全てを失っても人を愛すなんて――カッコよすぎる。ゆうさんが男性だったら、間違いなく惚《ほ》れているだろうなぁ。どんな容姿でも心が奪《うば》われてしまいそうだ。

ゆうさんは、どんな人なんだろう。

◆

次の日の朝。

登校して自分の席に座ると、澪とヒカリが『待っていました』と言わんとばかりに近づいてきた。

「おはよう。どうだった？」

「ちゃんと、会ったんでしょう？」

澪とヒカリが、目をキラキラさせて聞いてくるが、私は二人を軽く睨む。

二人は口合わせをしていて、はじめから行かないつもりだったのではないか。

親友を騙《だま》すなんてひどすぎる。

「どうだったじゃないでしょ。二人とも来ないなんて最悪」

「ごめん。千華、怒らないで」

ヒカリが手を合わせて謝ってくる。

「ごめんね、千華」

澪も、眉を下げて見つめてきた。

「まぁ……いいけど！」

二人とも来なかったのはちょっと傷ついたけど、本気で怒っているわけじゃない。むしろ、一人で行ったことが正解だったと思う。

悠斗だって大勢で来られたら、きっと迷惑だっただろうし、遊び感覚で行くべきところではなかった。

興味津々《しんしん》に見つめられるけれど、私は簡単に話すつもりはない。あの家の中で見たことは言わない約束になっているから。

「チャイム鳴るよ。あとでね」

澪とヒカリは、つまらなさそうに自分の席についた。

チャイムが鳴り担任が入ってくると、教室の空気が一気に引き締まる。

「起立、礼」

「おはようございます」

朝礼がはじまり今日も長い一日がスタートしてしまった。

授業中はなるべく当てられないように存在感を消すことに集中している。

私の席は一番後ろの窓側であり、目立ちにくいからお気に入りだ。

授業には興味がなく、ぼんやりと外を眺めているのが好き。

勉強は苦手で、頭が悪い私は学校が大嫌い。

早く卒業して大人になりたい。未成年という一つの枠から解放されたかった。

昼休みになった途端《とたん》、二人が近づいてきて根掘《ねほ》り葉掘《はほ》り聞くだろうと思ったから急いで教室を出た。

澪やヒカリは、話を聞きたそうにしていたけれど、気軽に話せることじゃない。

誰にも言わないと約束をしたし、自分の中で秘密にしておきたかった。

どこに行こう。

誰にも邪魔されない場所といえば、保健室だ。申し訳ないが仮病《けびょう》を使わせてもらおう。

昼休み中の保健室では先生がお弁当を食べていた。

「すみません。ちょっと生理痛で……。休ませてもらってもいいですか？」

「どうぞ。薬とか飲まなくて大丈夫？」

「はい。少し時間が経てば楽になると思いますので」

嘘をついてしまったことに罪悪感を覚えながら仕切りのカーテンを閉めた。

保健室のベッドに横になっていると、廊下から男子のふざけ合っている声が聞こえる。

悠斗も足を失う前は、あんなふうにはしゃいでいたのかな。

どんな学生時代だったのだろう。

頭がよくて、お金持ちで、髭を剃《そ》るときっとイケメンだから、モテモテの過去を送っていたに違いない。

彼女もいただろうし、絵に描いたような青春時代だったのではないかな……。

それなのに事故に遭ってしまって苦しかっただろう。

人生って一筋縄《ひとすじなわ》にはいかないものなのかもしれない。

昼休みが終わる頃、教室へと戻った。

学校が終わり急いで準備をして外に出る。放課後の廊下を速歩きで抜けて、下駄箱で急いで靴を履き替えた。

誰とも挨拶すら交わさないで校舎から脱出することに成功した。

一人で塾に向かう。澪とヒカリに怪しまれているかもしれないが、どうやって切り出そうか、自分の中でまとめられなかった。


塾で勉強している時間も、頭の中は悠斗でいっぱいだった。

先生が書いている数式を丸写ししているだけだ。

私が悠斗にしてあげられることはなんだろう。

まだまだ子供で女子高校生の私にできることなんてない。

私は何度も深いため息をついた。

悔しくて、切なくて、心がかき乱される。

こんなに感情が揺れる経験をしたことがない。

どうすれば悠斗と普通に話せるのかな？

授業の内容なんてほとんど頭に入ってこないまま、時間だけが過ぎていた。

帰る準備を済ませて急いで廊下に行く。

エレベーターに乗り込もうとした時、澪とヒカリに捕まってしまった。そのまま拉致《らち》されるかのようにエレベーターの中に乗り込まされた。

「千華。変だよ。なんか隠してない？」

ヒカリが目を細めて聞いてきて、澪が質問を重ねてくる。

「おじいちゃんに会ってきたんでしょ？　どうだったの？」

二人に説明するのが正直いうと面倒だった。

そんなに気になるなら、一緒に来ればよかったじゃないか。心ではそう思うが、口にはできない。

「うん……。別にどうってことはないけどね……」

濁《にご》して言うとエレベーターが一階に到着して三人で降りた。

ビルから外に出ると、今日の夜風も生ぬるい。

立ち止まると二人が正面に回ってきて、じっと見つめてくる。

今、話さないと永遠に聞いてきそうだから、言える範囲内で簡潔に答えるしかない。

「お坊ちゃんが事故で車椅子生活になったから、そのお手伝いみたいな感じ」

詳しくは言えないから、あえて軽い口調で告げる。

暗闇の中に一人でいた悠斗の姿を思い出すだけで、胸がキリキリと痛む。あの状況《じょうきょう》からなんとか救い出してあげたいと思うけど、彼にとっては余計なお世話なのかな。

「へぇ、そうなんだ。イケメンだった？」

「え……、まぁ、普通じゃない？」

ヒカリの質問に冷静なふりをして答えながら、歩き出す。

悠斗を頭の中に思い浮かべる。ちゃんと身なりを整えたら、きっと、相当なイケメンだろうなぁ。

私は、イケメンが苦手だ。なぜかというと、容姿がいい人は自分に自信を持っていそうだから、自分と違う人種に感じる。

でも……悠斗はあのままボーボーに髭を生やしていたらもったいない。

とりあえず髪の毛を切ることから、はじめたらいいかも。

澪が肩をポンポンと叩いてくるから、立ち止まる。

「いいじゃん！　ボランティア、ファイト！」

「ボランティアならお金もらっていても学校もオッケーだよ！」

「そうだね。頑張るわ！　じゃあまた明日！」

私は適当に話をごまかすことができたと胸を撫で下ろして、家に向かう。

人が、どん底に落ちている姿をはじめて目《ま》の当たりにした。

助けたいけれど、どうすればいいかわからない。

今までの人生であまりにも強烈な出来事だったせいか、どうしても他人事とは思えなかった。

ねぇ、悠斗。

あなたはどうして、あんなに苦しそうな瞳をしていたの？

第二章　バカはあっているけど、クソガキじゃないもん！

今日は木曜日なので、塾がない日だ。

悠斗に会いに行こうか朝からずっと悩んでいる。

結論を出せないまま鞄に荷物を入れていたら、澪とヒカリが近づいてきた。

「カラオケ行かない？」

ヒカリが受験生なのに普通に誘ってくる。

二人ともそんなに努力をしなくても、合格できそうな大学を目指しているらしい。

大学すら行く必要性を感じていないが、父親にせめて短大には行ってくれと言われているので、そろそろどうしようか決めなければと思っている。

「受験生だって息抜きは必要じゃん。行こうよ」

「ごめん。今日はボランティアに行ってこようかなと思って」

「そっか。千華、めっちゃ、真面目じゃん」

澪がからかうような満面の笑みを向けてきた。

「そんなことないよ。じゃあね」

教室から出ると、駆け足で階段を下りていく。

会いに行こうかすごく迷ったけれど、行かないと後悔しそうだった。

外に出ると太陽の日差しがまだ暑い。じんわりと制服に汗が滲んでくる。

今日は、悠斗に物を投げられても、絶対に動じないつもりだ。

普通に話してもらえるようになるまで時間がかかるかもしれない。

少しでも心を開いてほしくて、作戦を練りながら歩く。

同情なんてされたら、腹立つだろうから、絶対にしない。

まずは友達として接してもらえればいいんだけど、なかなか難しいなぁ。

引きこもっているからって励《はげ》ますような言葉は言わないでおこう。

悠斗から質問してくれたらいいけど、普通の女子高校生に興味なんてないか。

お気に入りのサイト『青い羽根』を勧めてみようかな。

あれやこれやと考えていると、あっという間に悠斗の家に到着した。

建物を見ると、やはり豪邸だと改めて思う。

「スーハー」

深呼吸をしてチャイムを押すとインターホン越しに家政婦さんらしき人の声が聞こえてきて、草野さんの名前を言って待つ。悠斗が興味ある話題ってなんだろうと考えているとすぐに彼がやってきた。こんな暑い日でもしっかりとスーツを着ている。

「本当に来てくださったんですね！」

私の姿を見ると、微笑んでくれる。私は元気いっぱい頷く。

「さぁ、どうぞ」

「ありがとうございます」

玄関に入りリビングルームで待っているように言われた。

しばらくすると奥様がやってきて、驚いた顔で私を見つめる。

「あら、まぁ！　本当に来てくれるとは思わなかったわ」

「時間あったんで来ちゃいました。悠斗さんに会わせてもらってもいいですか？」

「ありがとうございます。無理だと思ったらすぐに出てきてくださいね」

自分の息子なのに恐怖を感じているのが伝わってきて、胸がつまるような気分になった。

草野さんから鍵を受け取り二階へと上がった。

悠斗の部屋の前に立ち、ノックをしようとするが、手が震えてきた。

一体、何のためにここまで来たのかな。

人を助けたいなんて、偉《えら》そうなことを言える立場じゃない。

悲しみを共有できる仲間になりたいのだろうか？

ただの興味本位？

いろいろと考えを巡らせたけれど、ここまで来て後戻りなんてできない。

深く考えないで突き進もう。

意を決した私は、勢いよくノックする。部屋の中にいるはずなのに応答はない。

返事を待つことなく鍵を解錠《かいじょう》する。ガチャっという音が静かな廊下に響いた。胸の鼓動《こどう》を感じながら扉を開いて中に足を踏み入れる。やはり薄暗くて空気が湿っていた。目が慣れてくるとパソコン机に向かっている悠斗が見える。

椅子ではなく車輪が見えた。車椅子に座っているのだろう。

「悠斗！　こーんーにーちーは！　遊びに来たよ」

あえて呼び捨て。生意気だと言われてもいいから親しみを込めて呼んだ。

「バカなクソガキ」

私のほうを向かないでボソッとつぶやく。

悠斗のすぐ隣まで歩いていき、今日も仙人のような風貌の悠斗の横顔に話しかけた。

「バカはあっているけど、クソガキじゃないよ。千華って名前教えたでしょ？　忘れちゃった？」

元気いっぱい言ったのに、悠斗は表情を変えずにパソコンに向かっている。

「挨拶くらいしなさいよね。小学校で習わなかったの？　大きな声で挨拶しましょうって」

話しかけても完全に無視。私は頬を思いっきり膨らませた。

一筋縄ではいかないとわかっているから、焦《あせ》ってはいけない。

鞄を床にポンッと置いてベッドに腰をかけた。……が悠斗はまるでこの空間に一人でいるかのように反応しない。

「悠斗」

「……」

「ねえってば」

うるさいくらい名前を呼んでみるが反応なし。

悠斗の後ろ姿を観察すると、逞《たくま》しい背中が見えて、長い手足がある。右足は膝の下辺りでジャージの裾《すそ》が縛られている。右足を失っているのだろう。

一本にまとめられた、長い毛はサラサラだ。あの髪の長さが、彼の引きこもり生活の長さに比例しているのかもしれない。

「帰れ」

悠斗が冷たく言い放つ。

「嫌。ちょっとだけかまってくれてもいいでしょ？」

どうすればここに来る口実《こうじつ》ができるのか考えて、私は嘘をついた。

「そうやって無視するなら、じゃあいいよ。悪いけどお金がほしいからここにいさせてもらうから。あんたの世話をしろって言われたけど、話しかけられると嫌だろうからここで寝てるね。夜中にゲームしすぎて寝不足なの私。自由に過ごしていていいよ」

ベッドに大の字に横になったら、悠斗がため息をつきながら車椅子のまま近づいてきた。

「バカか、お前？」

「わー、ふっかふかなベッド！　気持ちいっ。超、高級って感じがする！　悠斗って大富豪《ふごう》なんだね」

「お前、図々《ずうずう》しいんだよ、帰れ。また、怖い思いしたいのか？」

「別に怖くないもん。怖いものがない年頃なんですよーだ」

あっかんべーと舌を出すと、長くなった前髪で隠れている二重の瞳に睨みつけられる。

仙人のような髭だけど、この人、ちゃんとしたら相当なイケメンなんじゃないかってやっぱり思う。

「お前、大バカだ」

悠斗は私に背中を向けてパソコンに向かった。

「ね、何やってんの。さっきから、パソコンいじってさ」

「関係ない。黙って寝てろ。そういう契約《けいやく》だろ」

「眠くないんだもん。ちょっとだけ、お話に付き合ってよ」

「さっきと言っていることがあまりにも違いすぎる」

「いいじゃん。女心と秋の空って言うでしょ？」

「今は秋じゃやない」

起き上がってベッドから降りると、膝歩きで悠斗にちょこちょこと近づいた。

「こんな暗闇でパソコンいじってるなんて怪しいよ？　変なサイトでも作ってるんじゃないのー？」

茶化《ちゃか》すように言いながらパソコンを覗き込んだ私は、言葉を失う。

画面に広がる青。

間違いない、あのサイト『青い羽根』だ。しかも、管理者の画面が広がっている。

ど、どういうこと？

心臓がバクバクと高速で脈を打ち、私の頬が熱くなった。

あのサイトの管理人の『ゆうさん』って……悠斗の『ゆう』……なの？

まさか、そんな偶然《ぐうぜん》ってある？

信じられないけれど、このサイトは私も使っているから管理者ページだとわかるのだ。

黙り込んでいる私の手首を悠斗が力いっぱいつかむ。

「痛いっ！」

「二度と来るな」

すごく怖い目だった。

威圧《いあつ》的な視線が私に恐怖心を与える。体が震え上がるほどの迫力と低い声に腰が抜けそうになった。でも、目の前にいる彼が『ゆうさん』かもしれないと思うと、いろんな感情が一気にあふれ出す。ずっと憧れていた人が目の前にいるのだ。

「……また、来るもん」

「お前は、人のことをなんだと思っている。バカにしやがって。足がないのが奇妙《きみょう》か？　面白いか？　興味本位で近づいて人を傷つけて楽しいか？　学校でネタにして笑うためか？」

「そんなんじゃない！　悠斗のことを笑うわけないいじゃんっ！」

「金がほしいなら、やるよ。いくらでもくれてやる。だからもう来るな」

投げ捨てるように言った言葉が、冷えていて切ない。

「お金持ち特有のお金をやるからとか、そういう発言って本当にするんだね」

悠斗は何かに苛《いら》ついたか、さらにキツイ瞳になった。それでも私は負けない。

「どうして？　なんで、引きこもってんの？」

突然私の手を離し突き飛ばされてしまい、バンっと音を立てて倒れこむ。さすが男性だ。片手でもかなりの力があった。

「痛い！」

ムカつく。

私は、悔しくて立ち上がった。

「暴力男！」

「……ちょっと押しただけだろ」

予想以上に転んでしまったので悠斗は動揺《どうよう》しているようだ。

「お返し！」

思い切り悠斗の頬を叩く。パチンといい音が響いた。

悠斗は、一瞬、唖然とする。

「てめぇ……なにしやがんだよ！」

「謝りなさいよ！　女に手をあげるなんて、最低！」

「うるさい。あれは暴力じゃない」

「わざとじゃなかったならそれでいいけど『ごめんなさい』って言えないの⁉　あなた私より年上でしょ？」

「ったく、お前、すげぇウザい。いくら？」

「お金なんていらない！」

「じゃあ、なんだよっ。さっき、金がほしいって言っただろ」

この前来た時はなんとなく気になっていただけだったが、私はこの偶然の出会いで心が決まった。

『青い羽根』のサイトの言葉で私は本当に救われ、冷え切った心を温めてくれた。

死んでしまいたいほど悲しい思いをしたけれど、ゆうさんの書くポエムを読んで、生きるのも悪くないかなって思えたの。だから、悠斗がゆうさんだとしたら、こんな姿で生きていてほしくない。もっと、ふさわしい生き方が彼にはあるはずだ。一人の絶望の淵《ふち》にいた人間を助けることができる力があるんだもん。

確証《かくしょう》がないからこの思いは伝えられないけど、私はこの家に通い続けようと思った。

——月のようなキミ。

月のような柔らかい光で、僕を包み込んでくれた。

僕とキミは、出会う運命じゃなかったのかもしれない。

こうして、会えないでいるのが自然なのかもね。

だけれども。

今宵も月を眺め、キミを想い続けています。

キミに不幸が訪れませんように……。

キミが試練に負けませんように……。


ゆうさんの代表作のポエムが浮かびハッとする。

悠斗には会いたい人がいて、会えないから、傷ついているのだろうか。

私みたいな小娘に悠斗の心を変えることはできないかもしれないけど、悠斗が会いたい人に会ってスッキリしてほしい。

夢を見つけてほしい。

外の世界で生きてほしい。

キラキラと輝いてほしい。

悠斗は、憎しみに満ちた目をしている。

なんて、悲しそうな瞳なのだろう。

泣きそうになるのをなんとか堪《こら》えていたが瞳に涙が溜まり、ついに私の頬には雫《しずく》が伝う。

「それは、同情の涙か？　哀《あわ》れだなぁってか？」

「違う」

首を横に振る。

このままここにいたら、大泣きしてしまいそうだった。鼻を啜《すす》って平気なふりをして悠斗から視線を外して鞄を持つ。

「今日は帰るね」

「もう、来るな」

「……来る。じゃあね」

勢いよく悠斗の部屋を出た。

玄関で待機していた草野さんが驚いた表情をしているが、振り切って外に行く。

私はぐちゃぐちゃになった感情を胸に抱えながら走った。

家に戻った私は、ぼんやりと『青い羽根』のサイトをパソコンで見ていた。

ゆうさん。

あなたは、悠斗なの？

誰かを思ってこんなに胸を締めつけられたことがなくて、ものすごく動揺している。はぁーとため息をついて、机に伏せた。

「ゆうさん、お願い元気になって」

まだ確実に悠斗がゆうさんだと言えないけれど、私の心のざわめきが激しい。サイトを通してしか絡《から》んだことしかないが、私はすごく大好きだ。恋愛感情よりももっと大きな愛情が胸にある気がする。悠斗の姿が頭に浮かぶと感情が整理できなくなって、泣きそうになった。

ゆうさんとつながりたくて、メールを打ち込む。

《ゆうさんへ☆　どうしてサイトには青が多いのですか？　ゆうさんの好きな色なんですか？　ゆうさんはいつどんな時にポエムが思いつくのでしょうか？　ゆうさんの言葉一つ一つに温かさを感じられて、大好きです。千羽鶴より》

送信。

フリーのメールアドレスに送っているので、返事はすぐには来ない。

いつ読んでくれているのかもわからないから、じっと待つしかないのだ。

私、悠斗のことがもっと知りたい。

彼がゆうさんだとしたら、悠斗は本来心やさしい人なのだ。そうじゃなければ、嘘でもあんなに綺麗なポエムは書けないだろう。

絶望的な悲しみのせいで、あんなふうに塞《ふさ》ぎ込んでしまったのかもしれない。

悠斗のことを考えると、なかなか私は寝つけなかった。

◆

昼休みになり、陽一が会いに来ていることに気がついたけど、私は目をそらして気がつかないふりをした。ちゃんとお別れの言葉を言わなければいけない。でも、傷つけない魔法の言葉ってないのだろうか。

受験生だけど陽一は推薦《すいせん》でいい大学に行けそうらしく余裕《よゆう》があるっぽい。

いつお別れを言えばいいのか迷ってしまうのだ。

「あ、陽一くんが会いに来てるよ」

澪が教えてくれる。

「……あ、本当だ」

今気がついたかのような返事をした。陽一が手を振ってくる。

クラスの女子らは意味深《いみしん》な瞳を向けてひそひそ話をしはじめた。誰と誰が付き合っているとか噂話が好きなんだよね、女の子って。

「一緒にお昼食べたいんじゃないの？　行ってきてあげなよ」

ヒカリに後押しされて、私はお弁当を持って教室を出た。

「おう」

「……うん」

「たまに飯でも一緒に食わないか？」

「そ、そうだね」

私と陽一は、昼休みの定番デートコースの中庭へ行くことにした。

空いているベンチに並んで座り、自分で作ったお弁当を開くと陽一が覗き込んできた。

「千華が自分で作ってるんだよな?」

「……そうだけど。たまにお姉ちゃんが作ってくれることもあるけど」

「いつか、千華の手料理食べてみたいな。千華って家事とかうまそう。奥さんにしたらいいタイプだよな」

私は陽一に強い視線を向けてしまった。

女が家事で男が仕事と考えるのはあまり好きじゃない。女性イコール愛らしい物と結びつけられるのも嫌だ。人を外見で判断するのってナンセンスな気がする。体の奥にある人それぞれの考えや好みを見せ合うことができるのが本当の恋人だと思う。黙り込んだ私に陽一は不思議そうな瞳を向けてきた。

「気分を損《そこ》ねること言っちゃったかな、俺」

「べつに」

ご飯を食べていても会話が進まず、爽《さわ》やかな夏空の下にいるのが申し訳なくなるくらい空気が重くなっていく。やっぱり付き合っている意味がないと思う。カップルって一緒にいるだけで楽しいんじゃないかな。人を好きになったことがないからわからないけど、好きな人とすごす時間って特別に感じそうだけど。陽一は今幸せなの?

「夏休み中も会いたいな」

「え？」

「受験勉強で忙しいけど、少しは気を紛《まぎ》らわせないといけないだろ？」

「あぁ……うん」

私は曖昧《あいまい》な返事をした。

時間があるなら悠斗の家に行きたい。別れてくださいって、どのタイミングで言うべきなのだろう。別れたい理由を聞かれたらどうやって答えたらいいのかわからない。

「時間があったら……ね。ごめん……、トイレ寄って教室に帰る」

お弁当を半分以上残して立ち上がった。

スマホを確認するとフリーアドレスに返信があり、確認をするとゆうさんからだった。

心臓がドクンと跳ねて、私は夢中でメッセージを読む。

《千羽鶴さんへ。青はまあまあ好きです。大好きではありません。僕の心に浮かぶ色が青に近いのでサイトは青を中心にしました。ポエムは寝る前に思いつくことが多くスマホに打ち込んでから眠るんです。寝ぼけていて、たまにぐちゃぐちゃになっている時もあります。いつも応援ありがとうございます。青い羽根管理人　ゆう》

ゆうさんの言葉を見るだけで胸が温かくなる。

寝ぼけているなんて、可愛《かわい》いなぁ。ぐちゃぐちゃになった言葉も読んでみたい。

私は全身が痛くなるほどキュンとしながら、スマホをそっと抱きしめた。

◆

土曜日の夕方、塾を終えた私は悠斗に会いに行くことにした。

時間を見つけては何度もお邪魔して、いつも不機嫌そうな目を向けられるが、私はピカピカの笑顔を作る。そして、ため息をつかれてしまう。ただ、物を投げてこなくなったし、突き飛ばされることもなくなった。

悠斗は、暴力男なんじゃなくて、たまたま力が入って私が転んでしまったのだ。

悠斗がゆうさんかもしれないと思ったら、会いたくてたまらなくなる。

本当にそうなのか確かめたい気持ちが大きかった。

でも、本当にゆうさんだったらどうするんだろう。ファンですなんて言って何か変わるのかな。頭でごちゃごちゃと考えてしまうけど、結局答えは見つからずに悠斗の元へ歩みを進めていた。

悠斗の家に到着すると、草野さんと奥様が目を丸くしていた。

何度も来るなんて頭がおかしいと思われているだろう。私は二人の驚きを気にせず、鍵をもらって悠斗の部屋に行く。

ノックしても返事はないから、また勝手に鍵を開けさせてもらった。

「お邪魔します」

悠斗は私の顔を見ると迷惑そうな顔をするから、満面の笑みを向けてみる。ところがギロッと睨まれてしまった。

「またお前か」

「お前じゃない。千華。名前くらい覚えてよ」

「帰れ」

「嫌。せっかく会いに来たんだから」

「痛い目に遭いたいか？」

いつも同じ会話の繰り返しだ。どうしたら心を開いてくれるのだろう。ベッドに腰を降ろすとパソコンデスクに向かっている悠斗の背中が視界に入る。パソコンの画面はなんとなくしか見えない。

「悠斗、ちょっと話に付き合って」

「お前に時間を使うほど暇じゃない」

「ずっと引きこもってるのに？　何がそんなに忙しいの？」

「……うるせーな、ったく」

「いつからこんなふうに引きこもっているの？」

「お前には関係ない」

背中を向けてこちらを見てくれない。

まだ明るい時間なのにカーテンは閉め切ったままだ。めちゃくちゃ空気が悪い。

勝手なことをすると怒られるかもしれないけれど、私は窓に近づいてカーテンをシャーッと開いた。夕日が入ってきて部屋が明るくなる。

窓を全開にした。

「おい、勝手なことすんな」

「空気が悪すぎるよ。病気になっちゃうよ」

車椅子ごと私のほうに振り返った悠斗が睨みつけてくる。髪の毛に覆われているけど、瞳の色を確認することができた。二重で瞳が黒々としていて大きい。

思わず切断された足に視線が動いた。ジャージの裾が縛られている。

痛い手術に耐えたのだろう。

「悠斗、足のこと……聞いてもいい？」

「物珍しいか？　足がないのがそんなに奇妙か？」

悠斗がイライラしながら威圧的に言ってくる。

奇妙だなんて思わない。力になりたくて問いかけた言葉だったけれど、触れてほしくないところなのかもしれない。でも私は素直な気持ちで知りたかった。

「見せてもらえますか？」

私は悠斗の目の前に行くと正座した。悠斗がムッとしながら見下ろしてくる。

「お前、本当にバカだな」

「バカでけっこうです。だって、見てないから奇妙かどうかなんてわからないし！」

イーって歯を見せて憎たらしい表情を見せると、悠斗は呆れたようなため息をついた。

「これを見たらショックで眠れなくなるぞ？　それでお前は逃げるようにここを去る。二度とここに来なくなるだろうから好都合か」

悠斗は淡々と言うので感情が読み取れなかった。

私はゆっくりと手を伸ばしながら悠斗を見上げるが、その場から動かない。きっと彼なりの了承なのだ。

縛られているジャージをほぐした。

足の長さまで伸びたジャージは布がいっぱい残っている。それを捲くり上げて隠してある右足を出した。

膝の関節の下から十センチほどのところまでしかなく傷跡が生々しく残っていた。

悠斗の言う通り衝撃を受けるかと思ったけど、私はすごく冷静だった。

どんな人間だって事故に遭う可能性はあるのだ。

病気になって体が不自由になる場合もある。

だから、体の一部が使えないからとかで人を差別することが私は大嫌い。大切なのは心なのだと思う。

「全然、奇妙じゃないよ」

静かな声でつぶやく。

「言葉ではなんとでも言えるからな」

投げ捨てるように言われる。期待もしていないし、希望も持っていないような声音だった。

「じゃあ、行動で示そうかな」

「は？」

私は両手を伸ばして切断されたほうの足を手のひらで包む。悠斗の体温が伝わってきてすごく温かい気持ちが胸を支配した。あぁ、悠斗が目の前で生きているのだと感じてジーンと涙が目に溜まる。

「事故、大変だったよね。でも、生きていてくれてよかった。ありがとう」

そのまま吸い寄せられるように、私はその傷にそっと口づけをした。顔を上げるとポロッと涙が頬を一粒流れる。悠斗の瞳は何かに怯《おび》えているように、大きく見開いていた。

「私の、ファーストキス。友達にはキスしたことあるって言ってるから秘密にしてね」

悠斗は無言のまま私を見下ろす。沈黙のせいで自分がしてしまった行為《こうい》が急に恥ずかしくなってきた。顔が熱くなって瞳が潤《うる》んでしまう。心臓がドキドキして壊れてしまいそうだ。息が苦しくて頬が熱い。

「ほ、本当に奇妙じゃなかったの。でも、私バカだから……言葉が思いつかなくて……！」

「……」

睨みつけられるので私は慌てて立ち上がった。

「そんな、変態女みたいな目で見ないでよ！　キス魔とかじゃないんだからね！　未経験だしって、あーもう、恥ずかしくて死んじゃいそう」

「死ね」

「ひっどーい！　ファーストキスを捧《ささ》げた相手に言う言葉じゃないでしょ？　バカっ」

「バカはお前だろ」

このままこの部屋にいたら変なことを口走ってしまいそうだったから、私は鞄を持った。

「とりあえず、また来るから。じゃあね」

逃げるように部屋を出た。

草野さんが謝礼《しゃれい》を渡そうと玄関にやってきたが、私はものすごいスピードで家を出た。

しばらく走り続けて息が切れたので立ち止まる。

空は薄暗い。

心臓が壊れてしまいそうなほど、動いていた。

男の人の足にキスをするなんて自分でも驚きの行動をしてしまった。

今も胸がドクンドクンと音を立てている。

「……私って、本当にバカだ」

悠斗にバカっていっぱい言われるけど、本物のバカかもしれない。

なんで、キスをしてしまったのかな。

きっと、悠斗が青い羽根のゆうさんだと確信して、心の中で重ね合わせちゃってるのだ。

悠斗の綺麗な心を知っているからこそ、私はものすごい速度で彼に惹《ひ》かれている。

火照った頬を手のひらで触りながら、気持ちを落ち着かせるようにして家に向かう。

あんなにやさしい言葉を書く人なのに心を閉ざしている悠斗を思い出すと、胸が締めつけられてどうしようもない。

ねぇ、悠斗、お願いだから……あなたの心の声を聞かせて。

第三章　火照るのは風邪《かぜ》のせい？

別に大学なんて行かなくていいんだけど、父親にお世話になって生きていくのがすごく嫌だから、早く自立したい。

窓から見える青空を見てそんなことを考えていた。

今日は塾のない日。

放課後になり、澪とヒカリと廊下を歩いていると、陽一が追いかけてくる。

「あ、陽一くん」

澪が私よりも先に気がついて手を振ると、陽一が明るい笑顔を向けている。澪の横をすり抜けて陽一が私の目の前に立った。

「千華、時間あるか？」

「少しだけなら」

「俺の家で勉強しないか？」

「あ……うん……」

陽一とこのまま交際は続けられないと、今日こそ伝えなきゃいけない。お別れを言ういいタイミングなのかもしれない。

「ラブラブね。行っておいで」

ヒカリがニヤニヤしながら言うから、そんなんじゃないと否定したかったけれど、二人の前で別れ話をして巻き込むわけにいかないので言葉を呑み込んだ。

二人に手を振って、私は陽一についていく。しばらく無言で歩いていた。

家に招こうとしているけど、それって危険なのではないか。私のセンサーが働き突然立ち止まる。

「どうしたの？」

「……あの」

断ることって難しい。行きたくないとはっきり言えたらいいのに、いろんなことを考えてしまう。

「今日、親いないんだ。だから遠慮しなくていいよ」

「そうなんだ」

余計に身の危険を感じる。どうにかして断らなきゃと頭の中で考えをグルグルと巡らせていた。

「ごめん……」

「何が？」

「……あの、時間があまりないから……その……やっぱり行かない」

勇気を出して言うと陽一はすごく残念そうな顔をした。

「まじか。残念だな。せっかく二人きりになれるチャンスだったのに」

ここで別れの言葉を出そうと思ったが、家に行くのを断っただけでこんな表情されたら言いにくくなる。

「ボランティアがあるから、行かなきゃいけなくて」

「ボランティア？」

「そう」

「どこで？」

「あー、えっと、近く」

「どんなボランティアなの？」

「介護みたいな感じ」

「へぇー偉いな、千華」

「べつに」

「知らなかったよ、俺」

悠斗の顔を思い浮かべると、無性《むしょう》に会いたくなってしまう。

今日は会いに行く予定はなかったんだけど、行こうかな……。

迷っていたら陽一がいきなり抱きしめてきた。

「……な、何」

「何って。好きだから抱きしめてみた」

別れの言葉を言おうと思ったのに、もう二人きりに耐えられない。

私は陽一を思いっきり押し返す。傷ついた目で見られると胸が苦しくなった。

悲しいって気持ちがわかるから、人を悲しませたくない。でも……もう陽一と恋人関係を続けるのは難しい。

「もう行かなくちゃ」

「……まじで？　寂しいんだけど」

「ごめん」

頭を下げて急いで駆け出したので転びそうになった。


迷ったけれど、悠斗に会いたくて私の足は蒼井家に向かっていた。

足にキスしてしまってからはじめて会うから、気まずい。悠斗、本気で怒ってないかな。

なぜか急ぎ足で来たせいか息が上がっていた。そんな私の様子を見て草野さんが驚いている。

「何かありましたか？」

「いえ……。悠斗さんに会いに来ました」

草野さんは柔らかい笑みを浮かべて頷いた。

鍵を受け取って悠斗の部屋の前に行きノックをしてみるが、いつも通り返事はない。足にキスをされて嫌な思いをしてしまっただろうか。

緊張しながら解錠をして中に入ると悠斗はパソコンに向かって車椅子に座っていた。

「悠斗、いるなら返事ぐらいしてくれてもいいじゃない」

「……」

話しかけても私の存在を感じていないかのような表情をしている。今日は無理矢理カーテンを開けるのは、やめようと思って大人しくベッドに腰かけた。

「悠斗」

名前を呼んでもこちらを向いてくれない。

だんだん腹が立ってきて立ち上がった私は、悠斗のすぐ隣に行って視線を合わせるように膝立ちになった。

「怒ってるの？」

「……」

「足に突然キス……したから？」

顔を覗き込んでも表情ひとつ変えずパソコンに向かっている。

「無視しないで、悠斗！　悠斗！　ゆーうーとー！」

耳元に近づいて大きな声を出しても、無表情のまま。私は頬を膨らませて黙り込む。

どうしよう嫌われてしまったかもしれない。

思い返してみれば、悠斗に嫌われるようなことしかしていないような気がした。

勝手に鍵を開けて中に入って、わーわー騒いで。しまいには足にキスをしてしまって。

心を開いてほしいとか言いつつ、一方的だったなんて反省してしまう。

「……悠斗、ごめんね」

チラッと表情を確認するけれどまったく変わらない。

「悠斗……。お願いだから少し会話をしてほしいのですが……」

涙声でお願いするも悠斗は絶対にこちらを向いてくれなかった。
私はすごく傷ついてしまい力なく立ち上がって今日は帰ることにした。

その夜。
私は『青い羽根』にアクセスをした。今日も更新されているホームページを眺める。
掲示板にはたくさんのメッセージが書き込まれていた。

ゆうさんへ
いつもサイトの更新を楽しみにしています。
ゆうさんは男女の友情は成立すると思いますか？■はなちゃん■

はなちゃんさんへ
いつも応援してくださりありがとうございます。
男女の友情は成立すると思いますが、自分は無理かもしれません。
もしかしたら、出会えていないだけかもしれないですが……。■管理人・ゆう■

私は悠斗に友達としても受け入れてもらえていない。
ズドーンと落ち込んでしまい、ため息をつく。

心を開いてもらえるまで、悠斗の嫌がることはしないでおこう。

どうか、悠斗と仲よくなれますように。

◆

悠斗にがっつり無視されてから三日後。

私は土曜日の午前中のみの塾を終えてから、悠斗の家に行った。

すぐに草野さんが出迎えてくれた。

「奥様は東京の旦那様に会いに行って本日は帰っていらっしゃいません」

「そうですか」

「どうぞごゆっくりお過ごしください」

廊下で待つ私に鍵を渡していなくなった。

悠斗の部屋のドアをノックしてみる。

「悠斗、千華だよ。入ってもいい？」

応答がない。でも、強引に入るのはやめようと思っていた。

時間はたっぷりあるのだから、このドアを開けてくれるまで待とう。

「悠斗がよくなったら、開けてよ。わかっていると思うけど、私しつこいからね」

シーン。反応はない。

足にキスをしてしまったせいか、この前会いに行った時は一言も話してくれなかった。話しかけても徹底的に無視されて、さすがの私も根負《こんま》けして帰った。

今日こそは悠斗が自らドアを開けてくれることを期待して、気長に待つつもりだ。

奥様もいないから朝になるまで座り込んでやる！

悠斗の部屋からは音すら聞こえない。

参考書をぼんやり眺めたり、スマホを見たりして時間を潰していたけれど、出てきてくれない。

悠斗に会いたい。壁を一枚挟んで目の前にいるのに、ものすごく分厚い。

膝立ちになってドアをじっと見つめる。

「悠斗。悠斗……」

彼の名前を呼ぶ声が虚《むな》しく響く。

十八時になり、家政婦さんが悠斗へ夕食を持ってきた。

「悠斗様、お食事置いておきます」

家政婦さんが食事をドアの前に置いて私に会釈《えしゃく》をして戻っていく。

和食屋さんで出てきそうな料理に唾を飲む。

「悠斗、食べないの？　めっちゃ美味しそうなんだけど！　私が食べちゃうよ！」

ドアに向かって話しかけるけれど、返事がない。扉も開かない。

悠斗って相当頑固者《がんこ》なんじゃないだろうか？　私も負けないくらい頑固だけど。

草野さんが様子を見に来てくれる。

「千華さん、もうお帰りになったほうが……」

「いえ。悠斗が開けてくれるまで待ってます」

「……そうですか。もしよければ食べてください」

草野さんからパンと牛乳を渡される。

「ありがとう、草野さん！」

受け取ってパンにかぶりつく。

草野さんはやさしい瞳を向けてくれていた。

「千華さん、ご家族が心配なさると思います」

スマホで時間を確認すると、二十一時を回っていた。

「今日はここで寝ます」

「まさか、お風邪を引いてしまいますよ！」

「夏なので大丈夫ですから」

草野さんが心配そうな瞳を向けてくるから、お姉ちゃんにスマホでメッセージを送った。

《友達の家に泊まるから》

《誰の家？》

その質問には、無視しておこう。

「家族に友達の家に泊まると連絡しておいたんで、大丈夫ですよ」

「千華さん……」

草野さんは困ったように眉間《みけん》にシワを寄せた。

「悠斗に会いたいの。ワガママを言ってごめんなさい」

「……何かあればすぐに呼んでください」

草野さんが頭を下げて、その場から去っていく。

どうしても、出てきてくれないのかな。もう、私と話をしたくないかな。

「私さぁ、バカで、なーんにもとりえなくてさぁ。容姿だってビミョーでしょ？」

私は、自分の弱さを延々《えんえん》と語る。

「生きている意味ってあるのかな。私みたいな人間なんて、いらないよねぇ。どうして心臓が動き続けているんだろうって考えるんだよ。でもさ、こんな私でも生かされている何かがあると思うの。今はまだわからないけど、こんな私でも頑張るから、お願い。扉を開いて。悠斗、大丈夫だよ」

真剣にドアを見つめるが悠斗は出てきてくれない。

「嫌われちゃったかな……。いや、はじめから嫌われてるよね。ウザいもんね、私。でも、私、悠斗とこれからも会いたいよ。いっぱい、いろんな話したいの」

一方通行ってこんなにも悲しいものなのか。私は胸が張り裂けそうなほど痛くて、ポロポロと涙を流した。鼻を啜って、頭がぼんやりしてくる。泣き疲れて横になり、スマホで『青い羽根』を見ながら体力の限界がきてウトウトしてきてしまう。そのまま私は睡魔《すいま》に勝てず眠りについていた。

「おい……。起きろ」

低い声が聞こえて意識が戻ってきた。

寝ぼけ眼《まなこ》で上を見ると、車椅子から悠斗が私を見下ろしている。

あれ？　夢の中にいるのだろうか？　目を擦《こす》って体を起こすと節々が痛い。

そうだ、悠斗の部屋の前に泊まり込んでいたのだった。

どうやらこんなところで熟睡《じゅくすい》していたらしい。

「クシュン」

くしゃみをすると、悠斗がため息をつく。私の体はすっかり冷えていた。

「バカだな、お前」

「自覚しているよ」

「……バカ」

スマホの画面を確認すると時間は二十三時だった。

悠斗が自ら扉を開いてくれてすごく嬉しい。にっこり笑って見つめるが睨みつけられる。

「トイレに行きたかったから開けただけだ」

ムッとしながら私の横を通り過ぎた。部屋の前で一人ぼっちになり笑顔を失ってしまう。悲しみが全身を駆け巡ってショックで吐きそうだ。

「うぅ……気持ち悪いよ……」

しばらくすると悠斗が車椅子で戻ってきた。何か言葉をかけてくれないかと期待するも無言。

扉を開けたまま悠斗は中へ入って、パソコンの前に座りキーボードを打つ。私は、部屋の前で覗き込んでいる。閉めないということは……。

「悠斗、入っていいの？」

「勝手にしろ」

やっと中に入る許可が降りて嬉しくて涙が出そうになるけど、泣いたらまたバカって言われるだろうから我慢《がまん》をして中に入った。

「ありがとう、悠斗」

「……お前、本当にバカだわ」

呆れた口調で言われるけど、会話ができて幸せだ。しかし、廊下にずっといて疲労困憊《こんぱい》の私はすぐに体力がなくなる。欠伸ばかりでちゃうのだ。

「悠斗、眠い」

「寝ろ」

「ベッドがいい」

「駄目って言ってもどうせ図々しく寝るんだろう？」

「うん、正解！　悠斗も私の性格を理解してくれてるね」

ベッドに横になり悠斗の背中を見つめる。

「俺も一応、男なんだけど」

「ん？」

「危機管理能力なさ過ぎ」

ぶっきらぼうにつぶやいて悠斗が車椅子ごと振り返った。

近づいてきた悠斗の手がゆっくりと伸びてきて、私の制服のボタンに手をかけた。

「犯《おか》すぞ」

低い声で脅《おど》される。

――オカス。

すごく恐ろしい言葉なのに恐怖心を感じなくてぼんやりとしてしまった。

あ、そっか。

悠斗は経験済みなんだなぁと考える。

誰とどこでしたんだろう。

このベッドで？

可愛い彼女とイチャイチャしていたのかな。

想像すると切ない感情が湧《わ》き上がってくる。なんかとっつっても、悲しい。今までに経験したことのないドス黒くて重たい嫌な物に押し潰されそうになって、顔をしかめた。

長い人生の中、私もそういう行為をするかもしれない。それなら、初体験の相手は悠斗がいいと思った。はじめてを捧げたら、悠斗が過去にしたイチャイチャの記憶を塗り替えられるかな。

「いいよ。はじめてだからやさしくしてください」

「はぁ？」

「悠斗なら、なんかいいかも」

私が冷静な口調で告げたら、悠斗は鼻で笑う。

「お前って、マニアなんじゃねーの？　こんな風貌の奴に犯されるんだぜ？　しかも、処女《しょじょ》なんだろ？　はじめては大事な物なんじゃないか？　やっぱ、バカなんだわ。何が『はじめてだからやさしくしてください』だ。お前みたいなバカなガキなんて抱くわけないだろ」

いつも以上にベラベラと饒舌《じょうぜつ》に話した悠斗は、私から離れた。

「はじめから、そんな気ないくせに」

嫌味っぽく言ってやると、悠斗は私に背を向ける。

「男の家に軽々しく泊まるんじゃねぇーぞ。すぐに襲われるんだからな！　男は狼《おおかみ》だと思え。お前みたいなバカは遊ばれて捨てられるだけだ」

不機嫌な声で、忠告《ちゅうこく》される。

「ご心配ありがとうございます」

わざと敬語で言う。

酷いことを言われているけど、なぜか悠斗の愛情を感じる。

私のことを心配してくれているのがわかるから、にやけてしまうのだ。

そうやってやさしい心を見せられたら、もっと会いに来たくなっちゃうんだからね。

「でもさぁ、私なんかを襲う人なんているのかなぁ」

悠斗は私を無視してパソコンで作業をしている。

また構ってくれなくなってしまう。せっかく部屋の中に入れてくれたのに、サイトの更新で忙しいのかな。

「ゴホッ……、ゴホッ」

なぜか、咳《せ》き込む。体もだるいし、なんか変だ。寒気もするかも。

「お前さ、熱あるんじゃない？」

「え？」

「さっき近づいた時、体が熱かったから」

「まさか！」

私は慌てて額を手のひらで触る。……ん、熱いかも？　こんなところで発熱とかありえないんですけどぉ。悠斗に迷惑をかけてしまう。

帰ろうとした時、悠斗が近づいてきて額を触られた。

「悠斗の手、冷たい。気持ちいい」

「バカ。お前が熱いんだよ」

引出しから体温計を出して手渡されたので、素直に熱を測ってみる。悠斗の手、すごく大きくてやさしかったなぁ。もっと触ってほしいかも。って、何を変なことを考えているんだろう。なんか、やっぱり変だ。

体温計が鳴って確認すると……。

「三十八度……だって」

「バカは風邪を引かないはずだけど」

「……バカじゃないのかも！」

「じゃあ、大バカだな」

悠斗がツンとして部屋を出ていく。急にひとりぼっちになり不安になった。

風邪に感染すると思ってどっかに行っちゃったのかな。

迷惑をかけてしまうから、帰ったほうがいいかもしれない。

でも、こんな時間に外を歩くのはちょっと怖いけど、悠斗が具合悪くなったら大変だ。ベッドから抜け出して立ち上がると目眩《めまい》がする。うわ、まじで最悪だ。

どうしようとモジモジと考えていたら悠斗がすぐに戻ってくる。

「何やってんだ。大人しく寝ろ！」

「うつしちゃうもん」

「俺は天才だからお前の風邪なんてブロックできる。とりあえず、これ飲んで寝ろ」

手に持っていたのは風邪薬だった。

ぶっきらぼうな言い方だけど、私のために気を使ってくれている。

薬とペットボトルの水を受け取って飲むと、私は微笑んだ。

「ありがとう、悠斗」

「朝になっても熱が下がらなかったら病院に行ってこい」

「うん」

悠斗はまたパソコンに向かう。

やっぱり悠斗はやさしい。

バカ、バカっていっぱい言われるけど、人のことを放っておけないんだよね。

横向きに寝て悠斗の背中を見つめる。

「パソコンで何やってるの？」

それには答えてくれない。

「見せて」

「却下《きやっか》」

「ケチ」

「俺のプライバシーを侵害《しんがい》すんな」

「悠斗ってさ、彼女いるの？」

一日も早く、ゆうさんの存在を確かめたくて、そんな質問をしてしまう。

「彼女？　いるわけないだろ。誰がこんな仙人みたいのと付き合うと思う？」

「じゃあ、過去にはいたの？」

その質問には、無視をしてパソコンをいじっている。答えたくないことなのだろうか。

「悠斗」

「お前、気安く呼ぶな」

「じゃあ、何てお呼びすればいいですかー！」

あっかんベーと舌を出す。悠斗は振り返り、バカにするように私を見る。

「ガキは、早く寝ろ。風邪をこじらせても俺は知らんぞ」

「ガキじゃないもん。立派な大人だもん」

「お前が大人になるには百年早い」

「ムカつく！」

枕《まくら》を投げつけると、スコンと悠斗の背中に当たった。

「ナイスショット！」

「風邪ひいてんだぞ？　お前、大人しく寝ろって」

悠斗はムッとした顔をして枕を投げ返す。でも、私に当たらないように外してくれた。

「コントロール抜群《ばつぐん》だね！」

「ピッチャーだったからな」

「へぇ、野球やってたんだ。モテモテだったでしょ？」

「ああ、そうだな」

自信満々に言うから面白くてクスッと笑ってしまう。

こんなに自信満々な俺様なのになんで引きこもっちゃったかな。事故だけが原因じゃない気がする。

会話をしながら、私はだんだんと眠気に襲われてくる。

風邪薬が効いてきたのだろう。

眠い……。もっと話をしたいのに……眠いよ。眠気のバカ……。

目を覚ますとおでこには冷却《れいきゃく》シートが貼られていた。

悠斗がやってくれたのだと思うと、キュンとしてカラカラに乾いた冷却シートすら宝物に思えてくる。

悠斗はどこにいるの？　体を起こすとソファーで寝ていた。

私のせいで申し訳ないことをしてしまった。

熱は下がったみたい。ちょっとだるいけどもう大丈夫そうだ。

ベッドから降りて少しカーテンを開けると、晴天で気持ちがいい朝だった。

悠斗、外に出たらいいのに。気持ちいいよ、絶対。

眠っている悠斗の顔を覗き込む。

「……ぐっすり眠ってる」

太陽に照らされた悠斗の寝顔は、とっても美しくて、胸がドキッとした。

触れたい……。

髭を剃って、髪の毛も切ってほしいな。

素顔が見てみたい。

このままそばにいると本当に触ってしまいそうだったので、私は悠斗を起こさないようにそっと離れた。

◆

悠斗の家を出てのんびりと太陽の光を浴びながら歩いていたらメッセージが届く。誰かと思えば澪からだ。時間があれば会おうとのメッセージだった。

病《や》み上がりだったけど、特に予定がなかったので速攻でＯＫの返事をした。

待ち合わせ場所の札幌駅のファーストフード店。風邪を引いていたのが信じられないほど食欲もあり、ポテトを頬張りながら澪と二人で語り合う。てっきりヒカリも来ていると思ったのにいなかった。

「で、どう？　お金持ちの坊ちゃんとは」

「どうもこうもないよ。ただのボランティアだし」

「ボランティアで忙しいとか言って、陽一くんのこと構ってあげてないんじゃないの？」

図星《ずぼし》で何も言えない。都合が悪いのでジュースを飲んでスルーする。

「ぶっちゃけどうなの？　好きなの？」

「誰のこと？」

「陽一くんに決まってんじゃん」

「……あぁ……そっか」

好きかどうか質問されて顔が思い浮かんだのは、悠斗だった。

悠斗に恋なんてしても、あいつのことだから、私のことを子供扱いして終わりだろう。

「好きじゃないなら、付き合っているなんて失礼だと思うけど」

澪がいつもと違ってトゲトゲしい言い方をするので、私はじっと澪を見つめた。

もしかして、澪は陽一のことが好きなの？

それか、付き合ってもなかなか距離の縮まらない私と陽一を見ているとイライラしているのかな。

いや、違う。

これはきっと澪は陽一に恋愛感情を抱いているのだと思った。思い返してみたら、澪は陽一が教室に来たら一番に見つけるし、陽一に対する視線が可愛らしい。

仲よくしている友人が私の彼氏に恋心を持っているなんてまったく気がつかなかった。申し訳ない気持ちで胸が支配される。

「好きになろうと努力していたんだけど……」

「けど？」

「陽一はすごくいい人だと思うんだけど……」

「だから？」

「これは、恋じゃないと思う」

澪は私をキツイ視線で見つめた。

「じゃあ、別れたら？」

「ちゃんと話し合う時間を作ろうって思っているから、少しだけ待ってほしい」

「……わかった」

やっぱり、澪は陽一に気があると直感でそう感じた。

ちゃんと一日も早くお別れして友人の幸せを応援したい。

自分の優柔不断《ゆうじゅうふだん》な性格のせいで澪を悲しませて、申し訳なかった。

澪と別れて、図書館に行った。一応受験生だし、受験生らしく勉強しようと思ったけど、勉強をする気分になれなくてグルグルと歩いて、その中で見つけたのが片足を失った人の自叙伝《じじょでん》だ。

義足《ぎそく》を作ることで、再就職を勝ち取った。

それだけじゃなく、彼は経営者になり同じような境遇《きょうぐう》の人を励ます会の代表になった。

車に乗れるようになり、登山までしている。

温かい家庭まで作って、子供もいる。

私なんかよりもずっとアクティブだなと感じた。

『悠斗も、大丈夫だよ』と心でつぶやく。

彼の苦しみや悲しみをすべて理解してあげられないけれど、力になりたい。

悠斗が心から笑える日が来てほしい。

◆

あの日以来、ドアをすぐ開けてくれるようになった。

私は、悠斗のベッドで一時間お昼寝をして帰っていく。

それなのに、奥様はお金をくれるのだ。

いらない。こんなお金いらないから、もっと悠斗に会いたい。

お金が絡んだ関係じゃなくて、普通に会いたい。

メッセージのやり取りをしたり、電話をしたりしたい。

いつ、どんな時も悠斗とつながっていたいの。

「おい、起きろ」

声をかけられて私は瞳をゆっくりと開く。

「もう、一時間たったの？」

「お前さ、そろそろ懲《こ》りたらどうだ」

「悠斗のベッドってさ、高級だから気持ちいいんだよねぇ」

大きな口を開けて欠伸をする私に、悠斗が呆れた表情をする。

最近、怒らなくなってきたし、少しだけ心を開いてくれたかなって思うの。だけど、まだ、『ゆうさん』なのか確認する勇気はない。

悠斗が無表情で私を見つめる。

「本当に何が目的だ」

腕を組んで私に質問をする。

悠斗の鍛《きた》えられた腕に抱きしめられてみたいと、不覚にも破廉恥《はれんち》なことを想像してしまう。でも素直に言えるわけがない。

「俺の引きこもりを直したいのか？」

「……うーん。ぶっちゃけ、わかんない。奥様にも草野さんにも『坊ちゃんをよろしく』としか言われてないから」

起き上がり、ベッドに腰をかけ足をブランブランさせる。

「そう言えば、悠斗ってK大行ってたんでしょ？　天才じゃん」

「そんなことまで知ってんのか」

「勉強教えてよ。どうせ、引きこもって暇でしょ？　ボケちゃうよ」

なぜか悠斗に対してはズカズカと言っちゃう。友人には自分の気持ちを言えないのに、悠斗といたら素の自分でいられる。

「お前、バカだもんな」

「そうだよ。受験生の自覚、まったくなし」

「将来が心配だ」

「悠斗に言われたくないんだけど」

悠斗は車椅子からソファーに移って読書をはじめる。私は、隣に座って本を覗きこんだ。

「文字だらけ」

「本だもの。当たり前だろう」

フンっと鼻で笑われると、無性に腹が立ち髭を引っ張った。

「いてーな。この暴力女！」

「べー」

舌を出して憎たらしい表情を向けるが、悠斗は私を無視をして読書を続ける。

「どんな内容の本なの？　私も読んでみようかな！」

「お前には難しくてわかんないよ」

「そんなの、読まなきゃわからないじゃん」

本をパタンと閉じて、軽くゲンコツされた。

「お前、受験生なんだから参考書を読め。勉強は裏切らないぞ。やった分だけ自分のためになるんだから」

「なにそれ。お父さんみたいじゃん」

まるで父親みたい。私は口を尖《とが》らせた。

「この俺がお前に助言してやってんだぞ。ありがたく思え」

「うわぁ、引きこもりのくせに俺様発言」

ジトッとした目で見ると悠斗は鬱陶《うっとう》しいといった表情を浮かべている。これ以上話しかけると嫌われちゃうかな。急に黙り込んだ私に悠斗が視線を向けてきた。

「な、なに?」

「お前こそ、なんだよ。突然黙ったから死んだかと思った」

「ひ、酷い。もういい、じゃあ、また来るから!」

「あぁ、じゃあな」

ムッとしながら立ち上がって悠斗の部屋を大股《おおまた》で歩いて出た。

外に行くと私の胸はキュンと鳴った。私なんか相手にされないのに。ほんと、バカだ。

でも「もう来るな」とは、言われなかったよね。少しは心の距離が縮んだのかな。

……好きじゃない。

好きなんかじゃない。

何度も心に暗示《あんじ》をかけている時点で怪しい。

もし、本気で好きになってしまっても、悠斗は大企業の息子で不釣合《ふつりあ》いなのだ。

変な気を起こしませんようにと念じながら家に向かった。

◆

ベッドの上で寝転びながら、スマホで青い羽根を見ていた。

ゆうさんが綴っている言葉達に酔《よ》いしれている幸せな時間なのに、お姉ちゃんが入ってきて現実世界に連れ戻される。

「千華、話あるの。ちょっといい？」

「どうしたの？」

「また見ていたんだ。あのサイト」

お姉ちゃんがベッドに腰をかけるけど、私はうつ伏せのまま。

「うん。癒されるんだよねー。どんな人が書いていると思う？」

「そうだなぁ。超イケメンだったらいいよねぇ。でも文学のセンスある人って地味な人が多そう。眼鏡《めがね》で、黒髪で神経質そうなイメージ！」

「それは偏見《へんけん》だよ。美人作家とかもいるじゃん」

「それもそっか」

悠斗の姿が頭に浮かぶ。最近、起きている時は、いつも悠斗のことを考えていた。

こんなにやさしいポエムを書くのだから、やっぱり悠斗は素敵な人間なのだと思う。

もっと、心を開いてほしい。

もっと、悠斗の心に触れたい。

「お姉ちゃんね、結婚する」

「え！」

私は驚いて起き上がる。

「おめでとう！　シュウちゃんとついに結婚するんだ！」

「プロポーズされちゃったの」

幸せそうなお姉ちゃんの顔を見ると、私も心から嬉しくなる。ずっと付き合っていてお似合いの二人だと思っていたから、ついにこの日がきたという感じだ。

「だから、お父さんと仲よくしてほしいの」

笑顔だった私の顔が歪《ゆが》んだ。そんなの、無理だよ。

だって、あんなに酷いこと言われたんだから。今更、許せない。

うつむく私の肩に、お姉ちゃんがそっと手を添える。

「千華。お父さんに感謝しなきゃ駄目だよ。育ててくれたんだから」

「私は、生まれなくてもよかった。勝手に作ったのはお父さんとお母さんでしょ？」

「何、言ってんの！」

お姉ちゃんがすごい剣幕《けんまく》で怒鳴《どな》りだす。

「そうやっていつまでも拗《す》ねているなんて子供だよ」

「……拗ねているわけじゃないし！」

「千華ももう大人になるんだから、親孝行《おやこうこう》を考えないといけないのよ」

「……」

ポンポンと頭を撫でてお姉ちゃんが部屋から出ていくと、私は深いため息をついた。

お姉ちゃんが結婚してこの家からいなくなれば、父親と二人暮らしになる。そんなの耐えられない。どうにか逃げられる道はないのか考えていた。

憂鬱《ゆううつ》な気持ちで入浴してお風呂から上がって、自分の部屋に麦茶を持って戻る。

パソコンを起動してフリーメールを確認すると、ゆうさんからメールの返信があった。

《千羽鶴さんへ。受験生なんですね。勉強は大変ですよね。夢はありますか？　夢があれば勉強も夢への一歩だと思いながら、頑張れると思うのですが……。でも、勉強が全てじゃないと最近、思うようになりました。とは言っても、受験生だから頑張ってほしいです。陰ながら応援をしています。青い羽根管理人　ゆう》

ゆうさんのメールを何度も読み返す。

まるで、アロマみたい。ゆうさんの文字は私をリラックスさせてくれるの。

文字は、人の心を映し出すものだと思っている。どんなに繕《つくろ》った言葉でも心が汚《けが》れていたら知らず知らずのうちに反映されるんじゃないかな。

悠斗……。あなたは、ゆうさんなんでしょう？

ねえ、本当のことを教えて。

悠斗がゆうさんだと確実になったら、自分の気持ちがどうなっちゃうのか私は不安だった。心が勝手に動き出して歯止めをかけられないかもしれない。

モヤモヤする。ゆうさんが悠斗なのか知りたい。たしかめたい感情が爆発しそうになっていた。

◆

今日は塾もないし、朝からお邪魔してみることにした。

午前中の空気は夏だけど清々しい。こういう時、北海道に住んでいてよかったなんて思うのだ。私みたいな人間は東京などの都会は向かないだろうな。すぐに騙されそう。

午前中に行ったら驚かれちゃうかな。

少しでも長く一緒に過ごすことで、早く仲よくなれるかもしれない。

というのは言い訳で、悠斗に会いたかった。


悠斗の家に到着すると、家政婦さんが出迎えてくれる。

「悠斗様は、ただいま入浴中でございます」

「そうですか」

家政婦さんがバスルームの近くまで案内してくれたので、待つことにした。

物音がして扉が開くと、濡れた髪の悠斗が顔を出す。

「おはよう！」

「今日は来るのが早いな」

「ちゃんとお風呂には、入ってるんだね」

「当たり前だろうが。そこら辺の引きこもりとは違う」

車椅子のまま洗面台に向かうと、ドライヤーのスイッチを入れて、髪を乾《かわ》かす。

長い髪がワッサワッサとダイナミックに揺れる。

「やってあげる、貸して」

「いい。これくらい自分でできる」

「いいから、貸して」

悠斗から奪い取りドライヤーをかけてあげる。

少し迷惑そうな表情をしたけれど、数秒で穏《おだ》やかな顔になった。

「綺麗な髪だね」

「トリートメント、しているからな」

「私よりもツヤツヤ」

「お前はカラーしたり、パーマかけたり、髪を苛《いじ》めてるんじゃないか」

「当たり」

「若いうちからそんなことをしていたらハゲるぞ」

「余計なお世話ですー」

いつものように悠斗と言い合いをしていたら視線を感じた。

振り返ると、高級スーツを着た背の高い中年男性がこちらを見ている。威厳《いげん》があるという言葉が合いそうな人だった。

悠斗は彼の姿を目にした途端、険《けわ》しい表情になった。

「あのおじさん、誰？」

耳元で聞くと「親父《おやじ》」と答えた。

あの人が蒼井グループのトップ？　すごい貫禄《かんろく》だと思った。

偉そうで誰も逆らえなさそうな雰囲気をまとっている。

ドライヤーを終えて車椅子を押して部屋に向かう途中、怒鳴り声が聞こえた。

「あんな小娘、どういうつもりだ！」

「申し訳ありません」

震える声の主は、草野さんだ。小娘って、私のことかも。超、気まずい……。

「あなた、草野を責《せ》めないで。私も賛成したのです」

「お前ら、頭がおかしくなったんじゃないか？　悠斗があんな小娘の力で引きこもりから抜け出せると思ってるのか？」

聞いてはイケないことを耳にしたかも。夫婦なのに対等に話せないことに驚いてしまった。つい立ち止まってしまう。

「あいつはあんな体になっても跡取《あとと》り息子の一人なんだぞ。それ相応の男にしなければいけないんだ」

悠斗の父親の声が響く。

「行くぞ」

苛立ちを隠すように悠斗は低い声で言った。車椅子を押して、エレベーターへと向かう。背中からも悠斗の怒りが伝わってきて私は恐怖を感じていた。

部屋に入っても、悠斗はまだ不機嫌なままパソコンに向かう。その後ろ姿をじっと見つめる。私と同じで、父親と上手くいってないのかもしれない。

人は話さないだけで、それぞれ悩みを抱えて生きているのだ。

「あいつは俺の引きこもりが治らないと思ってるんだ。俺に期待は何一つしていない」

「……そんな、わかんないじゃん。悠斗の気が変わって外に行きたいと思うかもしれないでしょ?」

悠斗に近づいて私は床に体育座りをして、彼を見上げる。

「お前は、変わり者だな」

「どうして?」

「金がもらえるからって、こんなところにノコノコついてきやがって」

「今日はお金をもらわない。その代わり、勉強教えてよ。私、超バカで、塾にも通ってんのにビリに近いんだよねぇ」

ニッコリ笑って自慢げに言うとため息をつかれた。私を呆れた瞳で見下ろす。

「受験生だろ？　大丈夫かよ」

「いや、きっと駄目。何回受験しても不合格だって予想がつく」

「ノート見せろ」

「うん！」

立ち上がって鞄から大嫌いな数学のノートを出した。悠斗に差し出すと、受け取って、パラパラっとめくると突き返される。

「全然、駄目だな」

「どうして？」

「丸写しじゃん」

「これでも、一生懸命なんだけど！」

「もう一冊用意しろ。予習も大事だけど、復習も大事だぞ」

悠斗は、本棚に近づき何かを探している。手を伸ばすが本がバサバサと落ちる。

拾ってあげようとしゃがんだ頭に「すまん」の言葉が降ってきた。

その言葉が嬉しくて思わず微笑みそうになった時、一冊のノートが全開になっていた。文字が敷《し》き詰められている。

読まないつもりだったけど、無意識に目で追ってしまう。

キミの唇が微かに震えたのを

見落としませんでした。
絶望は希望に変換できますか？
無を有に変えられる？
無理かもしれないけれど、
創り出すことはできるって、
今はそう信じているよ。

――あっ……。

間違いなく、『青い羽根』のサイトで読んだことがあるポエムだった。私は固まってしまった。

ホームページに掲載されているのをわざわざ写さないよね？

だって、このページにはなぐり書きした跡があって、グシャグシャとボールペンで塗りつぶしているところもある。このノートにポエムを綴っていたとしか思えなかった。

「こ、これって悠斗の字？」

「あ？　そうだけど」

「綺麗な字だね……。こ、これはポエム？」

「まぁ、心の声みたいな？　あんまり読むな」

手に持っていたノートをパッと取られてしまう。

やっぱり『ゆうさん』は悠斗なのだ。

私の大好きな『ゆうさん』が目の前にいる。

顔が熱くなり、心臓の動きが激しくなる。

何とも言えない感情が湧き上がって、少しの間フリーズしてしまう。

どうしよう。

憧れていたゆうさんが目の前にいるのに、私はどうすることもできない。

ファンですって言ったら悠斗はどんな顔をするのだろう。

呆然としていると、真新しいノートが差し出される。

「ん？」

「これ、使ってもいいぞ」

「あ、ありがとう」

「やるなら、今日から勉強したほうがいい。気が変わるかもしれないからな」

悠斗がなんだかウキウキしている。

最近、彼の感情が表情となって表れるようになってきたのだけど、少しずつ心を開いてくれているのだろうか。そんな時にファンだなんて言って拒否されてしまったら……。もう会えなくなっては困る。ファンだと伝えるのは自分のエゴのような気がして言葉を呑み込んだ。

「こっちこい」

「うん」

ソファーに私を座らせると、悠斗が隣に座った。

近い距離に、私の心臓の音が聞こえてしまいそうで緊張する。

「家庭教師みたいだね、悠斗」

「昔はバイトしてたから。でも、ほんの一瞬だけな。事故ったからさ」

「そうなんだ」

遠い昔を思い出しているかのような目は、とても悲しそう。

そんな表情を見ていられなくて、私はわざとふざけた空気感を作る。

「ねぇ、悠斗」

「なんだ」

「髭剃ってみて」

「は？　めんどくさい」

「悠斗の素顔が見たいの。断髪式《だんぱつしき》しよ」

「ボランティアのクセに、うぜぇ」

「今日はボランティアじゃないもん！　遊びに来たの！」

「勝手に来たんだろうが」

「いいから、剃ってよ」

「お前に見せる必要はない」

機嫌を損ねたらしく、ムスッとしている。その横顔さえも愛おしくて胸が締めつけられるのだ。

あぁ……私、重症かもしれない。

「もういい。帰れ」

「帰らないもん」

私が膨れっ面をしていると悠斗が車椅子に乗ろうとした。離れたくなくて慌てて悠斗の腕をつかんで引き止めてしまう。

「帰りたくない。まだここにいたい」

消えてしまいそうな声でつぶやき、悠斗を見つめる。反射的に悠斗に触れてしまい恥ずかしくて顔から火が噴き出してしまいそうだった。

車椅子に移動するのを諦《あきら》めた悠斗はソファーの背もたれに体重をかけた。表情を確認することすらできない。私の気持ちに気がつかれたら、嫌われてしまうかもしれない。

「はぁ」

悠斗に盛大なため息をつかれてしまう。

「バカ女の相手するほど、暇じゃねぇんだよっ」

顔を少し動かしたら悠斗と至近距離で目が合って、呼吸が止まってしまうかと思った。あまり意識しないようにしなきゃと、気持ちを落ち着かせる。

うつむいてパニックになっている頭を冷やす。わけがわからなくて頭がおかしくなってしまいそうだ。そんな頭に悠斗の手のひらがトスっと乗せられた。

「そんなに落ち込むなって。わかった。剃ってやるから。イケメンだから、ビックリすんなよ」

「うんっ」

私が喜んでニッコリすると、悠斗はとてつもなく穏やかな笑みを浮かべてくれた。

「草野はとんでもないガキを拾ってきたな」

ため息混じりに言う。

「ガキって、失礼な」

「ガキだろーが」

クスっと楽しそうに笑う。

「じゃあさ。かっこよくなったら、デートして」

「一緒に出かけるの、恥ずかしくないか？」

「なんで？　恥ずかしいなんてまったく思わないよ。悠斗といろんなところに出かけたい！　美味しい物食べたり、カラオケとかゲーセン行きたい！」

はしゃぎながら言うと悠斗は満更《まんざら》でもない瞳をした。

「あ、もちろん悠斗の奢《おご》りでね」

「は？　なんで、お前にご馳走《ちそう》しなきゃいけないんだよっ」

「悠斗、年上だから。チョキチョキ」

指でピースを作ってハサミに見立てて、髭を切るふりをする。そのたびに悠斗は私の手を振り払う。

「俺で戯《たわむ》れるな！」

「ね、悠斗。義足作ってみたら？」

「……」

先程まで楽しい空気だったのにピリついた。

「そういえばね、義足を作った人の自叙伝を読んだんだ。すごかったよ。悠斗も負けちゃいけないよ」

悠斗は黙り込んでしまった。あまり突っ込んだ話をするのはよくなかったかもしれない。気のせいかもしれないけれど、楽しそうにしていたから一歩進んだことを言ってもいいかと思ったのだ。

「とりあえず、勉強教えて！」

「ったく、仕方がないな。俺、スパルタだからな？」

「褒《ほ》められて育つタイプなんだけど」

悠斗の教え方は本当に上手で、私はすぐに頭がよくなれそうな気がした。

◆

このビルも、あのビルも……。

悠斗のお父さんの所有物なんだよね。すごいお金持ちの家の息子なのだと実感する。

悠斗の心をあそこまで傷つけてしまった原因って、事故のせいだけなんだろうか。父親との関係もあるのかな。

それとも、あのポエムに出てくる人との関係が強く影響しているのかな。

「千華、大丈夫？」

ハッとして顔を上げると澪とヒカリが心配そうに私のことを見ていた。

塾を終えた澪とヒカリとベンチに座って語り合っていたのに、つい悠斗のことを考えてしまっていた。ヒカリに名前を呼ばれて意識が戻ってきた。

私は、悠斗とのことを二人にどこまで話すべきか悩んでいる。

青い羽根の管理人だったと言いたいけれど、タイミングが難しい。

「ボランティア大変なの？」

「あ、いや……」

ヒカリの質問に私は答えを濁す。

「陽一と上手くいってないとか？」

「……ちゃんと話し合おうって思ってるんだけど」

「まだ、話してないの？」

澪がちょっとムッとしたように言って立ち上がった。ヒカリが驚いて、澪を見ている。

「どうしたの、澪」

「……べ、別に。中途半端な気持ちで陽一くんと付き合ってるなんて可哀想じゃん！」

こんなにも親友が苦しんでいるのに、関係をハッキリさせないことが、本当に申し訳ない。

ヒカリが私に視線を移した。

「話を延ばしてしまうのはよくないと思うよ」

「うん、わかってる」

最近は、陽一から連絡が来なくなっていて、私からもメッセージは送らずの日々。

このまま自然消滅でもいいかと思っているけど、そんなわけにはいかない。

同じ学校だし、澪が好きな相手だろうし、ちゃんとけじめをつけるつもりではいた。

「ごめん……、ちょっと疲れたみたい。先に帰るね……」

首をかしげる二人を置いて、私は歩き出した。

ふっと見上げると月がハッキリ見える。

悠斗のポエムに出てくる『月のようなキミ』って、悠斗の好きな人なのかな。

彼女のことを思い浮かべて切ない日々を過ごしているのだろうか。

胃の辺りがキリキリと痛みだす。あまり悠斗のことを考えるのはやめよう。なんだか、おかしくなってしまいそうだから。

スッキリしない気分のまま家に入った途端、父親と目が合う。

「お帰り、千華」

「気安く呼ばないで」

私はすぐに目を逸《そ》らし、階段を上がっていく。

自分の部屋に入ると勢いよくドアを閉めた。

扉に体重を預けてため息をつく。

お姉ちゃんが親孝行しなさいと言っていたことを思い出すけど、そんな気持ちにはなれない。あの事件をキッカケに父親とは話をしなくなった。傷ついた顔をした父親が脳裏《のうり》に浮かぶが、私のほうがもっと傷ついてんだからと会話をしないことに決めていた。

イライラを落ち着かせるためにパソコンを起動させて、ブックマークに入れているＵＲＬをクリックする。

今日も更新されている『青い羽根』。

悠斗は、書くことで生きている証を残しているのだろうか。心の声だなんて言っていたけれど、書くことで心のバランスを取っているのかもしれない。悠斗は自分で気がついていなかっただろうけど、その言葉で人を救っているんだよ。

マウスを動かして更新情報をチェックしていくと、今日も掲示板はファンからの書き込みでいっぱいだった。

ゆうさんは丁寧に返事を書いているけれど、核心《かくしん》には触れていない。

ゆうさんへ
実際に会いたい人がいるのでしょうか？　あのポエムには切ない思いが込められている気がしてなりません。■サファイア■

サファイアさんへ
訪問と書き込みありがとうございます！
うーん、どうでしょうか。
ご想像にお任せします。
知らないほうが想像が膨らんで楽しいことってあると思いませんか？■管理人・ゆう■

――月のようなキミ。

月のような柔らかい光で、僕を包み込んでくれた。

僕とキミは、出会う運命じゃなかったのかもしれない。

こうして、会えないでいるのが自然なのかもね。

だけれども。

今宵も月を眺め、キミを想い続けています。

キミに不幸が訪れませんように……。

キミが試練に負けませんように……。

◆

澪のためにも陽一とはそろそろ決着をつけなければいけないと思っている。

今日は出張で父親がいなくてお姉ちゃんと二人きりだった。お姉ちゃんが作ってくれた夕食を食べながら二人で語り合っていた。

「お姉ちゃんの手料理はとても美味しいね」

「ふふ、ありがとう。千華は、彼氏とうまくいっているの？」

私ににこやかな視線を向けてくるので、私は目を逸らした。

「あ……いや……」

「彼氏のこと好きじゃないの？」

「お付き合いしたら相手への気持ちが芽生えるかと思ったけど、異性に対する好きの気持ちがわからない。どういう気持ちになるのかな……？」

お姉ちゃんがやさしく笑う。

「胸が苦しくなるの。でも好きな人の顔を見ると幸せな気分になるのよ」

「そうなんだ」

私の胸は悠斗に出会ってから明らかに苦しい。

この胸にあるモヤモヤした気持ちは、恋なのかな。同情なのかな。

同情なんて絶対にしていない。どちらかというと、共に歩いていきたいって思う。自分は無力かもしれないけど、悠斗を支えたいと心から感じているのだ。

なんというか、言葉では表せない不思議な感情だった。

「お姉ちゃんにさ、付き合ってみなさいって言われたから付き合ったけど、こんな中途半端な気持ちじゃ駄目だと思うの」

お姉ちゃんは申し訳なさそうに眉間にシワを寄せる。

「ごめんね。千華がそんなに真剣に悩んでいると思わなかったよ。本当にごめんね……」

「謝らないで。お姉ちゃんは私のことを思って勧めてくれたんだもん。でも私は違うって感じていて。お別れの言葉を言えずに過ごしているんだ」

「本当に軽はずみな発言をして、ごめんなさい」

お姉ちゃんのアドバイスがあったから付き合ったのは間違いないけど、でも、自分で決めたことなのだ。

「相手を傷つけないで交際を終了させるって難しいね」

「千華はやさしい子だから」

「……まだ交際中の身なのに、頭から離れない人がいるんだ」

自分の心にしまっておくのが苦しくなって、ついそんな言葉を言ってしまう。

ハッとしてお姉ちゃんから目をそらした。

「千華、それが恋じゃない？」

「……違う。そんなんじゃない」

慌てて否定する。

「どんな人なの？」

「え？」

「千華の恋する乙女《おとめ》の顔、はじめて見たからお姉ちゃん嬉しいな」

「違うから」

「好きだと思う人がいるなら、彼氏とは早く別れたほうがいいわね。彼氏にも失礼になっちゃうから。って、私が交際を勧めたのに勝手な姉でごめん」

私は味噌汁《みそしる》を飲んで気持ちを落ち着かせた。

◆

塾でひたすらノートを写しながら、悠斗のことを思い出す。

丸写しじゃ駄目だって悠斗に怒られたっけ……。

予習と復習をしておかなきゃいけないのに全然できていない。シャープペンシルの芯《しん》がポキっと折れた。

悠斗のポエムに出てくる月のようなキミって、どんな人なんだろう。

綺麗なポエムだとは感じたけど、私はあれを読むとものすごく泣きたくなる。切なくて辛い。

きっと、彼女に会いたいんじゃないかな。

塾を終えて廊下を歩いていると、陽一が近づいてきた。

「千華」

「……あ」

なんとなく気まずくてその場を去ろうとした時、手首をつかまれてしまった。

「話、しないか？」

塾を終えた生徒達が、私達のやりとりを横目で見て通り過ぎる。覚悟を決めて話さなければいけない。

「あ、あのさ。場所を移して少し話せないか？」

私は一つ頷いた。

今日こそ別れ話をしなければならない。

場所を移動して、公園のベンチに並んで座る。もう夜なので空は真っ暗で少し肌寒い。

別れの言葉を選んでいると、陽一から口を開いた。

「お互い自由になろう」

「……え？」

陽一も同じ気持ちだったのかと安堵《あんど》して、気持ちが楽になった。

「俺さ、澪みたいなギャルは苦手だったんだけど、出会ってしまった感じがするんだ」

彼の横顔を見つめたらやさしい瞳をしている。

「澪が告白してくれた」

「そうなんだ」

私は澪の想いをなんとなく感じていたので、二人がそういう関係になるのは予想ができていて、お似合いのカップルだと思った。

「親友の彼氏なのにごめんって……泣きながら気持ちを聞かせてくれた。千華と付き合っている身だから返事はまだしていないけど、千華と別れて澪と真剣に交際したいって思ってる」

澪は自分の気持ちを抑《おさ》えることができなくて、陽一に告白したのだろう。

親友に我慢させてしまったことに、申し訳なさで胸がいっぱいになる。

「澪は、ずっと俺を見ていてくれたんだ。それなのに俺は千華を見ていた。千華を信じて待っていたけど、なかなか心を開いてくれなかったよな。澪の気持ちに気づいて、俺、澪と付き合いたいって強く思うようになったんだ」

言葉が見つからない。おめでとうでいいのかな。今までありがとうでいいのかな。

「澪から聞いたんだけど、ボランティアの家の人ってお金持ちなんだって？」

「そうだけど」

突然、悠斗の話をしはじめたので私の顔が強張《こわば》る。

「千華、そのお金持ちの人の家の誰かに恋をしてるんじゃないか？」

「お金持ちだから、好きなんじゃないよ」

悠斗が貧乏《びんぼう》だって、この気持ちは変わらない。

思わず強い口調で言ってしまった。

「身分が元々違うから恋愛対象にはならないの。だから……べつに、いいの」

「そうやって、強がってんじゃないのか？」

まさか陽一にそんなことを言われると思わなかったから驚いた。

「澪のこと、大事にしてあげてね」

「もちろん。澪のこと恨《うら》まないでくれ。ずっと親友でいてやってほしい」

「当たり前でしょ。ずっと親友でいる」

「ありがとな」

じゃあと言ってその場を去った。

「……私だけ、フリーになっちゃった」

ファーストキスすらしていなくて焦っていたけど、そんなのどうでもよくなる。

好きな人のそばに寄り添えたら、もう多くは望まない。だから、どうか悠斗の近くにいさせてほしいと思ってしまった。

◆

次の日、学校に行くと澪とヒカリが私を見て耳打ちしていた。

なによ、二人でコソコソして感じ悪い。

私は気にしないふりをして、席に座ってテキストを開いた。

教師が入ってきて授業がはじまった。

昼休みになり、いつもなら三人でご飯を食べているのに澪とヒカリは二人でくっついて完全に無視された。

私は教室にいるのが気まずくて屋上へ行く。

余り物を詰めてきたお弁当箱を膝に置いて一人でぼんやりと食べはじめる。

陽一と関係をスッキリと終わらせることができたけど、澪を傷つけてしまったのには変わりない。

澪の立場から考えると私のことが許せなくなるのもわかる。だから、無視されても仕方がないのだ。とは言ってもずっと仲よくしていた親友とこんなふうに仲違《たが》いしてしまうのが寂しい。

昼休みを終えて教室に戻り、二人の顔を見ないようにして自分の席についた。

午後からの授業中も澪とヒカリのことを考えてしまい、あまり頭に入ってこなかった。放課後も鞄に物を詰めて急いで出ていく。

いつも楽しく話しながら一緒に帰っていたのに。

涙が出そうになるけどぐっと堪えてゆっくりと塾へと向かった。

◆

今日は塾がない日だったので、放課後真っ直ぐ悠斗の家に行くことにした。

家に入るとリビングへ通される。

「いつもありがとうね。悠斗が少しずつ明るくなってきた感じがするのよ」

奥様が私にお金を渡そうとしたが手で遮る。

「いらないです」

「え？」

驚いたように目を丸くする。

「悠斗さんとはお金の関係で結ばれたくないんです。友人として向き合わせてください」

お願いすると不思議そうに私を見つめる。

気のせいかもしれないけれど、あまりいい顔をされていないようだ。

深い関係になるなと言いたいのだろう。今までに見たことない表情だった。

「そう、お願いね」

微笑まれたけど、貼りついた笑顔で怖い。

「でもね」

奥様はいつもと違う表情に変わる。

「あなたと悠斗は、生きる世界が違うのよ」

「わかっています。安心してください。悠斗に元気になってもらいたいだけなんです」

私がケロッと答えるが、心配そうな瞳を向けられる。

「お礼はしておかないと、今後、何か言われても困るのよ。だから受け取ってちょうだい」

お金でなんでも解決できると思っているらしいから、とても残念な気持ちになった。

お金持ちの人ってこういう考え方が多いのかな。

私の心はどんなにお金を積まれても、悠斗への思いは変わらない自信がある。

お金が大事な物だと思っていたけど、お金で買えない物もあるのだと感じていた。

いらないと言い張ったら、怪しまれるかもしれない。

そうなると、悠斗に会えなくなってしまうから、手を差し出した。

私は悠斗に会えないなんて耐えられないから、とりあえず形だけでもお金をもらっておくことにした。

「では、いただいておきます」

「あともう少しでいいから、悠斗を元気づけてちょうだいね」

奥様に頭を下げてリビングルームから出るとため息をついた。最近、嫌なことばかりだ。

自分が大事だと思っていた友人に無視されるようになり、大きなダメージを受けている。

自分がハッキリしないで付き合ってしまったせいで、澪を嫌な気持ちにさせてしまって、こんなことになってしまった。

後悔してもしきれなくて、胸が痛い。

しかも、奥様から恋をしてはいけないと釘《くぎ》を刺された。

そのせいもあって動揺して、悠斗の部屋に向かう途中、泣きそうになる。

どうして、私はここへ来ることを選んだのだろう。

こんなに辛い気持ちになるのなら、悠斗に出会わなければよかった。

そうすれば、悠斗の存在を知らないまま生きていけたのに。

私は、悠斗のことを心から消すことができないような気がした。

悠斗の部屋の前について、深呼吸をする。

泣かない。絶対に泣かない。そう言い聞かせて、ノックした。

「入るよ！」

ドアを開けると、今日もパソコンに向かっている。

ベッドに座り悠斗の背中を見つめていると、ワケのわからない感情が湧き上がってくる。悠斗の心の中に少しでもいいから自分をおいてほしい。

「こんな広い部屋を与えてもらってさ。感謝しなさいよ」

「お前に言われ……、おい、どうした？」

急に涙があふれ出す。

本来は生きる世界が違う人だとわかっているのに、永遠に一緒に過ごしたいと思ってしまう。こんな気持ちになったのは悠斗がはじめてだ。

我慢しようと思ったのにいろんな感情が入り混じって涙が流れてきた。

「悠斗は大事にされているよ。あんなやさしいお母様もいて、厳しいかもしれないけど、一生懸命働いてくれる父親もいて。欲しい物はなんでも与えてもらってさ……。私、お母さんいないんだよっ。片足を失ったくらい何なのっ」

情緒不安定になってしまったせいで、八つ当たりみたいになってちょっと言い過ぎてしまう。酷いことを口にしてしまった。

あふれる涙を手で拭《ぬぐ》いながらおそるおそる悠斗を見ると、すごく温かい瞳で見つめてくれていた。

「太陽が泣いた」

「は？」

「お前は太陽みたいな元気な奴だ。泣くな」

ベッドに座る私の隣に悠斗が車椅子から移動して腰をかけた。

頭をポンポンと撫でてくれる。子供をあやすような撫で方で、私はすべて投げ出して甘えたくなった。悠斗は私をそっと抱きしめる。

「どうして、母さんいないんだ？」

悠斗は『ゆうさん』だと実感する。

やさしくて包容力《ほうようりょく》がある素敵な人だ。

私は泣きながら話をはじめた。

「物心《ものごころ》ついた時から私には母親がいなかったの。中学二年生の頃に些細《ささい》なことで父親と喧嘩をして、その弾みで父親から『お前が生まれなければ、母さんは生きてたんだ』って言われて、それから父親とはまともに口を利いていないの。私の母親は、自分の命と引き換えに私を産んでくれたんだ」

事実を知ってからは苦しくて、自分なんて生きている意味がないと思いながら高校生になり、高校二年の時に『青い羽根』のサイトに出会った。そこでゆうさんのポエムに救われたのだ。

「お母さんは自分の命よりも私を産むことを選んでくれたの」

「そうだったのか」

「……うん」

「親は親なんだよな。親が両方いないと、この世に生まれてこられなかった。感謝しないとな。腹が立つこともあるけどさ。両親に対してお互いに感謝してみようぜ」

——感謝。

父親と母親が両方いたから今の私がいる。

私は駄目でバカだけれど、間違いなく生きている。

悠斗にもお姉ちゃんにも、ヒカリにも澪にも出会えた。

楽しいと思えた時間もいっぱいあった。

感謝の気持ちをすっかり忘れていたことに気づかされた。

「悠斗は、私の恩人《おんじん》だよ」

悠斗の胸に顔を埋めると、とてもいい匂いがした。

洗いたてのシーツのような爽やかな香りだ。

大好き――。

だけど、いつか別れの日が来る。だから……好きになっちゃいけない。

「彼氏が私の親友と付き合うことになったんだ」

「お前のくせに彼氏いたんだ」

「告白してくれてお姉ちゃんに付き合ってみなさいって言われたから……。純潔な関係だったけど」

悠斗は私から離れた。もっと近くにいてほしかったのに……。離れてほしくなくて、胸が痛くなる。

「お姉さんに付き合えって言われたから付き合うなんて、軽い恋愛しかしてないんだな」

何も言えなくなって唇を噛む。

高校生でも真剣に恋愛している人がいっぱいいるのに、私はまだまだ子供なのかもしれない。

「重い恋愛をしたって、結ばれないことだってあるじゃない」

負けたくなくて、投げ捨てるように言い返した。

「かもな」

悠斗は、寂しそうな表情をして力なく笑った。

月のようなキミのことを思い出しているのかもしれない。

嫌な気持ちになって叫びたくなる。

「そんな顔しないでよ！」

「ん?」

「悠斗の悲しそうな顔見たくないのっ」

「べつに悲しくないけど?」

「次は、絶対に幸せな恋をしてやるんだから」

「あぁ、頑張れ。でも、失恋するたびに来るなよ? 絶対慰めないからな。俺は面倒くさいことは嫌いだから」

悠斗は笑みを向けた。


その日の夜、久しぶりに家族三人で夜ご飯を食べた。父親と食事を一緒に食べたなんていつぶりだろう。

あまり会話はしなかったけれど、嬉しそうな表情をしていた。

食べ終えた私は父親となんとか会話をしようと思って目を見つめた。

「仕事、忙しいの?」

「えっ、あぁ……。まぁ、そこそこかな。千華は受験勉強頑張っているか?」

「まあまあかな」

私と父親が会話をしているところをお姉ちゃんがびっくりして見ている。

「たまにはゆっくりする時間を作ったほうがいいよ」

「ありがとう。風呂に入ってくる」

父親が嬉しそうにはにかんで、廊下に出た。

私は食器を手早く重ねると台所に持っていく。お姉ちゃんがすぐに追いかけてきた。

「どうしたのよ、急に」

「ん、別に」

「お父さんにやさしくするなんて、さ」

「ゆうさんが、気づかせてくれたんだよ」

思わず言ってしまう。

「あぁ、あのサイトの人？」

うん、と頷く。

「いろんな人間がいるんだよね。その中でこうやって生きているのはちょっとすごいことなのかなって思ったの。そう感じたら自然と感謝できたというか。やっぱり、生まれてきてよかったよ。両親に感謝」

悠斗のことを思い浮かべながら食器を洗っていく。あんなに苦手な父親と会話できて、やさしい気持ちになれたのは悠斗のおかげだ。

お皿を洗い終えて蛇口《じゃぐち》を閉めたお姉ちゃんが、私を思い切り抱きしめた。

「お母さんが亡くなった時は悲しかったけど、千華に会えてお姉ちゃんは幸せだよ。産まれてきてくれて本当にありがとう」

お姉ちゃんに抱きしめられて愛を感じる。私もお姉ちゃんに出会えてよかった。

「こちらこそ、ありがとう。ひねくれ者の妹を大事にしてくれて」

感謝の気持ちを素直に伝えるのは恥ずかしいけれど、たまにはいいものだ。

悠斗、私に大切なことを教えてくれてありがとう。

◆

澪とヒカリと会話をしなくなってから一週間が過ぎていた。

季節は七月に入り日差しが厳しくなってきた。

学校が終わり、鞄にテキストをしまっていると二人が近づいてきた。

言いたいことがあるなら言ってほしい。もしそれで友人関係が終わってしまっても、悪いのはすべて私だから。覚悟を決めて二人と話すことにした。

何を言われるのだろうと身構えていると、澪が一歩前に出た。

「千華、ごめん！」

頭を深く下げて謝ってくれる。

私は怒ってなんかいないし、逆に申し訳ないと思っていた。

「ずっと、我慢させていたんだね。澪の気持ちに気がついてあげられなくて、私こそごめんね」

振り返ってみたら、澪は陽一の前に行くと乙女のようにキャッキャ言って、頬を真っ赤に染めていた。

ずっと近くにいたのに気がつかなかった私って酷い。もっと周りを見ることができる大人に成長したいって思った。

「話しかけるのが怖かったの」

「澪、無理させていてごめんね。陽一とは、手をつないだだけだから」

私が笑いながら言うとヒカリも「ごめん」と謝ってくれる。

ヒカリは、私と澪の間にいて辛かっただろう。

「澪、これからも親友でいてね」

澪は涙をいっぱい目に浮かべて、頷いた。

「なんか甘い物でも食べていかない？」

「うん！」

私達は教室を後にした。

外に出た私が立ち止まると、二人は不思議そうな表情をしている。

ずっと言えなかったことを言おうと決意して顔を上げた。

「私も、謝る。二人に、嘘をついていたことがあるの」

「何……？」

澪が不安そうに聞いてくる。

ヒカリは眉間にシワを寄せて心配そうに視線を送っていた。

「私、ファーストキスすらまだなんだ。ダサいでしょ？」

ずっと、言えなかった秘密を言ってスッキリした。

恥ずかしかったけど、友達に嘘をつきながら付き合うのは心苦しかったのだ。

二人の反応をおそるおそる見つめると、澪とヒカリの顔に、『安心した』という表情が広がる。

「そんなこと？　どーでもいいよ」

澪がにっこり笑う。

「キスは一番好きな人とするといいよ」

ヒカリがわざとらしくウィンクした。


澪とヒカリと歩きながら語り合う。

悩んだ挙句、私は、親友二人に悠斗のことを打ち明けることにした。

「ボランティアに行っている家の彼なんだけど、もしかしたら『青い羽根』の管理人かもしれない」

「嘘だぁ」

ヒカリが笑い出す。つられて澪も笑っている。確かに信じられないかもしれない。私もはじめの頃はそうだった。

「本人にはまだ確かめてないけどね。たぶん、そう」

「青い羽根の管理人は、千華の恩人だもんね」

ヒカリがやさしい声で言った。二人は、私が悩んでいることをすべて知っていて慰めてくれたのだ。

「うん……」

私にとって『ゆうさん』は、本当に大事な存在だから、悪いふうに思われたくない。

二人には引きこもっている話は、さすがにできなかった。

「好きなんでしょ？　その人のこと」

「……好きだけど、お金持ちすぎて身分が違うから」

悠斗が元気になったら悠斗はあの大企業の蒼井家の中で生きていく。

平民の私とは格差がありすぎて、生きる世界が違うのだ。

まるで小説のような壮大な恋愛みたいだけど、現実はハッピーエンドなんてありえない。

ねぇ、悠斗。私……心が奪われてしまいそうで怖いよ。

第四章　甘いマスクのイケメン

トントン――。

ノックをして、元気な声で挨拶をする。

「入るよ」

ドアを開けて入っていくと悠斗は、車椅子に乗って今日もまたパソコンに向かっている。サイトの管理をしているのかもしれない。

「おう」

振り向いた瞬間、呼吸が止まるかと思った。

あの長かった髪が短くカットされて柔らかな栗色に染められていて、横に前髪がサラッと流れている。人気若手俳優かのようなハンサムな顔をしていた。

整った意志の強そうな眉毛。

綺麗な二重に、筋の通った鼻。

綺麗な形のいい薄い唇。

仙人に見えていた悠斗は、甘いマスクのイケメンだった。

「だ、誰⁉」

「声でわかるだろう」

「髭は？　髪は？」

近づいて頭をグシャグシャと触り、頬に触れる。

「あーもぅ！　触るな！」

「だって、超ビックリしたんだもん！　ありえない！　どうしちゃったのっ？」

「お前が髭を剃れってウザいからだろうが」

呆れた口調だけどなんだか楽しそう。

「かっこいいじゃん、悠斗！」

「当たり前」

ニッと微笑んでくれる。この笑顔に私の心は一瞬で奪われてしまった。

「イケメンはあまり得意じゃないんだけど、悠斗となら普通に話せそう」

「は？　なんだそれ」

私は照れ隠しするように早口になって笑うが、同時に不安が襲う。

あのポエムの人に会いに行くための準備をはじめたのだろうか。

悠斗が元の生活に戻るようになったら、私は悠斗にとって不要な人間になってしまう。

悠斗と会えなくなる未来なんて考えられない。

彼が元気になることを誰よりも願っていたはずなのに、胸が締めつけられる。

私って、小さい人間だ。だけれども、それほど私は悠斗を思っている。

伝えることがない、むなしい感情が胸の中で膨らんで、今にも張り裂けそうだ。

泣きそうだよ。

どうしたらいいのか考えても答えは出ない。

ただ、ただ、感情を押し殺すのが最善策なのだろう。

好きと言われたって悠斗も困ることが予想つく。

「ほら、勉強するぞ」

「う、うん！」

悠斗と並んでソファーに座って勉強を教えてもらっているけど、ドキドキしすぎて正気でいられない。どうしよう……。

勉強を一通り終わって疲れ切った私はヘロヘロになっていた。

「よく頑張ったな」

悠斗が私の頭をポンポンと撫でてくる。距離感が近くてドキドキしておかしくなりそうだった。

「二週後の水曜日、予定あるか？」

二週後はもう夏休みだ。

「塾が午前中までだから、午後からは大丈夫だけど」

悠斗から誘われたことなんてなかったから、びっくりして目を丸くしてしまう。

「じゃあ、付き合ってほしいところがあるんだけど」

「うん、わかった。悠斗の家に来ればいい？」

「ああ。待ってるから」

真剣な眼差しを向けられたので、私はうんと頷いた。

◆

夏休みに突入したが、受験生なので楽しみはない。塾漬けの毎日が待っているが、悠斗と会う約束をした日になり、気持ちが高揚《こうよう》していた。

私は急いで約束の時間に間に合うように向かう。一体、どこに付き合ってほしいのだろう？

悠斗の家の玄関の前には、黒塗りの高級車が停まっていた。

私は昨日からほとんど眠ることができなかった。

悠斗と外出する日がくるなんて信じられない。

車の中を覗き込むと悠斗が後部座席に座っている。

私に気がついた草野さんが運転手席から降りてきて頭を下げてくれた。

「千華さん、こんにちは。外出までお付き合い頂きありがとうございます」

「いえ。一緒に出かけることができて本当に嬉しいです」

草野さんがにっこりと微笑んで後部座席の扉を開いてくれた。ドアが開くと悠斗がこちらに目を向ける。

「おう」

本当に悠斗と一緒に外に出られるのだと思うと胸がいっぱいでなかなか車に乗り込めなかった。

車の中に乗ってしまえば夢が終わるのではないかと躊躇していると、睨みつけられる。

「時間がないから、早くしろ」

「……ったくもう。上から目線なんだから」

文句を言いながらも、私は車に乗った。

車の中は黒の革張りで、ゆったりとしていて、座り心地がとてつもなくいい。

車が走り出すが、まったく揺れない。

こんなにもクッションのいい高級車には乗ったことがなかった。

「高級車だね」

「まあな」

「悠斗ってやっぱりお金持ちなんだなぁ。私とは生きる世界が違うよ」

ぼそっとつぶやくと、悠斗が頬をやさしく抓《つね》ってきた。

「痛いっ！　いきなり何すんのよ！」

頬を膨らませて悠斗を睨み、私は負けじと抓ってきた手をパシッと叩く。

「生きる世界が違うとか言うなよ。同じ人間だろうが」

ムッとした表情をされた。

「明らかに違うでしょ。大富豪と平民じゃん！」

「千華に差別された。まじで腹立つわ……。ありえない」

本気で怒るから私は何も言い返せなくなる。

そんなに怒ることないのに……。

「差別じゃないもん。本気だもん」

パシッと今度は膝を叩かれる。もちろん、痛くはない。

「気安く触ってこないでよ。一応、レディーなんだからね！」

「はぁ？　お前、スカート短すぎだ。冷えるだろ。バカなんじゃねぇの」

「ミニスカートで可愛いじゃない。バカ、バカ、失礼ね！」

「バカ」

ちょっと傷ついてうつむくと、大きな手のひらが頭を撫でてくれる。ドキッとさせないでほしい。

上目遣いで悠斗をチラッと見ると楽しそうに笑っている。

「レディーなら、他人に気安く素肌《すはだ》を見せるな。大事な人の前だけにしておけ」

妙に艶《つや》っぽい声で言われるから、頬が熱くなる。

何も言い返せなくなって、窓に視線を移した。

「これからどこに行くつもり？」

「到着してからのお楽しみだ」

「変なところに誘拐《ゆうかい》しないでよ？」

「お前がいい子にしていれば変なところには連れていかないさ」

結局悠斗はどこに連れていくか教えてくれなかった。一緒に車に乗っているだけでいい。あの部屋から飛び出して出かけられているのがこんなにも幸せだと思わなかった。このまま時間が止まってしまえばいいのにとさえ思ってしまう。

車は大学病院に到着した。

車から降りて車椅子に乗り移り、病院の中に入っていく。

「ここ病院だよね？　もしかしてどこか調子悪いの？」

「体調は万全すぎる」

心配しながらついていくと到着したのはリハビリ室だった。

マットレスや台が置かれていて患者《かんじゃ》さんが理学療法士《りがくりょうほうし》さんと体を動かしている。見たことのないような機械やランニングマシンがあった。

私と草野さんは邪魔にならないように壁際に立って見学していた。悠斗は足に重りをつけて動かしたり、腹筋をしたりと筋トレをしている。悠斗のトレーニングの気迫《きはく》は有名アスリート選手のようで、ものすごい迫力だった。

「千華さんでよかったです」

「え？」

隣に立っている草野さんに話しかけられて首をひねった。

「旦那様には怒鳴られましたが、悠斗坊ちゃんが立ち直ってくれて嬉しいのです」

「私のおかげじゃありませんよ。悠斗が変わろうって決心したから」

「これから先、厳しいことも言われるかもしれません。しかし、旦那様は、根本《こんぽん》は素晴らしいお方です。こんな私を見捨てず、拾ってくれたのですから」

「どんな関係なんですか？」

「秘密ですよ。地元が一緒でした。旦那様は苛められっ子でね。助けてあげたのですよ。お金持ちの子だとも知らずに。数十年が経って私はリストラに遭いまして……。お手紙のやりとりはしておりましたから、そのことを告げたら坊ちゃんのいる北海道で……とお仕事をいただいて。大変感謝しているんです」

旦那様と草野さんには二人にしかわからない絆《きずな》があるのだろう。

「ずっと、悠斗坊ちゃんのそばにいてあげてください」

「……草野さん」

一緒にいられないことがわかっているはずなのに、どうしてこんなことを言うのだろう。

悠斗は担当の理学療法士さんが見守る中、義足をつけた。

「……いつのまに義足を作ったの？」

驚いていると車椅子のまま悠斗が近づいてきた。

「千華、一緒についてきてほしい」

「う、うん」

やさしそうな男性の理学療法士さんが笑みを浮かべている。

どこに行くのかと思えば病院の中庭だった。

中心部に池があり、その周りには様々な花が咲いていた。

ひまわりは太陽に向かって思いっきり伸びている。色とりどりの花が咲いていて、入院患者さんや病院に来た人たちの心を癒すために丁寧に庭が手入れされていた。病院とは思えないほど綺麗な空間でうっとりとしてしまう。

「綺麗なところ！」

「だろ？」

悠斗はまるで自分の庭のように自慢気に言うと、理学療法士さんがクスッと鼻で笑った。

悠斗は緊張を吐き出すかのように息をふぅっと出した。意識を集中させているようだ。

私は瞬きもしないでずっと悠斗のことを見つめる。

ゆっくりと彼は立ち上がった。

ずっと出会ってから座ったままの彼が立っている。

信じられない姿に、私は感動で言葉が出てこなかった。

すごく背が高くて圧倒されてしまう。

理学療法士さんが手をつかんで一歩ずつ歩みを進めていく。

「歩いた……」

調子をつかんでくると今度は手を離して一人でゆっくりと歩いていく。

少し離れた場所から見ていた私のもとへ一歩ずつ近づいてくる。

私は、涙を我慢するので精一杯だった。

悠斗が自慢気に少し照れたような勝ち誇った表情を浮かべて、私の所へ来てくれた。

「悠斗、いつの間に作っていたの？」

「一ヶ月くらい前だ。過去にも義足で歩いたが、ブランクがあるからもう一度調整してもらって。今回は義足の再チャレンジ。せっかく義足を作って歩いたのに俺は人生に絶望して歩くことをやめてしまったんだ。そんな時にお前が現れて……」

「そうだったんだ。びっくりして、涙が出ちゃった」

我慢しようと思っていたのにやはり涙があふれてきて、照れ隠しするように私は満面の笑みを浮かべた。

「そんなに不細工《ぶさいく》な顔俺に見せるなって」

「不細工だなんて失礼ね！」

悠斗が私の頭を撫でながら理学療法士さんに目を向ける。

「先生、こいつが俺の引きこもりを治してくれたんです」

「彼女がそうだったんですね。だから、はじめて外での歩行練習を見せたかったのですね」

「ええ」

悠斗が私の手を握った。

「この池を一周しようと思うから、手を貸してほしい」

「う、うん」

緊張しながら一緒に並んで歩く。

悠斗は私の力をほとんど借りないで自力で歩いていた。

理学療法士さんが見守ってくれている。

「すごい上手だね」

「まあな」

「義足って痛くないの？」

「慣れるまでは痛かったけど今は安定している。ただ、長い時間はまだつけていられないから練習しているんだ。一般的な生活に耐えられるぐらいまではつけていられるようにしないとな」

会話をしながら池を一周し終えると、理学療法士さんが近づいてきた。

「今日はあまりもう無理しないほうが」

「……もう少しだけ歩いてはいけませんか？」

「うーん、あまり最初からペースを上げてしまっても」

それでも歩きたいと言い張る悠斗に理学療法士さんは頷いた。

悠斗は結構な歩数を歩いているので疲れているようだ。

呼吸がちょっと上がって額にうっすらと汗をかいている。

それでも、一歩一歩前に進む。

どうしてそんなに必死なのだろう。会いたい人がいるのかな。

「あまり、無理しないでください」

「ええ。大丈夫です」

理学療法士さんに言われても、悠斗は歩く。頑張れと心でエールを送る。ちゃんと歩けるようになって、会いたい人に会って幸せになってほしい。そう思うと、胸が熱くなりまた涙が零れそうになる。

リハビリを終えた悠斗が、車椅子に乗ってこちらに来た。

汗でびっしょりだ。髪の毛が濡れていてもかっこいいのだから、参ってしまう。

草野さんがタオルを差し出す。

「お疲れ様です」

「お疲れ」

草野さんに続いて私も言うと、悠斗がニッコリと笑った。

「風呂に入りたい」

こんなに頑張ったんだからそう思うのも当たり前だ。汗で濡れているから風邪をひかないようにしないと。

「草野、この辺に貸切風呂はないか?」

「ございますよ。予約いたしましょうか？」

真面目に答える草野さん。悠斗が私を見る。

「お前と一緒に入るかな」

「えっ！　な、ななな、何、言ってんの？　バカ！　一人で入りなさいよっ」

「そんなに焦ることないだろう？　冗談に決まってるし」

「心臓に悪いこと言わないで」

バシッと悠斗の肩を叩くと楽しそうに笑っている。悠斗は、自然に笑顔を作れるようになった。出会った頃とは別人だ。すごく嬉しいけれど、その素敵な笑顔を私以外の人に見せたくないって思う。

悠斗は、私の彼氏じゃないのにおかしな独占欲《どくせんよく》が支配するのだ。

「草野、家で入るよ」

「かしこまりました」

草野さんが頭を下げる。

リハビリ室に一度戻って義足を外して家に帰ることになった。

悠斗の視線が私に向けられた。

「千華、送っていくか？　それとも、俺の家来る？」

「帰るよ。一人で帰れるから大丈夫」

じっと射貫《いぬ》かれるように見つめられ、私は頬が熱くなる。

「なんか顔色が悪いぞ。早く寝ろよ」

そんなやさしいことを言われると、泣きそうになる。涙をこらえて私は微笑んだ。

「ありがとう。私の心配なんてしないで自分の心配をしなよね」

「先に車を用意して参ります。玄関までゆっくりと向かってください」

草野さんは礼儀正しく言うと、私と悠斗を残して先に行ってしまった。

私は悠斗の車椅子を押す。

悠斗の背中は大きい。

悠斗の香りが私の鼻を通り抜ける。後ろから抱きつきたい。男性に対してこんな気持ちを抱くことはなかったのに、不思議だな……。

「あまり無理しないでね」

「お前が義足でなんでもできるって教えてくれたんだぞ。せっかくやる気になったんだから、一日も早くマスターしたいだろ？」

「そうだけど……」

「俺は決めたことは貫き通す」

芯の強い人だ。

悠斗なら絶対に上手に歩けるようになるだろう。

「強いね」

「恩返しをしたい人がいるからさ」

「そうなんだ」

自分の知らない世界に行ってしまいそうで切なくなる。

こんなにそばにいるけれど、私と悠斗はいつか接点がなくなってしまうのだ。

右、左と、迷路のように長い廊下を歩いていくと、玄関にたどり着いた。

家まで送ると何度も言ってくれたけれど、丁重にお断りをした。車が走り出し見えなくなると、私も病院を後にした。

◆

ヒカリから盆踊《ぼんおど》りに誘われた。

お姉ちゃんは最近、勉強をはじめた私を見ていて受験生だけど息抜きに行っておいでと言ってくれた。

リハビリを頑張っている悠斗に影響を受けて、私も今自分ができることを頑張ろうと思って、真面目に勉強するようになった。

ヒカリの彼氏の田端《たばた》くんも来るらしいが、陽一と田端くんは元々友達なので誘ったらしい。陽一は澪とお付き合いしてとてもラブラブで見ているこちらが照れてしまうほどだ。

お姉ちゃんに水色で朝顔《あさがお》柄の浴衣《ゆかた》を着せてもらい、髪の毛までセットしてもらった。

「できたー、千華、すごく可愛いよ！」

鏡に映った自分を見ると、浴衣ってやっぱりいいなと感じる。夏っぽい。

「好きな人に浴衣姿見せたいんじゃないの？　今日、意中の人も来るの？」

私は頭に悠斗を浮かべてから、頭を左右に振った。

「来ないよ」

意中の人という言葉に私はもう否定しなかった。

私は、きっと……悠斗に恋をしてしまったんだ。

「そんなに悲しそうに言わないで。誘ってみたら？」

「いきなりは難しいかな」

一緒に行けるならそりゃあ行きたいけど、人混みにいきなり連れ出すのはハードルが高い。私は悠斗とならどこにでも出かけたいが、悠斗はやっとリハビリに行くようになった。あまり無理をさせてはいけないだろうな……。

「じゃあ行ってくるね」

「うん、行ってらっしゃい」

私は、家を出て盆踊り会場となる大通り公園に向かう。

悠斗のことが頭に浮かんで離れない。

今、何をしているのかな。

自分の部屋で本を読んでいるのかな。

それとも、ポエムを綴っているのだろうか。

会いたいな。

声が聞きたいな。

悠斗、悠斗……会いたい。

会場には、みんなより早く到着してしまった。

たくさんの人がいて、盆踊りを楽しんでいる。

お盆ということは、お母さんも戻ってきているのかな。

私は天国のお母さんを心に思い浮かべる。

……お母さん、私、好きな人ができちゃったかもしれない。でも、相手はすごくお金持ちのお兄さんなの。

身分差がありすぎる……よね。

好きって思っても結ばれるような相手じゃないんだ。

こんな初恋、あまりにも切ないよ。

これからの人生、悠斗以上に想える人に出会えるのかな。

もう他の誰かには、これほどの愛おしい感情が湧いてこない気がする。

お母さんならどんな回答をくれるのだろう。

諦めなさいって言うの？　それとも、想い続けなさいって言う？

「お待たせ！」

黄色の浴衣姿のヒカリと、田端くんがやってきた。ほんの少し遅れて赤い浴衣の澪と陽一が来る。

みんなでお互いの浴衣姿を誉め合って、笑みを浮かべた。

「行こう」

ヒカリが言って盆踊りの輪の中に入っていく。

盆踊りの曲が耳の奥で木霊《こだま》する。

太陽が沈んで空が紫色から紺色に変わり、スポンサーの名前が入った提灯《ちょうちん》が煌々《こうこう》と輝いている。

踊りながらふと視線を動かすと、澪と陽一が輪を抜けてチョコバナナを食べながら、二人は楽しそうに笑っている。

澪と陽一はすごくお似合いで、幸せそうで私も温かい気持ちになった。

あぁ、やっぱり悠斗に浴衣姿を見てもらいたい。

悠斗に会いたい気持ちが爆発しそうになる。

会いたい。

一目でいいから悠斗の顔が見たい。

どうしようかと悩んだ挙句、私はみんなの輪から抜けることを決意した。

「ヒカリ、ごめん。ちょっと帰るね」

「どうしたの？」

ヒカリが澪と陽一に視線を送る。

「傷ついたの？　大丈夫？」

「違うよ！　二人のことは心から祝福しているから」

「じゃあ、どうしたのよ」

「あの、ちょっと届けるものがあって」

理由を言い出せない。

私はうまい言い訳も見つけられずに、わかりやすい嘘をついて輪から抜け出した。

時計は二十時前だから、まだ行っても許してもらえないかな。すぐに帰るから少しだけ会いたい。

チョコバナナを売っている屋台の前に行く。

「一本ください」

「はいよ」

お金を払うと、チョコバナナを持ったまま悠斗の家に走った。

スニーカーだったらもっと早く走れるのに、下駄がこんなにも嫌だと思った日はない。

私のことを変な目で見ている人もいたけど、そんなのどうでもよかった。

会いたいから走る。少しでもいいから、会いたい。

悠斗の家について呼吸を整うのも待たずに、チャイムを押すと草野さんが出てきた。

「こんばんは、本日はどのようなご用件でしたか？」

「チョコバナナ……を、食べさせたくて……」

会う理由が見つからなくて、チョコバナナを買った。

草野さんは、息を切らす私を不思議そうに見ているが、目をやさしく細めた。

「お願いします。少しの時間でいいので会わせてください」

必死でお願いする私に、草野さんは頷く。

「お上がりください。今日は奥様がご旅行でご不在なんです。ごゆっくりなさってください」

「ありがとうございます！　お邪魔します！」

中に入ると二階へ急いで向かう。

悠斗の部屋に到着してコンコンとノックをする。

「悠斗！」

扉が開いて、車椅子のまま悠斗が出てきた。

「悠斗！　チョコバナナ！」

「は？」

悠斗は、突然で驚いたのか目を丸くしている。

「盆踊りで、美味しそうだったから、持ってきたの！　食べて」

チョコバナナを受け取った悠斗が、パクっと口に入れた。

それだけなのに、ものすごい感動を覚えてしまう。私、変だ。

どうにかなってしまったみたい。

「甘い」

「チョコだもん、当たり前でしょ？　美味しいとかありがとうとか感謝の言葉はないの？」

浴衣姿なのにそのことに触れてくれなくて恥ずかしくなり、饒舌になってしまう。

「だって、バナナにチョコレートをコーティングしてるんだもんっ」

「オレンジだな」

「はぁ？　何言ってんの？　バナナだよ！　どう見てもバナナでしょ。悠斗、味覚がおかしいんじゃないの？」

「違う。千華には、オレンジ色の浴衣が似合うよ。水色も可愛いけれど」

「ひゃいっ……」

びっくりして、変な言葉を発してしまった。

頬が熱くなるのを感じた。だって……可愛いって言ってくれたから……。

ドキドキして、固まる。

そんな動揺しまくっている私を見て、悠斗がクスクスと笑っている。

もしかして、私のこと、からかってるの……？

「あぁ、お前がじゃなくて、浴衣が可愛いんだからな？　勘違いするんじゃねぇぞ」

「え……？」

「バーカ」

泣きそうになって、鼻の奥がツーンと痛くなった。

いつもはこんな些細なことで泣かないのに、悠斗の言葉に一喜一憂《いっきいちゆう》してしまう。

一瞬でも照れてしまった自分が超絶《ちょうぜつ》、恥ずかしい。

「……わ、わかってるもん。浴衣が可愛いことくらいっ。私はどうせ可愛くないし！」

恥ずかしさを隠すように拗ねた口調で言うと、悠斗が愉快そうに笑っている。

「お前はチョコバナナ食った？」

「……食べてないけど！」

「食べるか？」

口元に差し出されたからついパクっと食べてしまう。

モグモグと咀嚼《そしゃく》するけど、ドキドキしすぎて味がよくわからない。

……だって、これ、間接キスだよね？

それだけのことなのに、私は顔から火が出そうになっていた。

甘すぎる。このチョコバナナ、めちゃくちゃ甘い！

「こういう単純な食べ物って案外、うまいよな」

「……う、うん」

悠斗はふたたびチョコバナナを口に入れる。

私が口をつけたのに、嫌じゃないの？　パニック状態で悠斗のことを見つめていると、ペロッと食べてしまった。

「チョコバナナ、サンキュー。ご馳走様」

「……どういたしまして」

「ちょうど小腹が空いていたから、助かったわ」

柔らかな表情を浮かべている彼を見ると涙が出てきそうになった。どうしてこんなにも胸が痛いのかな。

「一緒に盆踊りに行きたい」

「踊れないけど、付き添いで行ってやってもいいかな。来年、行くか」

来年の夏、私は悠斗の隣にいるのかな……。

「今すぐ行ってやれなくてごめん。そんなに悲しい顔しないでくれ」

悠斗はやさしい声で言って微笑んだ。

私は悠斗の笑顔が大好きだ。微笑まれると胸がおかしくなってしまいそうなほど熱くなる。きっと今の私は、顔が真っ赤になっているに違いない。

「遅くなるからもう帰れ」

「うん。……お邪魔しました。またね」

家を出ても私の顔はまだ熱くて、全身が火照っていた。

ねぇ、悠斗……。ドキドキしすぎて心臓がおかしくなっちゃいそうだよ。私、どうすりゃいいの？

第五章　私が本気の恋をするためじゃなくて……

夏休みが終わり日常に戻っていたが、推薦で受験を受ける人は忙《せわ》しない雰囲気を醸《かも》し出していた。

今まで進路なんて関係ないといった感じの子も、いよいよ将来を決めていかなければと、空気感が変わっている。

クラスの茶髪だった子が黒髪になっていて、笑ってしまった。私は相変わらず茶色いけど。

受験という大事な人生のイベントが差し迫ってきているのに、それよりも私の頭の中は悠斗で支配されていた。

今日も学校を終えてから、塾で授業を受けていた。

悠斗は元気になってきている。

私は会いに行く回数を減らすべきなのかもしれない。悠斗と会えなくなるなんて寂しすぎる。

カリカリ……ポキっ。

シャープペンシルの芯が折れただけなのに、泣きそうになる。

授業も耳に入らずため息ばかりだ。受験生なのだからしっかりしなきゃと思っているのに、悲しくなって身が入らない。

私は悠斗と、どんな関係になりたいのだろう。多くを望んではいけない。

ボランティアとして関わり、彼が元気で暮らせるように応援するのが役目なのだから、恋なんてしたくなかった。

塾を終えて帰る支度をすると、疲れがどっと出てきた。今日は早く寝よう。

澪とヒカリに断りを入れてから、私は一人早歩きで歩き出した。

家に戻る途中――。

ふと、公園にいるカップルが目に入った。木の下で抱きしめ合っている。

二人は私に気がついていないようで、見つめ合い唇を重ねた。

キス……だ。急に顔が火照る。

盗み見ているわけじゃないけど、目が逸らせなかった。

愛し合う二人のキスは、とても綺麗だったから。まるで絵画のようだった。

私は、一生、キスなんてしないだろうなぁ。

悠斗と離れたら何を生きる力にしたらいいのだろう。

家で会うだけじゃなくて、願わくはデートをしてみたい。

悠斗と朝から待ち合わせをして、ランチをして。

まったり街をぶらぶらと歩いて、カラオケとか映画に行くのもいいかもしれない。

水族館とかで手をつないで歩くことにも憧れる。

お茶をして、夕日が落ちていくのを一緒に見届けて、寄り添うなんてロマンチック！

相手は誰でもいいわけじゃない。絶対に悠斗じゃないと駄目だ。

「……バカだな、私」

叶わない夢は思い描かないほうがいい。切なさが増すだけだから。

空を見上げると、月がくっきりと浮かんでいる。

悠斗の代表的なポエムを思い出した。

義足で頑張って歩いているのは、あのポエムに出てくる人に会いたいからなのかもしれない。

私は悠斗が幸せになるなら、後押しをしたいと思った。

自分が幸せになれなくても、悠斗には幸せになってほしい。

家に帰ると、お姉ちゃんがリビングでウェディング雑誌を見ていた。

「千華、お帰り。ご飯は?」

私が帰ってきたことに気がついて、満面の笑みを向けてくれる。

「牛乳でいいや」

素っ気なく答えると、心配そうに眉間にシワを寄せる。

「ちゃんと食べないと勉強に力が入らないよ」

「うん……」

「ごめんね。受験で忙しい時に結婚なんて」

「べつに、いいよ」

「どうしても仕事の都合でね」

「そっか。あんまり手伝えないけど、気にしないでね」

「ありがとう」

お姉ちゃんの隣に腰をかけると、雑誌をパラパラめくる。

「ドレス、どれがいいかな」

「うーん……」

花嫁か。結婚かぁ。私には、無縁だろうな。

お母さんがいない中、家事を頑張ってくれたお姉ちゃんの結婚を心から祝ってあげたい。世界一幸せになってほしいな。

「ただいま」

父親が帰ってきてリビングに入ってきたので、お姉ちゃんが立ち上がって鞄を受け取る。

ネクタイを緩めながら父親は私に視線を移した。

「お疲れ様」

「千華も受験勉強、お疲れ様。順調か？」

「まあまあかな」

父親が私に気を使ってくれているのがわかる。

昔の私だったらイライラしていたけれど、悠斗のおかげでムカつかなくなった。

少しでもいいから感謝の気持ちを持とうと意識できるようになったのだ。

家族と仲直りできたのも悠斗のおかげだと、心の中で彼を思い浮かべてお礼をする。

「ドレス、どんなのがいいか千華に相談してたの」

「そうか。結婚式がいよいよ近づいてきたな」

「お父さん、泣かないでね」

お姉ちゃんが父親に意地悪っぽく言うと、クスッと笑う。

「大号泣《ごうきゅう》するに決まっているだろう」

「そんなことされたら、私も泣いちゃうからやめてよね」

アハハと父親は楽しそうに笑った。

「千華の時も、泣いてやるから覚悟しておけよ」

「私は結婚しないと思うよ」

「そうか？」

父親は嬉しそうな、困ったような複雑そうな顔をした。

悠斗は、どんな人と結婚するのかな……。

◆

今日は塾がない日なので、学校を終えて真っ直ぐ悠斗の家に向かう。

肌寒くなってきた。腕を摩《さす》りながら足早に歩く。

悠斗の家に到着してチャイムを押すと、家政婦さんが出てきた。

「いらっしゃいませ」

「悠斗に会いに来ました」

「残念ですが外出されています」

「そうですか」

せっかく会いに来たのに会えないなんてとテンションが下がってしまう。

家から一歩も出なかった悠斗が外の世界に足を踏み入れているのは、嬉しいことなのに、そばにいられなくてちょっぴり寂しい。

部屋に引きこもっていたのが遠い昔のように感じる。

帰ろうとした時、奥様が私に気がついて近づいてきた。

「千華さん、来てくれたのね。ごめんなさいね。悠斗、お出かけしているの」

「いえ、また来ます」

明るい口調で言うと、奥様はニッコリと笑った。

「あら、せっかく来てくださったのだからお茶でもいかが？」

私は何度か断ったけれど、どうしてもお話しましょうと言うので少しだけお邪魔することにした。

「千華さん、おかけになって」

「失礼します」

いつも以上に機嫌がいいようで、ウキウキしている。

何かいいことがあったのだろうかと考えていると、奥様は早速、話をはじめた。

「実は、悠斗、経営の勉強をはじめたのよ。千華さんのおかげね」

「いえいえ……」

「昔のように戻ってくれれば、雪奈《ゆきな》さんのようなお嬢さんと交際もできるかもしれないし……。もしかすると、雪奈さんと復縁《ふくえん》することだってあるかもしれないわ」

嬉しそうに手を合わせて喜んでいる。

雪奈さんって、あのポエムの人かな？

家族からも気に入られているということは、家柄もよくて品のある女性だったのかも。想像すると、胃がキリキリと痛む。

胸の辺りがギュッと苦しくなる。でも、平気なふりをして笑みを浮かべて話を聞く。

「雪奈さんはね、大山建設のお嬢さんで、二人はお付き合いしていたのよ。高校時代の同級生でお似合いだったわ。大学に入ってからは遠距離恋愛だったけどね」

大山建設の娘と交際していたなんて、悠斗、すごすぎる。

「なんというか、やはり釣り合う運命の人っていると思うのよ」

まるで、私はお似合いじゃないとでも言いたそうな口調だ。

あえて忠告されなくてもわかっているのに、わざとらしく言われている気がする。

奥様は、紅茶を一口飲んだ。

「社会復帰するのも、もうすぐだわ。だから、もう少しだけ悠斗を支えてあげてね」

バカな私でも奥様が何を言いたいのかわかる。

遠まわしに悠斗が元気になったら、消えろとのメッセージが込められているのだ。

悠斗が元気になって経営も頑張れるようになれば、家柄のいい人と結婚できる。

そうなると、私の存在は不要どころか邪魔だ。

そんなの最初からわかっているけれど、悠斗に恋心を抱いてしまったのは予想外だった。

好きになんてなりたくなかったのに、悠斗がゆうさんだから悪いんだから！

悠斗があまりにも魅力的だからだ！

どこにぶつけたらいいのかわからない怒りを胸にしまっていた。

「ただいま戻りました」

草野さんの声が聞こえてきた。悠斗が帰宅したのかもしれない。

「お礼は沢山しますからね」

奥様は口元をクイッと上げて言った。

いつもと違って意地悪で怖い顔をしている。

お金持ちって本当にお金で解決しようと考えるんだ。

「お礼なんていらないですよ。悠斗さんが元気になってくれて私も嬉しいです」

「千華さんには今まで本当にお世話になったと思っているのよ、だから」

「では、悠斗さんのところへ行ってきます」

話を遮るように立ち上がって頭を下げた。

廊下に出た私は、胸に溜まった苦しみを吐き出すように小さなため息をついた。

切なさが体中を支配しているみたいで、おかしくなってしまいそうだ。

……私、大丈夫だろうか。

「おう、来てたのか？」

声の方向に視線を移すと悠斗がいて、なんだか表情が明るい。

本来の彼は、こうやって人懐《ひとなつ》っこい笑顔を向ける人なのだろう。

男女問わず人から好かれるような人間だと思う。

悲しい気持ちを押し殺しながら、元気よく手を片方上げた。

「お帰り！　悠斗！」

「リハビリ行ってたんだ」

「そうだったんだ。お疲れ様」

私は車椅子に座っている悠斗の頭をポンポンと撫でる。いつも撫でられるからお返ししていたのに、手をギュッとつかまれた。そして、顔を思いっきり近づけてくる。

「どうも、ありがとう」

威圧的に言ってくるけれど、かっこよすぎてキュンとしてフリーズしてしまった。草野さんがその様子を微笑ましく見ている。

「まだ時間あるのか？」

「うん！」

「じゃあ、家庭教師してやる」

「ありがとう」

私は、悠斗の車椅子を押してエレベーターに乗った。

部屋に入ると家政婦さんがオレンジジュースを運んでくれる。

悠斗と私は並んでソファーに座った。悠斗はドリンクを飲んでホッと一息ついている。

「リハビリ、どうだった？」

「本当は入院しながら集中的にリハビリをしていくものなんだが、俺はお前の家庭教師をしなきゃいけないから、特別に通院でリハビリをさせてもらってるんだ。感謝しろよ」

頭をポンポンと撫でられる。

彼は疲れた顔をしているけれど、なんだか充実した表情で目がキラキラしている。

はじめて会った時とは別人のように変わった。

心からよかったと思うけど、自分の元から離れていくようで寂しい。

「へぇ」

「外国の話なんだけど、義足で靴のＣＭに出演している人もいるんだよ。かっこよかった」

「あえて隠さずに出ている姿に感動したし、ああいう生き方っていいよね」

「教えてくれて、ありがとな」

悠斗が私の頭をまた撫でた。

あまりにも自然な動きだったから、反応できずに真っ直ぐ前を向いて黙り込む。

悠斗はどんなつもりで、私に触れてくるのだろう。なんか、最近になってやたらと安易《あんい》に触ってくる感じがする。

私だって一応は女性なんだけど、忘れられているような……。

悠斗にとって私は妹のような存在なのかもしれない。

「ほら、勉強するぞ」

「う、うん……」

テキストを開くと、ノートのチェックをしてくれる。

その横顔をぼんやりと見つめていたら、胸の鼓動が速くなっていく。

顔がだんだんと熱くなり、呼吸が苦しい。

「じゃあ、この問題解いてみて」

「わ、わかった」

頭を捻らせて考えるが、難しくてピンとこない。

シャープペンシルの動きが止まると、ヒントをくれる。

「この場合、どんな数式を使うんだっけ？」

「あっ、わかった」

教え方がうまい。悠斗は頭がいい。

彼はどんな職業にも就くことができそうだし、どんな世界に飛び込んでも成功しそうな能力を持っている。

草野さんが声をかけてこなければ、こんな有能な人と出会うことがなかった。

それなのに、運命のイタズラなのか。

出会い……私は、悠斗に……恋をした。

大好きでたまらなくて、そばにいるだけで心臓がおかしな動きをする。

「おい、ぼーっとすんな。受験生なんだから」

頬をやさしく抓られた。

「痛いっ！」

「お前は本当に、もぅ」

悠斗は、すごく機嫌がいい。

雪奈さんに会える日が待ち遠しいのかな。

私は、どう頑張っても雪奈さんには勝てないだろう。

負ける勝負だとわかっているのに、立ち向かえるほど私は強くない。

雪奈さんは、奥様にも気に入られている。私は悠斗が元気になったらお役御免《やくごめん》だ。

「千華、お前、いいか？　追い込みで人生変わるからな。頑張れ」

「頑張っているけど、バカだから……」

頬を膨らませると人差し指で押される。

「タコみたい」

悠斗が楽しそうに笑いながら言う。気軽に触ってこないで。

私がどんな気持ちでここに座っているか、悠斗にはわからないよね。

悠斗は、雪奈さんのことを想い続けている。

でも、勇気を出せずに会いに行けていないのだ。

これだけ元気になったのだから、後悔しないように会いに行ってほしい。

私は余計なお世話かもしれないけれど、彼の背中を押してあげたかった。

「じゃあ、悠斗も頑張ってよ」

「はぁ？　俺は頑張ってるけど」

「素直になったら？」

怪訝《けげん》そうな表情を浮かべた悠斗に向かって、私はゆっくりと口を開いた。

「――月のようなキミ。

月のような柔らかい光で、僕を包み込んでくれた。

僕とキミは、出会う運命じゃなかったのかもしれない。

こうして、会えないでいるのが自然なのかもね。

だけれども。

今宵も月を眺め、キミを想い続けています。

キミに不幸が訪れませんように……。

キミが試練に負けませんように……」


私が悠斗の代表作であるポエムを無表情でつぶやくと、悠斗の表情から笑顔が消えた。

驚きの表情へと変わって私を見つめる。私は、彼の綺麗な瞳から目を逸らさなかった。

私が悠斗に出会った意味があるとするなら、それは、あのポエムに出てくる悠斗が好きな人に、
再び会えるように力を貸すことなのかもしれない。

私が本気の恋をするためじゃなくて……。

悲しいけれど、これが現実だと思った。

感情を抑えることなんて、平気。傷つくことなんて、大丈夫。

私が大切に思う人が幸せになって、心から笑ってくれたらそれが私にとっての最高の幸せだから。

大丈夫、大丈夫。

何度も心でつぶやいて、得意の嘘の笑顔を作った。

「会いたいんでしょ。月のような彼女、雪奈さんに」

「お前……。なんで、知ってるんだよ」

悠斗は困惑しているようだった。

「さっき奥様から雪奈さんのこと聞いて、あのポエムの人だと、ピンときたの。私、ファンだもん。すっごい……ゆうさんのファンなの。青い画面をパソコンで見た日からわかっていた気がする。もしかしたらって」

「そうだったのか……」

私は、頷いて悠斗に視線を送る。否定をしなかったということは、やはり悠斗は青い羽根の管理人のゆうさんなのだ。

目の前にいる彼は、私が心底大好きな人。救ってくれた人。

実際に会う前から、文字だけの世界でしか知らないのに、どっぷりハマった人である。

せっかくリアルの世界で出会えたのに、この恋は成就《じょうじゅ》することがない。

「勘違いしないでね。ゆうさんは好きだけど、悠斗は普通だから」

強がってあえて好きじゃないアピールをする。

本当の気持ちがバレたら、恥ずかしすぎるし、知られて気まずくなりたくない。

「私は、『千羽鶴』」

「お前が『千羽鶴』だったのか」

「『青い羽根』のサイトに出会った頃は、人生でどん底に落ち込んでいた時で、お母さんの命まで背負って生きるということにプレッシャーを感じてしまって……。だけど、本当にこのサイトの言葉達には救われたんだ」

私はスマホのお気に入りに登録されているサイトを開いて、悠斗に見せた。

「まじかよ」

「あのポエムの、月のようなキミに……会いたいんでしょ？」

ずっと聞きたかった質問をぶつけると、悠斗は真顔になった。本当のことを聞くのは怖かったけど、悠斗には前に進んでほしい。

腕を組んで黙り込んでしまった。

触れてほしくなかったのかもしれない。どうしようと思っていたら、悠斗は重い口を開いた。

「事故に遭ってから一度も姿を現さなかった」

「二人は恋人関係だったの？」

「そうだよ」

予想がついていたけれど、恋人へ贈ったポエムだと聞いて切なくなった。得体のしれない嫉妬《しっと》心が湧き上がって全身が痛い。平気なふりをして会話を続ける。

「悠斗は？　手紙出したりとか、してないの？」

「一度だけ」

「彼女、勇気がなかったのかもしれないし、待っているかもしれないよ。悠斗のこと、変わらずに愛しているかもしれないじゃない」

「どうかな」

今までに見たことのないくらい切ない表情で、見ていられない。

「会いに行こうよ」

「は……？」

「どんなことがあっても、私が励ますから。悠斗が、ポエムで私を励ましてくれたように！」

私はあと押しするように笑みを浮かべる。

「励ました覚えはないけど」

悠斗は恥ずかしそうにはにかんだ。

「私が、一生懸命フォローするから」

「それ、振られるのが前提みたいだな。俺はこのままでいい」

「ね、悠斗。本当は引っかかってない？」

弾かれたように、顔を上げて私を見た。

「ごまかして生きる人生は本物じゃないと思う」

フンって笑う。

「ガキのくせに」

「悠斗のポエムが大好きなの。だから」

「わかった。俺も、ケジメをつけようと思っていたから。会う準備をする」

「偉い！」

元気なフリをして頭を撫でた。

「千華に偉いって言われても、微妙」

悠斗が苦笑いをしている。

悠斗は、月のような美しい恋人に会いに行く。

喜ばしいことなのに、私の胃がすごく痛くなった。

ねえ、悠斗。私、心から応援するから……。

……頑張って行ってきてね。ファイト。

第六章　ラリーのような返事

「おーい、千華」

名前を呼ばれていることに気がついて、ハッとした。

目の前には澪とヒカリが心配そうに座っている。

昼休みを一緒に過ごしていたけれど、私は上の空だった。

四六時中、私の頭の中には、悠斗の笑顔がずっと浮かんでいる。

悠斗は、俺様なところもあるけど面倒見がよくてすごくやさしい。

ずっと近くにいたいよ。

「あ、ごめん……」

「最近、変なんだけど」

「恋って、切ないなぁと思ってさ」

私らしくない言葉が口から出てた。慌てて言い直してごまかす。

「切ない、映画を観たの……アハハ……」

ヒカリが目を細めて見つめてきた。

「お金持ちのお坊ちゃんのことで悩んでいるんでしょう？　告白したら案外お付き合いできちゃうかもよ」

「そうだよ。相手も千華のこと好きかもしれないじゃん。ずっと二人きりだったら、恋が生まれちゃう可能性大だよ！」

ヒカリの発言に続いて澪が言うから私は否定をする。

「あんなに一緒にいるのに異性として接してくれないし、ありえないよ。それに、身分差があるからね。……私、なんのとりえもない女子高生だし」

はぁ……とため息をつく。

「スーパーモデルとかだったらよかったのに」

「千華は可愛いぞぉ！」

澪が頭を撫でてくれる。

「今度、会わせてよ。品定《しなさだ》めしてあげる」

ヒカリがニッコリと笑う。

今の悠斗なら、会ってくれるかもしれない。今度聞いてみようかな。

二人にも会わせてみたい。大好きな人を紹介したい。

「やっぱり彼……青い羽根の管理人だったの」

「すごいね。なんか運命を感じちゃう」

澪が頬を真っ赤に染めて興奮しながら言う。

ヒカリも驚いて、瞳を大きく見開く。

「そんなドラマのような話があるんだね……」

「私も驚いたよ」

「千華がこんなに病むくらいだから、すっごく魅力的な人なんだろうね」

ヒカリの言葉に私は曖昧に微笑んだ。

「どうだろうね。私は、サイトの管理人が好きなだけで、彼のことは恋愛とかじゃないかもしれないし」

「でも、そのポエムを書いているのは間違いなくその人じゃない？　千華は完全に恋の病だわ」

澪もそうだと言って頷いている。

誰か恋心を消す方法があれば教えてくれないかな。

報われない恋愛ほど辛いものはないと悟った気がした。

◆

家に帰って軽く夕食を摂ってから、自分の部屋に行く。
受験勉強をするが集中できない。夜が深くなるにつれ悠斗と絡みたくなる。
私と、悠斗はメールアドレスを交換していない。
ボランティアである私とは、一線を引いているからだろうか。
悠斗とつながりたい。でもまさかこんな時間に家に行けるわけないし。
時計に視線を移すと深夜一時を回ったところだった。
きっと起きていると思う。
いや、もしかすると、リハビリで疲れて眠ってしまったかな。
唯一知っているのは、フリーのアドレス。
スマホのアドレスと違って、ダイレクトにメールのやり取りができない。
気になって眠れそうもないからメールを送ってみる。
《ゆうさんへ。いつもサイト運営お疲れ様。千羽鶴》
あえて、千華とは書かないで送信した。
メールをしたって、すぐに返事は来ない。
わかっているのに、悠斗の存在が愛おしくてメールをしてしまった。

悶々《もんもん》と私はネットを見つめる。

「何……やってるんだろう……」

消えてしまいそうな声でつぶやいた。

だんだんと体が冷えてくる。

ホットミルクでも飲もうかな。

私はキッチンへ行ってミルクを温め、ちょっぴり砂糖を加える。

立ち上がる湯気をぼんやりと眺めて一口飲んだ。

眠気がやってきたらいいのに、一向に眠くならない。

自分の部屋に戻ってメールをチェックすると、受信があった。

慌ててクリックすると悠斗からの返信だ。

《早く寝ろ。なにが千羽鶴だよ。もういいよ、千華で》

私は嬉しくなって、すぐにメッセージを打ち込む。

《起きてたんだね！　リハビリで疲れて寝ているかなって思ったよ》

ラリーのようにまたすぐに返事がある。

《勉強していて息抜きしていたところ。千華もちゃんと勉強していたか？》

不思議な気分だった。

ゆうさんからのメールの返信は、貴重なものだったのに、今は当たり前のようにメールが届く。

自分だけが特別な存在になれたような気がして胸が熱くなった。

冷えた体を温めるのには、ホットミルクよりも悠斗からのメッセージのほうが、効果があるみたい。
《ホットミルク飲んでたの。眠れなくて》
《お前受験生だろ？　なに、のんきにホットミルクなんか飲んでるんだよ。もっとしごいてやらないとな。次会ったら覚悟しろよ》
《ドS！！！》
文字だけでは満足できない。声が聞きたい。胸が苦しい。
あぁ……。私、悠斗依存症かも。
《ちゃんと合格したらご褒美やるから》
《どんな？》
《上手く歩けるようになったら、いろんなところ行って、美味いものいっぱい食わせてやる。だから、頑張って勉強して、ちゃんと大学生になるんだぞ》
《キャビアとフォアグラと大トロ、食べさせてね》
《お子様口の千華に味がわかるか？》
《失礼な！》
《早く寝ろ。おやすみ》
《おやすみなさい》
このままずっとメールをしていたかったけれど、きりがないので終わらせた。
未来の約束をしたって、守れないいんだよね。

ねえ、悠斗。あなたは、私がいつまでも会いに来ると思っているの？

悠斗の未来に私はいるの？

第七章　毎年初雪はなんだかワクワクする

十一月になった。

午前中の塾を終えてから、お姉ちゃんの結婚式で着るワンピースを買いに札幌駅を歩いていた。

色とりどりの服が並んでいて迷っていると、若い女性店員さんが近づいてきた。

「何かお探しですか？」

「姉の結婚式で着るものを探しておりまして……」

「そうですか、おめでとうございます！　それだったら、こちらのピンクなんていいんじゃないですか？　それにファーを肩からかけると可愛いですよ！」

派手すぎないダークなピンクなので、これなら花嫁より目立つことはない。

「いいですね、これください」

「ありがとうございます！　結婚式楽しみですねぇ」

「はい！」

父親が持たせてくれたお金で支払いをして、大きな紙袋を持った。

久しぶりに悠斗に会いに行こうかな。

だんだんと受験日が近づいているので、会いに行くことは我慢していた。

もう二週間も会っていない。

四月になったら悠斗とは会わないつもりでいるから、会えないリハビリをしておくのに丁度いいかも。

東京の大学へ行くことに決めたが、悠斗にはまだ伝えていない。

父親は上京することに大反対だったけど、自分の気持ちを真剣に伝えると、渋々了承してくれた。

札幌出身の私は、東京にかなり遠いイメージがある。

都会に揉《も》まれてしまえば、悠斗と過ごした日々を忘れることができるだろうとキッカケは安易な考えだったが、今は前向きな気持ちで実家から出て生活をして生きてみたいと思うようになった。

絵とか、ポエムとか、芸術面に優れていない私だけど、将来は創作に関わっている会社で働いてみたい。

一般事務員として能力を発揮《はっき》できるように人文《じんぶん》学部を選んだ。

こんな私でもちゃんと大人になれるのかな。

でも、その未来に悠斗はいない。

私が大学を卒業する頃、悠斗はどんな人生を歩んでいるのだろう。

きっと大企業のトップで働いているに違いない。

私と悠斗はまったく別の世界に住んでいる。その事実を認めたくなくて、ふぅとため息をつくと息が白かった。

悠斗の家に到着して緊張しながらチャイムを押すと、すぐに家政婦さんが出てきた。顔見知りになっているので柔らかく微笑んでくれる。

「悠斗様は庭で歩く練習をされています」

教えてくれたので様子を見に行くことにした。

家政婦さんに案内されて廊下を歩くと、庭へとつながっているガラス窓があった。

そこから眺めると一般宅とは思えない。ベンチがあったり小さな池があったりして、まるで自然豊かな公園のようだ。

ここにはじめて来た頃は青々としていた葉が、紅葉になっている。

春になったらまたたくさんの花が咲く。でも、私はここに来て鑑賞することはできない。

悠斗は歩く練習をしていてかなり上達していた。草野さんが近くで見守っている。

今日はかなり冷え込んでいて今にも雪が降りそうだった。外に出て悠斗に近づく。

「悠斗」

「千華」

悠斗は私の姿を確認すると満面の笑みを浮かべてくれた。

「何かあればお声をかけてください」

草野さんが席を外して室内へと入った。

「寒いだろうから、千華も中で待ってろ」

「大丈夫。悠斗のこと見てる」

悠斗は力強く頷いて歩き出した。

確実に上手に歩けるようになっている。

かなりスムーズに歩けるようになっていて、義足をしているなんてわからない。

「階段とかもなんとか上がれるようになったんだ」

「すごいじゃん」

「床から立ち上がることもできるようになった」

「さすがだね」

「当たり前だろ」

自慢気な悠斗を見ていたら、なんだか愛おしくなって笑ってしまう。

「おい、なんで笑うんだよ」

「すごい自信満々だと思って」

「それくらい、本気で取り組んできたってことだよ」

立ち止まると、悠斗はかなり背が高くて見上げる形になった。

「大きいね」

「千華がチビなんだよ」

「……そうかもしれないけど」

見つめ合うと顔が熱くなった。

ひらり、ひらり――……雪が降ってきて、まつ毛に乗っかる。

「初雪だ！」

「だな」

北海道に住んでいるので雪は見慣れているのに、毎年初雪はなんだかワクワクする。

「来年も……初雪は、千華と見る運命かな」

悠斗は儚い口調で言う。私とだと嫌なの？

雪奈さんがいいのかな。

私は、来年も、再来年も、死ぬまで悠斗と初雪を見たい。でも、それは叶わない夢。

紅葉に雪が薄っすらと積もり美しい。

この光景が余計にセンチメンタルな気分になる。

「顔、真っ赤。冷えたか？　中に入って、温かいもの飲もうか」

「……うん」

悠斗は私の背中に手を添えて家のほうに歩いていく。

手の温もりが温かい。背中だけが火傷《やけど》をしているかのように熱い。

ドキドキしてる。

……好き、好きっ。

悠斗のことが、大好きだよ。

告白することが許されない恋なのに、好きで好きでたまらない。

私の恋心も雪と一緒に凍ってしまえば、どんなに楽なのだろう。

泣きそうになるのを我慢しながら悠斗と寄り添って歩いていた。

悠斗の部屋に入ると家政婦さんがホットココアを用意してくれた。

家政婦さんが部屋を出ていくと、悠斗はソファーに腰をかけて、真っ直ぐに見つめてくる。

私はどうしたらいいかわからなくて目をそらして、近くにあったブランケットを悠斗にかけた。

「寒かったでしょ？」

「そうだな」

「雪が降りはじめた頃が一番寒いよね」

悠斗が隣に座れと言わんばかりにソファーの横をトントンと叩くが、近づいたら心臓の音が聞こえてしまいそうだから、躊躇してしまう。

「こっち、来い」

悠斗は私がこんなにもドキドキしていることに気がついているのかな。

悠斗が私の手を引っ張り隣に座らせて肩を抱き寄せた。

体の力が抜けてしまった私はふにゃふにゃと倒れ込み、悠斗の太腿《ふともも》を枕にしたような格好になってしまう。

「どうしたんだよ」

「ね、眠くなっちゃって、ごめんね」

「お前らしいな」

自分でも体の力が抜けてしまったことに驚いている。

落ち着きを取り戻さなきゃと小さく息を吐き出した。

「……あ、あったかい」

「くっつくのが一番温まるよな。温まるまでしばらくこのままでいいぞ」

「……ありがとう。じゃあお言葉に甘えて……」

幸せだ。どうしていいのかわからないけれど、顔が綻んでくる。

悠斗とこうしていつまでもくっついていたい。悠斗って本当にいい香りがする。ついつい独り占めしたくなってしまうんだよね……。

いつまでもくっついているわけにはいかないので、私は体を起こして悠斗に顔を向けた。

「千華があまり来ない間に、俺は歩き続けていたよ」

「私が来なくて寂しかった?」

「ああ。とっても」

真剣な眼差しに開いた口が塞がらない。

「嘘だって。べつに千華が来なくたって寂しくなんかない。俺は強いから」

すぐに否定されてしまった。そうだよ。悠斗が私に会いたいわけがない。

何を期待してこんなことを聞いているのだろう。私は、とことんバカだ。

切ない気持ちに支配されてうつむくと、私の頭に手のひらを乗せてくる。

「勉強、頑張ってるか？」

「うん」

「今が大変な時だと思うけど、悔いが残らないように精一杯やったほうがいい」

「そうだね。やれるだけのことは頑張る」

悠斗の声が穏やかで心地がいい。この時間が永遠に続けばいいのにって心から思う。

「でさ、その大きな袋、何？　買い物？」

「来週お姉ちゃんの結婚式なの。その時に着るワンピース」

「どんなの？」

「見る？」

「ああ。着て見せて」

またも、強引なことを言う。着るのはいいけれど、どこで着替えてこようかな。

「着替え、どこですればいいの？」

「ここ」

「はぁ？　絶対に嫌っ！」

「見ないから。お前の裸見ても興奮しねーよ」

「……し、失礼な！」

「俺は巨乳が好きなんだよ」

からかうようにクスクスと笑う。

「まだ発育途中なんです！」

あっかんベーと舌を出すと悠斗はまた楽しそうな表情を浮かべた。

悠斗の部屋で着替えるのはやはり抵抗があるから、お手洗いを借りよう。袋を抱え込んで外に出ようとすると、ブレザーの裾をつかまれた。

「どこ行く気？」

「トイレで着替えてくる！」

キッと睨みつけたら、悠斗は納得したように頷く。

「なるほど。行ってらっしゃい」

私がこんなにも心臓が壊れそうだというのに、悠斗は余裕たっぷりでなんだか悔しい。

プンプンと不機嫌な状態で部屋を出た。

ワンピースは少し露出度が高いけれど、サイズがピッタリだった。

急いで着替えて悠斗のところに戻り、おそるおそる悠斗の目の前まで行く。

「ど、どう？」

品定めするかのような目で見てくるから、恥ずかしくて穴の中に入りたい気分になった。

「可愛いじゃん」

顔が熱くなってうつむいた。

悠斗に褒められると、どうしてこんなにも胸がときめいてしまうのだろう。

「服がね」

舞い上がっている私を一気に突き落とす。

悠斗って本当に意地悪だ。ムッとする私を見てクスクスと笑っている。

「せっかく着てあげたのに。お世辞くらい言えないの？　もう、時間返して！」

頬を膨らませて怒る私を見て悠斗はお腹を抱えて笑っている。

「……着替えてくる」

「待て」

悠斗が真面目な表情をするから、胸が苦しくなり、胃の辺りが熱くなる。

あまり真剣に見つめられると、恥ずかしい。

「デートしたいくらい可愛いよ。連れて歩きたいし、友達に自慢したい。きっと、千華はどんどん美人になると思う」

「え……？」

歯が浮くようなセリフを平気な顔をして言うなんて、この人、どれだけ女慣れしてるんだ！

きっと相当なプレイボーイだったに違いない。

「ほら、真面目に言うと明らかに照れるだろ。そんなに恥ずかしそうにされると、俺が恥ずかしくなる」

「ご、ごめん……」

「どこのホテル？」

「○×ホテル。旦那さんの都合で今のタイミングになっちゃったみたいなの。受験生の私に申し訳ないって、何度も言われたよ」

「そっか」

「じゃあ、制服に着替えるね」

制服に着替え終えて部屋に戻ると、悠斗は優雅にココアを飲んでいた。悠斗は生まれながらにしてセレブなのだと思う。穏やかな表情でマグカップを持っていると王子様にしか見えない。

「ただいま」

「おう」

悠斗に近づいた私は笑顔を作ろうと必死だった。

「ちょっと忙しくて、なかなか来られないけど。悠斗はもう、大丈夫だよね」

「どういう意味で？」

「深い意味はないよ」

「大丈夫だけど、お前に会えないと調子が出ない。いつでも気軽に会いに来い」

「……うん」

「メールもいつでも待ってるから」

「……あぁ、うん。じゃあ、リハビリファイト」

私は元気よく挨拶をして家を出た。

雪が降っている。まだ、根雪《ねゆき》にはならないだろうけど、すごく寒い。

◆

今日は、冷え込んでいるけれど快晴で、お姉ちゃんの結婚式を祝ってくれているような天候で嬉しかった。

結婚式は人前式《じんぜん》をして、午後からは札幌の街を一望できるレストランでのウェディングパーティーをすることになっていた。

「千華、じゃあ、先に行ってるね」

お姉ちゃんは今日からこの家を出て旦那さんと暮らすことになっている。

結婚式当日を迎えたお姉ちゃんはすごく綺麗で、私はつい言葉を失ってしまった。

「千華？」

「今まで本当にありがとう。これからはお父さんと仲よくやっていくから安心してね」

「永遠の別れみたいなこと言わないで。私達はずっと姉妹なんだからね」

やさしく微笑んでお姉ちゃんは先に家を後にした。


人前式では白無垢《しろむく》を着てとても美しくて、和装もいいものだと思って見つめていた。

パーティーをするレストランに移動して、円卓《えんたく》のテーブルにつく。

白と水色を基調にしたテーブルクロスと椅子。

白百合《しらゆり》がところどころに飾られていて、ゴージャスでロマンチックな雰囲気を演出している。

白百合は母親が好きだった花である。きっと、天国からお姉ちゃんの結婚式を見守ってくれているだろう。

窓からは薄っすら雪が積もった札幌の街が見ることができて、景色がいい。

バイオリンの音楽に合わせて入場がはじまる。

真っ白のプリンセスラインのドレス姿のお姉ちゃんは天使のように美しくて、隣を歩く新郎もグレーのスーツがよく似合っている。

高砂《たかさご》に到着した新郎新婦が一礼をして席に座ると拍手に包まれた。

豪華な料理とフルーツのドリンク。どれも美味しい。

フリータイムになると、私は妹なので挨拶をしながら来てくれた方に感謝を込めてお酒を注いで歩く。幸せ気分に浸ることができずに忙しい時間を過ごしていた。

「大きくなったね」

「もう大学生になるんだよ」

親戚の叔父さんに言われて愛想笑いをする。あまり親戚とは付き合いがなくて関わるのが苦手だが、大好きなお姉ちゃんのためなので頑張らなきゃ。遠いところから来てくれたわけだし。

「受験生か？」

「こんな大変な時期に結婚式なんて千華ちゃん可哀想に」

「いやいや、いつも勉強ばかりして疲れていたから気分転換にいいの。新郎の仕事の都合もあるみたいだし」

「ああ、そうかい。頑張るんだよ」

「ありがとう」

挨拶回りを終えて自分の席に戻り、高砂に座っているお姉ちゃんを見つめる。とっても綺麗で、キラキラと輝いて見える。旦那さんもやさしい人だし、よかったね、お姉ちゃん。

自分もいつかは花嫁になれるのかな。

その隣にいるのが悠斗ならいいのに。

初恋の人と結婚できる確率ってどのくらいなのだろう。初恋の人と夫婦になるってめちゃくちゃロマンチックだ。想像すると頭の中がお花畑になったが、すぐに現実に引き戻される。

悠斗とは、会えなくなる運命なんだよね。

切ない気持ちに包まれながら、食事を口に運んだ。

結婚パーティーでは、ファーストバイトやキャンドルサービスがあり、お姉ちゃんの同級生が歌を歌い、盛りだくさんの内容だった。

クライマックスは、お姉ちゃんから父親への感謝の手紙を読み上げた。

大感動の内容で、私も泣いちゃったけど、大号泣の父親が可愛い。

お姉ちゃんと私を一人で育てたのだから、苦労も大きかっただろう。

父親のためにも私も早く大人になって、恩返ししなきゃ。

大好きな人と結婚できたお姉ちゃんは、幸せそうだった。

温かい家庭を作ってね、お姉ちゃん。

◆

季節は十二月になり、札幌は雪が降ることが多くなってマフラーが手放せない。

澪とヒカリは推薦入試に合格し余裕そうだ。

ちゃんと自分も対策しておけばよかったと今になって後悔している。

一月の末に試験を受けて二月のはじめには合否《ごうひ》が出る。

悔いの残らないように頑張らなきゃ。

塾までの短い時間だけど悠斗に会いたくて来てしまった。

悠斗の部屋に入ると真剣な表情で勉強をしていて、私に気がついて手を上げてくれる。

「おう」

「ちょっとだけ顔を見に来たよ」

「久しぶりだな」

歩いて近づいてきてくれる。

必死で努力をした悠斗は、普通に歩けるようになり、ほとんど違和感《いわかん》がない。

階段も上がれるし、自転車にも乗れるらしい。

過去に一度リハビリをしていたこともあるが、一般生活ができるようなリハビリを集中的に行って、かなり努力したおかげでものすごく早く日常生活を義足で過ごせるようになったと草野さんが教えてくれた。

「千華に報告しようと思っていたことがあるから、お前が来るのを待ってたんだ」

「なになに？」

近づいて見上げると悠斗は私の頬を指で突っついてくる。

「免許《めんきょ》、そろそろ取りに行きたいと思っているんだ」

「すごいじゃん！」

「もしかしたら、車を改造する必要があるかもしれないけどな。免許を取ったら一番に千華を乗せてやるから」

悠斗の瞳がキラキラしている。悠斗は未来を向いて生きている。

嬉しいことなのに、どこか寂しくて複雑な気持ちになってしまう。

きっと、私は悠斗が運転する車に乗ることはない。

「いいよ、遠慮しておく」

「俺の運転が不安だって言いたいのか？　あ？」

ムッとした表情をして顔を思いっきり近づけてくる。キスしてしまいそうなほどの距離感で、心臓の鼓動が激しくなりはじめた。

さらに距離を詰めてくるので、私はソファーに座り込んだ。悠斗は正面から両手を伸ばしてソファーの背もたれに手をつく。彼の腕に包囲されてしまった。

「そんなに怒らないでよ。一番が私だと申し訳ないじゃん。ほら、奥様とか、草野さんとか、雪奈さんとか……」

雪奈さんの名前を自分で出しておいて、胸が痛む。月のように美しいキミと悠斗がドライブしている姿を想像したら胸がモヤモヤした。

悠斗は私の隣に腰をかける。

空気が変わり、どうしたのだろうと首を悠斗のほうにひねった。

「明後日、雪奈と会う約束をしたから」

「そ、そうなんだ。ついに会えるんだね、よかったよ」

私は彼女に会いに行くことを勧めたけれど、その後、話題に上がらなかったのでどこかで安心しているところもあった。

もう、雪奈さんには会いに行かないのかもしれないと思っていたけれど、そうではなかったのだ。

悠斗は勇気を出して連絡をしたのだろう。悠斗の心にはまだ彼女がいるんだね……。

「どんな顔をして会えばいいかわからないが、会う勇気をくれてありがとう」

「私は何もしてないし」

あえて素っ気無い返事で、普通にしていようと心がける。

本当は、よりを戻さないでほしいと言いたいけれど、言えるような立場でないことはわかっている。

悠斗がポエムに書くほど心に残っている女性なのだから、彼女と一緒にいることが悠斗にとって一番幸せなのだ。大好きな人の幸せを見届けられて幸福なのだと自分に言い聞かせる。

いつまでもこうして一緒にいたいと思うのは私のワガママでしかない。

「千華」

「ん？」

「俺が雪奈に会いに行って傷ついたとしても、責任を取ってくれるんだよな？」

「うん。約束したもん」

「じゃあ、俺が落ち込んだら全身全霊で慰めてくれよ」

「わ、わかった」

悠斗は、なんだか嬉しそうに笑う。

失恋なんてしないで、復縁するのではないか。

悠斗は私を妹のように思っているから、復縁しても会いたいと思ってくれるかもしれないけど、雪奈さんにしてみれば邪魔な存在だと思う。奥様も二人のことを邪魔するなと言ってくるだろう。

三月いっぱいまでは悠斗に会えると考えていたけど、もっと早くお別れになるかな……。悲しくて、胸が張り裂けてしまいそうだ。

「二月にさ、小樽《おたる》で雪あかりの路《みち》っていうイベントがあるの、知ってるか？」

「あ、うん。聞いたことある」

「千華の受験が終わって落ち着いた頃だろうから、観に行こうぜ」

悠斗は何気なく誘ってくれているようだけど、私にとってはまるでデートだ。ドキドキしてどんな反応をしたらいいかわからない。悠斗とはお別れしなければいけない運命だけど、その前に少し一緒に出かけるくらい許してもらえるかな……。悠斗と絶対に一緒に行きたい。

「悠斗が……雪奈さんと恋人に戻っても？」

私、何を聞いてるんだろう。

これじゃあ、自分が悠斗に気があるような言い方に聞こえてしまうかもしれない。

慌てて目をそらしてうつむくと、頭をポンポンと撫でてくれた。

顔を上げて悠斗を見るとすごくやさしい目をしている。

「約束は約束だ」

「ありがとう。楽しみにして勉強頑張る」

「春になったら景色のいいところに行きたいな。ずっと引きこもっていたから外に出たくて仕方がない」

自嘲《じちょう》気味にクスッと笑う。

悠斗は、元々はアクティブな性格なのかもしれない。

外出が大好きで交友関係も広そうだ。

「まぁ、楽しみにしているから頑張れ」

「うん。じゃあ、塾があるからそろそろ帰るね」

◆

悠斗が雪奈さんに会う日になった。

ベッドから抜けて窓から外を見ると、今日はみぞれ混じりの大雨だ。

昨夜は一睡《いっすい》もできなくて頭が痛い。

休もうかと思ったけど高校生活も残り僅《わず》かだから頑張ろう。

学校に行かなきゃいけないから制服に着替える。

外に出ると身震いするほど冷えていた。

何時頃、雪奈さんに会うのだろう。

悠斗がずっと、ずっと、会いたかった人にやっと会えるのだ。

心から喜んであげないといけないのに、気持ちがだんだんと沈んでしまう。

目の前では高校生カップルが、朝から手をつないで楽しそうに登校している。

人と比べても何の意味もないけれど、自分がやたらと切ない恋をしているような気持ちになった。

学校について上履《うわば》きに履き替えながら、ため息をつく。

「おはよう、千華」

ポンと肩を叩いてきたのはヒカリだった。

「あぁ、おはよう」

「顔色めちゃくちゃ悪いけど大丈夫?」

「ちょっと寝不足」

「なんかあった?」

ヒカリと会話しながら階段を上がっていく。

階段の踊り場で立ち止まった。私は今にも泣き出してしまいそうだ。

「今日、元恋人に会いに行くらしいの」

「そうだったんだ……」

「正直ね、上手くいってほしくない。だけどね、どちらにしても身分が違うからいつかは離れていく運命だし」

「身分なんて、関係なくない？」

「関係あるんだよ、残念ながら」

諦めながらつぶやくと、ヒカリが身を乗り出してくる。

「じゃあさ、千華のことを好きって言われたら、どうするの？」

「それでも身を引く。だって、悠斗の未来を潰したくないもん。彼は日本を代表する企業でトップになっていく人だよ」

「そんなの彼が可哀想じゃん！」

ヒカリはムッとした。怒られてもこれが現実なのだ。

漫画じゃないんだし、平民と大富豪の恋なんて、叶うはずがない。しかも、悠斗は私をガキ扱いする。

精一杯告白をしても「恋愛対象外」と、冷たい口調で言われるのが予想つく。

「ヒカリ、心配させてごめんね。悠斗はきっと彼女とうまくいくと思う。好きな人が幸せになってくれたら、それでいいの」

「お人好しすぎる！」

私は視線を落として歩き出した。教室に入り、窓から空を見たら雲がどんよりとしていた。

今日はこのまま天気が回復することはなさそうだ。

学校が終わり、帰ろうと立ち上がって外を見ると、校庭には水たまりができていた。

この雨は夜になると凍り滑りやすくなる。

悠斗が転びませんように、気をつけて歩いてほしいと心の中で願っていた。

家に戻ると、傘を差していたにもかかわらず、足がベチャベチャになってしまった。体が冷え切っている。

「ただいま」

真っ暗な玄関に明かりをつけた。

父親は出張でいない。

お姉ちゃんも結婚をして家を出ている。

「あーあ、一人ぼっちだ」

妙に寂しい気持ちになった。

まずはお風呂に入って体を温めようと、バスルームへと向かう。

水道をひねるとお湯が勢いよく出た。浴槽《よくそう》に溜まっていく様子を眺める。

悠斗は今頃、雪奈さんとデートをしているのだろうか。

……悠斗が取られてしまう。って私の悠斗じゃないけれど、悲しくて泣きたい。涙がポロポロ落ちてきてどうしようもないので制服を脱いでシャワーを浴びる。この切ない気持ちを洗い流してしまいたい。泣いても泣いても涙が止まらなくて、しまいには声まで出てしまう。

「うっ……ふ……んっ……、ううっ」

泣き疲れてぼんやりして、お風呂に浸《つ》かって体を温めている間も頭の中は悠斗でいっぱいになっていた。


入浴を済ませた私は、ご飯を食べずに自分の部屋に行く。

パソコンの電源を入れて、フリーのメールアドレスを確認するが、何も届いていない。

何度も更新ボタンを押してみても、深夜まで待っていても、悠斗からの連絡はなかった。

きっと、二人はよりを戻したのだろう。

愛し合って二人が幸せになればいい。なんて思いながら、私の頬には涙が流れている。

告白すらしていないのに失恋したような気持ち。

こんな苦しい思いをするなら、もう、人のことなんて好きになりたくない。


気がつけば朝になっていた。机に突っ伏して眠っていたらしい。

メールを確認するが受信はなかった。

通学路を歩いていると、背中を叩かれて、振り返ると澪とヒカリだった。

「御曹司《おんぞうし》、どうだった？　元カノとよりを戻したの？」

ヒカリが心配そうに質問してきて、澪も気にかけてくれているような表情をしている。

「連絡、来ない。大成功したんじゃないかな」

「そっか。千華をこんなに悲しませるなんて許せないっ。ガツンと言ってやるから会わせてよ！」

「ヒカリ、いいよ……。だって告白すらしてないんだよ。どちらにしても結ばれない運命だからこれでよかったんだって思ってる」

澪とヒカリはすごく悲しそうな表情をした。

「ガツンと言わないから、一度でいいから会ってみたいけど。千華の心をこんなにも支配する人を見てみたい」

ヒカリが言うと澪がニコッとやさしく微笑む。

今の悠斗なら会ってくれるかもしれない。

「機会があれば聞いておくよ」

「うん！」

「千華の身分差恋愛を応援しようね」

澪とヒカリが力強く頷き合っていた。

◆

悠斗が月のように美しい雪奈さんに会いに行ってから、二人がどうなったか聞けずに時間だけが過ぎていく。

勇気が出なくて、なかなか会いに行けなかったし、メールもできなかった。

私が悠斗の家に行くことができたのは、悠斗が雪奈さんと会ってから四日後だった。

澪とヒカリに励まされて、学校帰りに悠斗の家に向かう。

塾までの短い時間しかいられないけれど、二人がどんな結果になったのかわからないから、何をしていても手につかなかった。

緊張しながら家に行くと、草野さんがやさしく出迎えてくれた。

「お部屋にいらっしゃいますよ」

「ありがとうございます」

階段を一段ずつ上がっていく足が重い。

どんな結果でも自分とは無関係の未来を歩むのだから、カラッとした気持ちで行こう。

悠斗の部屋のドアをノックするが返事がない。

「悠斗」

心配になって扉を開くと、悠斗は椅子に座って、パソコンに向かっていた。

「びっくりしたじゃん。中で倒れているかと思ったよ」

「……」

私が近づいても何も話してくれず、静まり返っていて居心地が悪い。

「悠斗……?」

背中に向かっておそるおそる声をかけると、振り返らずに話をはじめた。

「雪奈には男がいた。俺のことは受け入れられないって」

「え……」

彼女に会うことで悠斗がスッキリできると思ったのに、逆に……傷つけてしまった。

悠斗を思っての応援だったのに、その思いが悠斗を苦しめる結果になったなんて。

私……最低だ……。

「悠斗、ごめん……なさい……。わ、私」

「責任取ってくれよ」

低い声がして悠斗が振り返った。

私に近づいてきて、ベッドに押し倒される。

間近で見る彼の瞳には怒りがこもっていた。

全部私が悪い。

どうやって償えばいいの？　涙目になりながら、悠斗を見つめる。

「お前のせいだ」

「ごめん……、悠斗、本当にごめんなさい……」

どうなってもいい。悠斗がスッキリするのなら、私の身体は壊れても構わない。

強引にされるかもしれないし、怖いけれど責任は取らなきゃ。

「悠斗、ごめん。ごめんね、なんでもするから」

「なんでもするんだな？」

私はゆっくりと頷いて、目を閉じる。

悠斗の体重を感じて一気に体が硬直《こうちょく》し、胸の前にある手が震えだす。

痛いことも覚悟しなきゃ。どんなことをされても受け入れないと……。

「怖い？」

「こ、怖くない」

「強がり」

妙にやさしい声音だったから、少しだけ緊張が解《ほぐ》れた。

悠斗がさらに体を密着させてきた。

こんなにも近くで抱きしめ合うなんてはじめてで、息が苦しい。

悠斗の香りに包まれて、体温が伝わってくる。

「『あなたは、この先真っ暗』だってよ。『あなたは、毎日が雨の日のような人生』だってさ」

切ない声でつぶやく。その言葉に、私はすごくイラっとした。

雪奈さん……最低すぎる。

どんな人だって幸せになる権利はあるのだ。

どうしてハンデを負ったからとの理由で、真っ暗なんて言うの？

涙目で悠斗を見つめる。

「雨の日があってもいいじゃん。……ッ。晴ればかりが人生じゃないんだから…ッ」

一気に言うと、涙があふれ出す。悠斗はいきなり怒り出した私に驚いて少し離れた。

「雨のあとは、虹《にじ》がかかるでしょ……。だ、大丈夫だよ、悠斗。悠斗の未来は絶対に、明るいから！　私が保証する！」

涙声だし、顔は涙でぐちゃぐちゃになっているだろう。

いろんな感情で胸がいっぱいになり、何も言えなくなる。

次から次と涙があふれてくるから、顔をそむける。

悠斗を悲しませる結果になってしまって、本当に悔しい。

「会いに行くことを勧めて……本当に、ごめん……な、さい……。わ、私……なんでもするから」

「じゃあ、何をしてもらおうか」

低い声が耳に流れてきた。瞳をギュッと閉じて唇を噛みしめる。

これから待っている未知の世界に私は大きな不安に包まれて、気を失いそうだった。

悠斗は私の顎《あご》を持つ。ビクビク震える私に上を向かせた。

おそるおそる悠斗を見つめると、慈愛《じあい》に満ちたようなやさしい笑みを浮かべて親指で涙を拭ってくれた。

「ククク ッ」

楽しそうに笑っているから、意味がわからなくてキョトンとしてしまう。

「怖がらせてすまん。怯える顔が可愛くて……。意地悪したくなった」

長い手が伸びてきて思いっきり抱きしめられた。

「……い、意地悪」

安堵から涙が止まらない。と、同時にこの状況があまりにも恥ずかしくて呼吸が苦しくなってくる。

「泣くなって」

「バカ！　覚悟したんだからね！　離れてよ」

悠斗の胸を押し返して睨みつけるが、彼は満面の笑みを浮かべている。

私は本気で悠斗に身体を捧げるつもりだったのに！　覚悟した私の身にもなってよ。

「……最低」

ムスッとして頬を膨らませると頭を撫でてくる。

「言われたことは事実だけど、これでよかった。スッキリしたかったから」

「ほんと？」

「ああ。ケジメをつけられた。俺の心が定まったというか」

「よかったじゃん」

「頑張るよ、俺」

「うん」

悠斗が頑張れば頑張るほど、別れの日は近い。

私の胸は、張り裂けそうになる。

雪奈さんと別れる結末になっても、私とお別れしなきゃいけない未来は変わらない。

切なくて、この場にいるのが辛くなり立ち上がった。

悠斗はベッドに腰をかけたまま綺麗な瞳で射貫くように見つめてくる。

私は、言葉が出てこなくて口をパクパクさせてしまう。

悠斗の左手がゆっくり伸びてきて私の手を握った。

「泣かせて、ごめんな」

私は頭を左右に振るので精一杯だった。

これ以上見つめられたら脳みそが溶けてしまいそうだ。

「千華さえよければ……」

「きょ、今日はこれから塾だから……帰る！」

何を言われるのかわからなかったけど、ドキドキしすぎて気絶しそうだったから、言葉をかぶせ気味に発して、逃げるように部屋を出た。

階段を降りていく間も頬が千切れそうなほど熱い。

一階に行くと草野さんがちょうどいたので、お別れをして外に出ようとした時、悠斗によく似た背の高い男の人が近づいてきた。

「こんにちは。あなたが千華さん？」

「はい。そうですが……」

「悠斗の兄の光太郎《こうたろう》です。一度、お会いしたかったのですよ。少しお話できませんか？」

いい人なのか、悪い人なのかわからないような笑顔を向けられる。

大人は何を考えているかわからない。警戒しながら彼を見つめると首を傾げてきた。

「怖がらないでください。いろいろお世話になっているようなので、お礼をしたかったのです。自分もあまり時間がないのですが話をしてもらえませんか？」

「すみません。これから塾なんです」

「そうですか。どうしても話がしたいのですが、何時頃に終わりますか？」

「夜、遅くなってしまいますので……」

「車で送り迎えもさせていただきますし」

私は話したいことなんて何もないし、きっといいことではないような気がしたのでなんとか逃げ切ろうとしたが、お兄さんはかなりしつこい。

「では、明日の午前中ならいかがですか？」

土曜日で午後から塾があるから会えないこともない。

お兄さんはどうしても話したいことがあるらしい。

断ってもどこまでもついてきそうな雰囲気がある。

「……わかりました。では、十時に札幌駅の南口でお待ちしてます」

頭を下げて横を通り過ぎた。

◆

次の日、約束の時間に待ち合わせ場所に行くと、お兄さんは既に到着していた。

近くにあるホテルの喫茶店に入ると、ショーケースには綺麗なケーキやフルーツタルトが並べられている。

店内は静かで耳を澄ますとクラシックが流れていた。

低いテーブルと座り心地がいいソファーがある。この場所に制服で来なくてよかった。

紅茶を注文してしばらくし、花柄のティーカップとポットが運ばれてくる。

お兄さんはホットコーヒーだ。

はたから見たら私とお兄さんはどんな関係に見えるのだろう。

店員さんは感情を表に出さないような完璧な笑みを浮かべて、頭を下げていなくなった。

お兄さんの視線が突き刺さるので、目を逸らさなかった。

「千華さんのパワーはすごいですね。あの悠斗をあそこまで復活させたんだから」

「いえ……」

褒め言葉なのに褒められている気がしなかった。

言いたい用件があるならはっきりと言えばいいのに。

「ちゃんと自己紹介をしておりませんでしたね。蒼井コーポレーションの副社長をしています」

名刺を渡される。どうやって受け取ったらいいかわからないから、まるで卒業証書をもらうように両手で受け取った。

「父親の後を継ぐことになっています。それと同時に悠斗にも継いでほしいと思っているのです」

悠斗はやっぱりすごい人だ。

私とは生きる世界が違う。

ひしひしと感じて、胸が引き裂かれそうな気分になる。

「悠斗はこのまま元気になっていくことでしょう。経営の勉強をして、体にハンデはありますが、第一線で活躍していく人間です。できれば身分の高い……、もっとわかり易い言葉で説明しますと、企業がバックについている女性と結婚をと望んでいます。もしくは、ふさわしい方であればと、兄として思うのです」

せっかくのホテルの喫茶店にいるのに、紅茶を口にする気になんてなれない。

黙ってお兄さんの瞳を直視するのが精一杯の抵抗だった。

「悠斗を立ち直らせてくれたお礼はさせていただきます」

また言われた『お礼』という言葉。私は蒼井家にとって邪魔な存在なのだとわかっている。

お礼なんていらない。

いらないから、悠斗とずっと一緒にいさせて。そう叫びたかったけれど、言葉を呑み込む。

悠斗にとって、ふさわしい人と結婚するほうが将来的にも幸せになれるだろうから。

結婚なんてまだまだ未来の話で想像がつかないけれど、悠斗の相手は自分ではないことくらいバカな私でも理解できる。そんなふうに攻めてこないでほしい。

「ご安心ください。お礼なんかいただかなくても時期を見て姿を消しますから」

お兄さんが私の目をじっと見つめてくる。だから、私も見つめ返す。

「日本でも有名な企業と関わっていると聞いた時、たしかに、はじめはラッキーと思いました。だから、興味本位でボランティアをしたんです。でも悠斗さんにお会いした瞬間、見返りがほしい気はなくなりました。ただ、悠斗さんに元気になってもらいたかったんです」

悠斗に出会った日を思い出すと胸が痛くなる。

泣きそうになるのを堪えて、なるべく淡々と告げた。

「彼は優秀な人です。事故でふさぎ込んでいましたが、本来は心やさしくて、人に好かれる不思議な魅力のある方です。お兄さんの言うとおり、ふさわしい方と結婚して会社の第一線で働く道が彼にとって一番いい人生なのだと、私も思います」

「思っていたよりも頭のいい子で安心しました」

お兄さんは冷ややかに笑みを浮かべる。

「高校を卒業したら、悠斗さんとは一切連絡を取りません」

「でも悠斗から連絡を取ってきたらどうするんですか？」

「彼と連絡を取れる手段はすべて抹消《まっしょう》しようと思っています」

強い視線で見つめながらはっきりとした口調で言った。お兄さんは私の気迫に少し動じたようで息を呑む。

「そこまで真剣に考えてくれているなら安心ですね。悠斗をここまで励ましてくれたことは心から感謝しています。お礼をしてもしきれない」

「……お話はそれだけですか」

「ええ」

「では、失礼します」

腹が立ったのでテーブルの上に千円札を置いて私は喫茶店を後にした。

ホテルから出ると外の空気は冷たくて頬がピリピリと痛い。

泣いてたまるものかと思っていたけれど、我慢しきれずに涙が流れた。

◆

悠斗のお兄さんに会ってから三日後、私は悠斗の家に向かっていた。

受験前で大切な時期だけど、会いたい気持ちが大きくてついつい足が向いてしまう。

会えば会うほど、お別れの時が辛いだろうに……。

部屋に入ると、悠斗は気分がスッキリしたようで表情が明るい。

ジャージじゃなくて、白いセーターからチェックのシャツの襟《えり》を覗かせ、下はジーンズという外出用のファッションだった。

「どこか行くの？」

「あぁ、高校時代の友人と飲みに行ってくる。せっかく来てくれたのに、ごめんな」

悠斗は最近になって昔の友達と会うようになり、忙しそうにしている。

あまり長く一緒にいられなくて残念……。

車椅子からソファーに移動して義足を装着する。もう慣れたもので素早い。

「どうだ？　受験前で大変だろう？」

「悠斗のおかげで、成績が上がってきたみたい」

「俺の教え方がいいおかげだな。感謝しろよ」

あっという間に義足をつけた悠斗が立ち上がると、やはり見上げるほど背が高い。

コートを羽織った悠斗は、ファッションモデルのように素敵で見惚《みと》れてしまう。

胸のときめきを感じていると、頭を撫でられた。

「お前は本当にチビだな。態度はでかいけど」

「……悪かったわね」

せっかく会いに来たのに、もう行っちゃうんだ……。寂しくてついつい顔を強張らせて黙ってしまった。悠斗が顔を覗き込んでくる。

「今日の埋め合わせはちゃんとする。何か要望はあるか？」

悠斗がそんなことを聞いてくれるとは思わなくて、驚いた。

この際だからむちゃくちゃなことをリクエストしてみようかな。

なかなか思いつかなかったが、ハッとひらめいた。

「……うーん、じゃあ、私の友達が悠斗に会いたがっているから、会ってもらえないかな？」

「べつにいいけど、イケメンすぎて惚れられたら困らないか？」

ニヤニヤと笑って顔を近づけてくるから、パシッと頬を叩く。

悠斗はイテテと言いながら頬を擦って楽しそうに笑う。

「自惚《うぬぼ》れすぎっ。友達は二人とも彼氏がいるから大丈夫だよ」

「へー。じゃあ、千華だけ彼氏がいないのか？」

ギクッとなって悠斗を睨む。

「……わ、悪かったわね。今は受験勉強で忙しいから、彼氏なんていらないし。大学生になったら、超絶かっこいい彼氏を作るもん！」

口を尖らせると、悠斗は楽しそうに微笑む。

本当は悠斗以外の人を好きになれないってわかっているけど、告白すら許されない恋なのだ。

春になれば、悠斗と会っていた時間が幻になる。だから、澪とヒカリに悠斗が過去になる前に会わせたかった。自分以外の親しい人に悠斗の記憶を残しておきたかった。

悠斗はバッグを手に持った。あぁ、タイムリミットかな。

「じゃあ、クリスマスはぼっちか？」

悠斗は友達とパーティーでもするのだろうか。

私は悠斗の言う通り予定がない。父親と二人でケーキを食べるなんて寂しすぎる。

「……特に予定はないけど、勉強するからいいんだもん」

「受験前で大変な時期だけど、クリスマスくらいは息抜きしたほうがいいだろ？」

「……そ、そうだけど」

「じゃあ、俺が一緒に過ごしてやる」

「な、なに、その上から目線！」

「引きこもりを治してくれたお礼に美味しいランチを食わせてやるよ」

「……え！」

悠斗とクリスマスにデートできるなんて夢みたいで、思わず明るい声を出してしまった。まずい、冷静なフリをしなきゃ。

「い、いいよ。悠斗も忙しいだろうし」

「もう決定だから、お前に断る権利なし。俺の隣を歩いても恥ずかしくないようにお洒落《しゃれ》して来い」

「……悠斗に恥かかせたら困るし！」

ぷにっ。

悠斗の右手が伸びてきて、親指と中指で顔をつままれ、タコみたいな口になる。

「俺とそんなに出かけたくないのか？」

手を離した悠斗がムッとして睨んでくる。

「ち、違う。遠慮してるの」

二人きりでクリスマスランチなんてしたら、自分の気持ちをついこぼしてしまいそうで怖い。でも、悠斗と出かけたいよ……。悠斗のお兄さんにも奥様にも離れるように言われているけれど、数回出かけるくらい許してくれるよね？

「お前に遠慮なんて存在するんだな。千華の全力のお洒落、楽しみにしてるから」

じっと射貫くように見つめられた私はつい、コクっと頷いた。

「悠斗、お友達よ」

奥様の声が響く。

「友達と会うのは来週の日曜日はどうだ？」

「聞いておくね」

「でも、お前勉強は大丈夫か？」

「まぁ、ずっと勉強していたら疲れちゃうからさ。数時間ならいいかな」

「じゃあ、予定わかったら連絡してくれ」

「あ、うん……」

フリーのメールアドレスしかわからない。どうしようか困っていると、悠斗がスマホをポケットから出した。

「千華の番号、教えろ」

「え？」

「お互いの連絡先がわからないと困るだろう。フリーのメールアドレスだと不便だし」

「そ、そうだよね」

連絡先を交換すると、悠斗は満足そうな顔をした。

これでいつでもつながれるのだと思うと、不思議な気持ちになる。悠斗の連絡先が登録されたスマホを大事に抱きしめた。彼の連絡先を入れただけなのにスペシャルなスマホになったような気がするのだ。

そんな私を見て悠斗はクスクス笑っている。私は、ハッとして鞄にスマホを突っ込んだ。

「俺行くけど、ここにいるか？」

「悠斗がいないならいる意味ないから、一緒に出るよ」

悠斗と私は部屋を出て一階に行く。悠斗と同じ年齢くらいの男の友人が迎えに来ていて、手を上げた。

「迎えに来たぞ」

「おう！」

友人が私を意味深な瞳で見て軽く会釈してきたので、私もお辞儀する。

「じゃあな、千華」

悠斗が私の頭を撫でて、先に外出した。

草野さんに声をかけられてリビングに行けば、奥様がお金の入った封筒を差し出すのだ。

いらないと何度言っても渡されるから、毎回、この時間は気分が悪くなる。

「ごめんなさいね。悠斗、最近はとても忙しいみたいなの。交友関係が広いから、あの子」

「いえ。本来の彼に戻ったようでよかったですね！」

「すべて千華さんのおかげよ」

微笑んでくれるが、目は笑っていない。

一日も早く私に姿を消してほしいと、お兄さんと同じことを考えているのだろう。

ヒシヒシと気持ちが伝わってくる。

「いきなり姿を消すと悠斗さんもびっくりしちゃうと思うので……」

「え？」

「私、大学は東京にあるところを受験します。合格するかわかりませんが、雪が溶ける頃には姿を現さなくなりますから、安心してください」

「あら、そんなこと言ってないじゃない。いいのよ、お友達なんですから」

「元々は、知り合う運命ではなかったので、自然の形に戻るだけですから……。最後に少しだけ一緒にお出かけさせてもらってもいいですか？　歩けるようになった悠斗さんを見届けたいんです」

「それくらいいいわよ。悠斗が元気になった姿を見てあげてね」

奥様は心から安堵したような表情を向けてくる。すごく顔に感情が出る人だなと、心の中で苦笑いしつつ頷いた。

「では、失礼します」

家を出て、重い足取りで歩き出す。

あのサイトに出会い、ゆうさんに出会ってから、私の心は奪われていた。

ゆうさんに惚れたのであって、悠斗を好きになったわけじゃないと言いたいところだけど、すべてを含めて悠斗という存在を心から大好きになってしまった。

私はどんなに努力しても、蒼井家にふさわしい女性にはなれない。

うちが変なわけではなく悠斗の家が特別すぎるのだ。

悠斗と釣り合う女性なんて、ものすごいお金持ちの令嬢《れいじょう》くらいしかいないのではないか。

だから、平気だもん。悠斗に会えなくなったって、それが普通なんだから。

家に戻った私は澪とヒカリの予定を聞くと、二人とも次の日曜日の都合がよかったので、会ってもらうことにした。

悠斗にそのことをラインしたが、なかなか既読《きどく》にならない。飲み会最中で忙しいんだろうなぁ……。早く私も大人になりたいと考えながら、受験勉強をする。
夜中になり、悠斗からラインが届いた。
《日曜日の件、了解。札幌駅の南口で十一時に待ち合わせよう》
悠斗と文字でつながっていると思うだけで泣きそうな気持ちになる。
しかも、外で待ち合わせなんて。
ずっと、家の中で過ごしていたのに、不思議な気分だった。
《わかった。楽しみにしているね》
《俺も》
恋人だったら……。つい、そんな想像をしてしまう自分が切なくて悲しい。
《飲み会、楽しかった？》
《あぁ。皆元気そうだったよ》
《悠斗はいっぱい友達がいるんだね》
《心配してくれている奴らに感謝だわ》
私がいなくなっても、悠斗は大丈夫。寂しくて悲しいけれど、悠斗は強く生きていけると思う。
いろんなことを乗り越えて頑張ってきたんだから。
《千華もハタチになったら飲もうな》
その頃には他人に戻っているんだよ、悠斗。

ねぇ悠斗。

未来の約束ができないなんて、私……苦しくて耐えられないよ。

◆

日曜日の朝。

悠斗に会えるのがとても楽しみで、いつもより早く目が覚めてしまった。

普段は二つに結んでいる髪型を大人っぽく見せるために一つにまとめ、茶髪の毛は受験対策のため黒に染め直した。そのおかげで落ち着いて見えるかもしれない。

メイクもいつもより入念にする。マスカラを塗って薄紅色のグロスを唇に乗せた。

服装はどうしようか悩んだが、ぴたっとしたピンクのニットワンピースとグレーのタイツを選び、足元はお姉ちゃんのおさがりの黒のショートブーツ。

思ったよりも早く準備ができたので、外へ出るとぼた雪が降っていた。

積もってしまいそうな勢いで降っている。

その中を歩きながら、澪とヒカリは悠斗に会ったらどんな感想を持つのだろうと、考えていた。

札幌駅に到着して約束のモニュメントの前に立つ。

まだ午前中だというのにたくさんの人が待ち合わせをしていた。

そこに悠斗がしっかりとした足取りで歩いてくる。顔色がよくて、本当にいい表情だ。

「お待たせ」

小さく手を振りながら悠斗が近づいてきて、目の前に来ると頭をポンポンと撫でた。

朝からドキッとさせないでほしい。

「おはよう、悠斗」

「どうも」

白いタートルネックに茶のチェスターコートと黒のスキニーパンツ姿でブーツ。

スタイルもいいし、イケメンの悠斗は立っているだけで様になる。

アイドルグループの中にいても不自然じゃないくらい素敵だから、近くを通り過ぎる女の子達の注目の的だ。

「最近、ごめんな。訪問者が多くてさ。ずっと、入院していたことになっているから、顔を見せてくれる人が多くなって。友人半分と、残りは会社関係の人。兄貴が継ぐけど、俺もいろいろと関わらないといけなくてさ」

「大変なんだね……」

「落ち着いたら、千華のことたっぷりと構ってやるからな」

頭をワシャワシャと撫でられるので、手を振り払う。

「せっかくセットしてきたんだから、やめて！」

「アハハ、怒るなって」

髪の毛を必死で直していると悠斗が鼻で笑う。

「色気づきやがって」

「べー」

舌を出してやる。

「黒髪にしたら大人っぽい。可愛いぞ」

「ど、どうせ髪の毛がでしょ？」

「正解」

悠斗とじゃれ合っていると、澪とヒカリがやってきた。

「千華の友達のヒカリです」

「澪です！」

「はじめまして、千華がいつもお世話になっております。蒼井と申します」

悠斗はありえないほど爽やかな笑顔を振りまき、二人は頬を赤く染める。

ヒカリが耳打ちをしてきた。

「超、カッコイイじゃんっ」

「ま、まあね」

「早速行きましょうか？」

「「はーい」」

澪とヒカリはとてもいい返事をした。

悠斗が予約しておいてくれたのは、ホテルの高層階にあるイタリアンレストランだった。ホテルで食事なんてほとんど経験がないのでとても緊張するが、こんな素敵な場所に連れてきてくれて嬉しい。

「蒼井様、お待ちしておりました」

髪の毛をしっかりと固めたスーツ姿の男性に案内されたのは、四名がけの席だった。私と悠斗が並んで、澪とヒカリが目の前に座った。

窓からは札幌の景色が一望できる。

ランチタイムなので、カップルや家族連れがいて楽しそうだ。子供もいるが育ちがよさそうな雰囲気が漂っている。

「千華と仲よくしてくださり、ありがとうございます」

いつもと違って俺様が封印《ふういん》されている。

柔らかな笑みを浮かべた悠斗に微妙な眼差しを向けると、太ももをテーブルの下で抓られる。イタって睨むと、悠斗はいかにもいい人そうな笑顔をしている。

「今日はご馳走させてください。なんでも遠慮なくどうぞ」

「じゃあ、お言葉に甘えて」

メニューを覗いている澪とヒカリは絶句している。

あまりにも値段が高くて驚いているのだろう。

「もしよければ、Bコースにしませんか？」

前菜・スープ・パスタ・魚料理・ドルチェ。

食後にコーヒーか紅茶がついて二四五〇円のコースだ。

「で、でも……」

「遠慮しないでください。たまにしか一緒にお食事できないと思うので」

「あ、ありがとうございます！」

ヒカリは顔を真っ赤に染めながら返事をした。

さすが、お金持ちだなぁ。高校生では気軽に来られるような場所じゃない。

「飲み物はどうしますか？　ここのアップルジュースは余市《よいち》産の物でとても美味しいんですよ」

「はい！　お願いします！」

澪もヒカリも遠慮することを忘れて嬉しそうに返事をした。

注文の品が決まって目配せをすると、スタッフがやってくる。悠斗がオーダーを言っている間、澪とヒカリは瞳をハートマークにしていた。二人とも恋人がいるのに悠斗に魅了《みりょう》されているのかもしれない。

「せっかくの日曜日なのにわざわざありがとうございます」

爽やかモードで悠斗が話しかけた。

「いえ、前からお会いしたいと思っていたんで！」

「千華から話、聞いてましたよ」

澪とヒカリが立て続けに悠斗に話しかける。

「どんなこと、言ってましたか？」

余計なことを言わないでと、二人に視線を送る。私が悠斗に恋心を抱いているなんて知られたら恥ずかしくてたまらない。

「ボランティア、楽しくやってると……」

「へぇ、そうでしたか。千華にはたくさん助けてもらったんですよ。ね、千華」

こちらを向いてニッコリと微笑んでくる。やさしい王子様みたいで調子が狂ってしまいそうなんですけど！

「でも、どうしてあのおじいさん。私達に声をかけてきたんですか？」

澪の質問に悠斗はクスッと笑う。

「女子高生に介護されたいってふざけて言ったら、本当に連れてきたから驚きましたよ」

「そうだったんですか！」

「ええ。はじめて会った時は驚きましたが、千華でよかったと思いました。可愛い妹ができた気分でしたよ。僕は妹がほしかったんで嬉しかったです。千華は明るい性格ですし、いい子なんで、すぐに打ち解けました」

なかなか心を開いてくれなかったのに。でも、過去のことはどうでもいい。今がこんなふうに元気なら嬉しいことだから。

前菜が運ばれてくる。

澪もヒカリも、悠斗の雰囲気に呑まれ機嫌がいいみたいだ。

悠斗を二人に会わせることができて本当によかった。

「こんなに美味しい物を食べたことがありません！」

ヒカリが瞳を輝かせて喜んでいるが、私は二人とは裏腹《うらはら》に食が進まない。

こうして、一緒に悠斗といられる日は、あとどのくらいあるのだろうか。

愛想笑いで話を合わせているけど、かなりしんどい。

私の人生から悠斗を取ってしまったらと想像するだけで、胸が痛い。

「千華、食欲ないのか？」

「え？」

悠斗に声をかけられて、意識が戻った。

「ぼんやりして、どうしたのよ」

ヒカリが心配そうに眉間にシワを寄せている。

「ごめん。受験勉強しすぎて寝不足で」

笑ってごまかしてメインディッシュに手をつけた。ものすごく美味しくて、今日の出来事もきっと忘れられない一日になりそうだ。悠斗と思い出が増えれば増えるほど、胸が苦しいよ……。

澪とヒカリの質問に悠斗はすべて笑顔で答えてくれ、あっという間に時間が流れた。

すっかり悠斗にご馳走になって、みんなで外に出る。

「本当にご馳走様でした！」

「いえ。また機会があれば一緒にお食事しましょうね」

頭を下げ去っていく二人を見送ると、歩き出した。私は帰ろうか迷ったけど、なんとなく悠斗についていく。

周りを見るとカップルがいっぱいいて、休日を好きな人と過ごしているなんて羨ましい。

この先、私は悠斗以外の人を好きになることはできるのだろうか。

悠斗以上に素敵な人には出会えない気がして、空気を胸いっぱい吸い込んだ。

「ねぇ、本当に女子高生に介護されたいなんて言ったの？」

「言うわけないだろ。俺は、人と関わるつもりは無かったからな」

「だよね」

「でも、千華には出会えてよかった。草野に感謝している」

目を合わさず会話の流れで言われたけど、温かい感情がこみ上げてくる。

恋愛感情じゃなく友人としての意味かもしれないけれど、私の中で今の言葉が宝物になった。

私も……悠斗に出会えてよかったよ。

さようならする運命だったけど、悠斗と過ごせた日々は幸せだった。

じゃあ、帰るね。と言おうとした時、悠斗が立ち止まる。

「もう少し時間あるか？」

一分でも多く一緒にいたい。

受験勉強なんて夜にすればいい。でも、こんなに長く同じ時を過ごしてもいいのだろうか。いいよね。奥様もお兄さんも許してくれるよね。ちゃんと春には姿を消すから、今日はもっと一緒にいたい。

「時間あるけど、なんで？」

「せっかくだからもう少し付き合ってくれないか？」

「仕方がないなぁ。付き合ってあげる」

「千華のくせに生意気だ」

ツンとすると悠斗は口元をクイッと上げた。

「何かしたいこと、あるか？」

「思いつかないなぁ」

「映画観ようか」

「いいね。ポップコーン食べながら」

「まだ食うのか」

「別腹なのっ」

「ああ、わかったよ」

クスッと笑うと、私の手首をつかんで歩き出す。

それだけで、心臓がバクバクしてしまう。全身が急に熱を帯びて恥ずかしい。

手を引き抜こうと力を入れても離してくれない。

「悠斗、手、離してよ」

「なんで？」

「なんでって……、こんなのカップルみたいじゃんっ！」

「却下。つかんでおかないと迷子になりそうだし」

「そんなはずないでしょ。もう、立派な大人だもん」

「お前はいつまでも、ガキだ」

「もう、離して！」

手を振り払おうとしてもギュッと力を込められる。

どんなに抗議《こうぎ》しても歩き出して、手をつかんだまま進んでいく。

胸が苦しくて立っていられなくなりそう。

悠斗、もしかしたら私の気持ちに気づいて、からかっているの？


映画館に到着すると何を観ようか選ぶが、悠斗とならどんな内容でもいい。ホラーは苦手だけど、悠斗が隣にいてくれたら大丈夫かもしれない。

「どれがいい？」

「じゃあ、これ」

夢の国で有名なテーマパークがある会社のアニメーション映画にしたが、悠斗は反対することなく了承してくれる。

ポップコーンを購入してスクリーン五に行って一番後ろの席の真ん中に並んで座った。冬休みの動員を見込んで公開したばかりなので混み合っている。

夢にまで見ていたデートが今、現実になっていて、悠斗と肩が触れるだけで緊張してしまう。平気なふりしてポップコーンをパクパク食べていたら悠斗があーんと口を開けた。

「な、何？」

「一つくれ」

「……食べすぎって人に言っておいて？」

「千華が美味そうに食うから」

はいとカップごと差し出すがあーんって甘えてくる。

「もうっ！」

私は頬が熱くておかしくなっちゃいそうだ。一つ口に入れてあげると満足そうにして微笑んだ。

「甘い」

「キャラメル味だからね」

「映画なんていつぶりだろう、俺……」

「私もたまにしか来ないから新鮮」

部屋が暗くなってスクリーンに映し出される。

作品が進んでいくと、悠斗に手を握られた。

びっくりして首をひねって確認したが、彼は何事もないかのように画面を見つめている。

どうして、手をつないでくるのだろう。

映画の内容なんて頭に入らない。

もう、あまりドキドキさせないで。

困惑しながら映画を観ていたが、だんだんと映像の世界に引き込まれていた。

クライマックスで、感動して泣きそうになった時、隣から鼻を啜る音が聞こえてきた。

悠斗が号泣していたから、一気に現実に戻されて爆笑しそうになった。

ハンカチで涙を拭いてあげる。

いつも強気発言ばかりしているのに、こういうギャップを見るともっと好きになってしまう。

映画が終わり、ウィンドウショッピングをする。

私でも知っているアクセサリーのブランドショップがあり、高いお店なのに悠斗は躊躇なく入っていく。

こういうところに来るのが慣れているのかもしれない。

「いらっしゃいませ」

女性店員さんの明るい声がする。

クリスマスが近いので大きなクリスマスツリーが飾られており、ペア商品が多い。値札が隠れているのでいくらなのかはわからないけれど、間違いなく高級であることが予想つく。

高校生の私は自分のお小遣いでは絶対に買えないだろう。

「千華、今の若い子ってどんなのが好きなの？」

「若いって……。好みじゃないの？」

「ふーん。これとかは？」

悠斗が指を指したのは、ピンクゴールドのオープンハートのネックレスだった。こんなものをプレゼントされたら、喜ぶ女性が多いんじゃないかな。

「うん、可愛い」

もしかして、誰か好きな人でもできたのだろうか。

最近、交友関係も広くなってきたし。悠斗は愛想も容姿もいいからモテモテだろうな。

悠斗はケースの中をじっと見ていると、女性店員さんが笑顔を向けてニコッと笑いかけている。

「いかがですか？」

「いいですね、また来ます」

「お待ちしております」

お店を出ると空はすっかりと暗くなっていて、デパートはクリスマスカラーにライトアップされている。

横を見ると悠斗が空を見上げていた。息が白く出てふわっと消えていく。

「千華、夜飯も一緒に食べようか？」

「いや、父親が待っているから」

「そっか。まだ、高校生だしな」

「悪かったわね」

「悪くないさ」

頭をポンポンと撫でられるから、とろけてしまいそうだ。

「免許取るから、ドライブしよう」

「ドライブ？」

「バイクは事故ったからもう乗りたくねぇーけど。千華をいろんな場所に連れていきたい。北海道は綺麗なところいっぱいあるんだぞ」

私を見下ろし、ニコっと微笑む。その笑顔に私はやられてしまうのだ。

「雪奈さんとも、いろいろなところに出かけたの？」

「そうだな。行ったよ。だけど、あいつはもう過去の人」

さっきアクセサリーを選んでいるようだったし、他に好きな人ができちゃったのかな。

「家まで送る」

「だ、大丈夫だよ！」

春になったら縁を切らなきゃいけないのだから、悠斗に家を教えるわけにはいかないのだ。

「……千華の親父さんにも挨拶しておきたいし」

「あ、挨拶なんていいってば！　遊んでばかりいないで勉強しなさいって言われるかもしれないから」

「そっか。……じゃあクリスマスだな」

「うん。悠斗、気をつけて帰ってね」

手を振って元気よく歩き出したけど、胸が焦げてしまいそうなほど熱くなっていた。

◆

クリスマスまでの二週間は、勉強しすぎて頭が悪くなるんじゃないかってほど勉強をした。

悠斗と会わずに一緒に過ごせるクリスマスを楽しみにしながら頑張った。

そして、いよいよ当日になり、私はものすごく早く起きて、悠斗へのクリスマスプレゼントの手作りクッキーを焼いていた。そろそろ焼き上がりそうで甘い香りが漂っている。

キッチンには、プレゼントボックスが二つあり、父親の分も用意した。

出来上がったクッキーはとても美味しそうに焼けている。少し冷めるのを待ってから、ボックスに入れていく。

「ジングルベルジングルベル……」

浮かれちゃいけない。そうは、わかっていても、大好きな人に会えるのだと思うと楽しい気持ちがこみ上げてきた。

悠斗と二人でクリスマスランチをするなんて、にやけてしまう。

澪もヒカリも悠斗との身分差恋愛を応援してくれると言っていたけれど、そもそも悠斗は私に恋愛感情を抱いていないだろうし、悠斗は釣り合う人と結ばれるほうが幸せになれる。

春には他人に戻るのだ。

切ない気持ちを呑み込んで、着替えをする。何を着ようか悩んだが、黒の水玉のワンピースを選んだ。お洒落をしてと言われたからしっかりメイクもする。鏡に映る自分を見たら妙に大人っぽくて違和感を覚えた。

プレゼントを手に持って、待ち合わせの札幌駅へと向かった。

五分前に到着したが、悠斗はすでに待っていた。

黒いセーターから襟を覗かせて、細身のパンツとコート姿で今日も素敵だ。

近づくと舌打ちされる。

「千華、遅い」

「ごめん……。っていうか、悠斗が早いんじゃない?」

「楽しみで早く着いた」

まるで私に会いたかったみたいな雰囲気だから、ドキドキしてしまう。

「風邪とか引いてなかった?」

「俺は絶好調だ。千華は?」

「寒いけど、今のところ体調を崩さないで過ごせているよ」

久しぶりに会うからなんとなく恥ずかしい。

まともに目を合わせることができなくて、うつむいていると手がつながれる。

「ちょっと」

「手が冷たい。温めてやる」

「だ、大丈夫。それよりもお腹空いたよ」

「ああ。予約してある」

私をじっと見つめてくるから慌てて視線を逸らした。そんな艶っぽい瞳を向けないでほしい。

「今日の千華、めっちゃ綺麗だな」

「お洒落しろって言ったから……」

「そうだな。言うことをきいて偉い」

空いているほうの手で頭を撫でられ、私は抗議しようと睨む。

「じゃあ、行こう」

クリスマスに手をつないで歩いているなんて、デートとしか思えない。悠斗は一体、何を考えているのだろう。

頬が火照るのを感じながら歩いていると、連れてきてくれたのは、ホテルの最上階にある和食のレストランだった。

二人で食事するには広すぎる個室で、テーブルと椅子がある。十名くらい入れそうなほどの部屋だった。

大きな窓からは景色を一望することができ、札幌の街が雪で真っ白に染まっている。

コートを脱ぐと胸元がスーっとして、悠斗の視線を感じた。

「クリスマスに和食なんて、なんか素敵だね」

「こういう落ち着いた雰囲気で食事をするのも悪くないだろう?」

「うん!」

悠斗があらかじめコースも選んでくれていて、料理が運ばれてくる。

前菜は、模様《もよう》の綺麗な小鉢《こばち》に、湯葉《ゆば》が入っていて金粉とウニが添えられている。

「こんな高級な料理、はじめて!」

「これからいくらでも食わせてやるから」

一緒に過ごす最後のクリスマスなのに、未来があるようなことばかり言う。私は適当に頷いて食事をしていた。

続いてお刺身《さしみ》の盛り合わせ、蟹《かに》の天ぷらが出てきた。

名前はわからないけど、焼物の和食器に美しく盛り付けられていて見た目も美しい。

「んー、美味しい」

私がニッコリと微笑むと悠斗は柔らかい笑みを浮かべていた。

最後に味噌汁とミニ海鮮《かいせん》丼が出てきて、お腹がいっぱいだ。

デザートは、お茶と抹茶《まっちゃ》ケーキが出てきて、ゆっくりした時間の中、他愛のない話をして楽しいひとときを過ごしていた。

「お腹いっぱい。本当に美味しかった。ありがとう、悠斗」

「これ、プレゼント」

細長い箱が手渡される。

まさか、贈り物をしてくれるなんて思わなかった。私は呆然としながら手を差し出す。

「開けてみて」

「いいの？」

開けてビックリ。この前、一緒に見たネックレスだったのだ。

私のためだったの？　驚いて顔が熱くなる。

「こんなに高価な物……もらえないよ……」

「受け取ってほしい」

立ち上がった悠斗が私の後ろに回ってきて、ネックレスをつけてくれた。胸元にオープンハートのネックレスが光っている。

自分の席に戻った悠斗が、とろけてしまいそうな甘い笑顔を向けてくれている。

「似合うよ」

「……あ、ありがとう」

このまま、好きと言ってしまいたい。でも、それは許されないこと。

今日のこの瞬間を思い出に、頑張って生きていかなければいけない。

さよならすると決めているのだから、余計なことは考えないようにしよう。

「あ、私も。大したものじゃないけど」

「千華からのプレゼントはなんでも嬉しいぞ」

悠斗がくれたプレゼントに比べると本当に大した物じゃないけれど、おそるおそる差し出すと受け取ってくれる。悠斗は、本当に嬉しそうな笑みを浮かべながらボックスを開けた。

「このクッキー、手作り？」

「そうよ。お金ないもん」

テーブルに置くとスマホで写真を撮りはじめる。

「何やってんの？」

「見ればわかるだろ。写真を撮ってんだよ」

そんなに喜んでくれるとは思わなかった。

こんないい表情を見ることができるなら、もっと早く作ってあげたらよかったなぁ。

「美味しいかわからないよ？」

「そんなのはどうでもいいさ。ありがとな」

悠斗の笑顔を、あと何回見ることができるかな。切なくて、苦しいよ。

「来年のクリスマスはもっと奮発《ふんぱつ》してやるから。千華も受験頑張るんだぞ」

「ありがとう」

「ところで、大学はどこ受けるんだ？」

「東京のとある大学」

「東京？」

悠斗は、声を裏返す。

「しばらく会えないけど。元気でね」

「フン。すぐ会いに行ってやるよ。毎週行ってやる。お前みたいな、できの悪い妹を放っておけない」

——妹。妙にショックだった。

余っていたグラスの水を一気に飲み干す。

ねぇ、悠斗。私、踏ん切りがついたよ。恋心を封印したまま、姿を消すことにする。

第八章　出会った日に、見つけたポエム

一月末日、今日はついに受験日だ。

札幌会場で試験を受けることになっているが朝から緊張しまくって、お腹が痛い。

「千華、リラックスだぞ」

「ありがとう、お父さん。行ってくるね」

気合を入れて家を出た。悠斗が勉強を教えてくれたから、きっと大丈夫。

成績もかなり上がっていたし、必ずいい結果を出すことができるはずだ。

勉強なんて無意味な物だと思っていたが、悠斗のおかげで真剣に取り組むことができた。

感謝の思いが胸いっぱいに広がる。

悠斗、本当に、本当にありがとう。


試験会場を出た私は、悠斗から卒業しなきゃいけないのに、気がつけば悠斗の家に向かって歩いていた。

無意識だったことに驚いて立ち止まる。

……お別れの日は、近づいているのだから、会う回数を減らしていかないと。

私は、悠斗の家と逆方向に進んでいく。
雪が降ったせいで歩きにくい。
そんな小さなことにイライラする。
春になったら悠斗に会えなくなるのに、私はちゃんと生きていけるのだろうか。
悠斗の顔が見られない生活なんて嫌だよ。悠斗のそばにいたいよ。
ずっと、ずっと、隣にいたい。
私は気持ちを切り替えるために札幌駅に行った。
目的もなくぶらぶらとして歩き疲れた私はベンチに腰かけた。
スマホで『青い羽根』を開いた。

――人には、生まれてきた意味があるのだ。
それを理解できるようになるまで、苦しんだけれど、
理解できないと嘆かずに、理解する努力をしようと思った。
いつか、わかる日がくる。
大丈夫だから……。
安心して、毎日を生きていこう――

悠斗のサイトに出会った日に、見つけたポエムだった。

お母さんの命を犠牲にしてまでもらった生命なんて、いらないと思っていた。でも、こんな私にも生まれてきた意味があるのだと生きる活力をくれたのは、ゆうさんのおかげだ。

青い羽根を見つけて、悠斗の言葉に触れていなかったら、私はずっとひねくれたまま生きていただろう。

悠斗に出会えて、本当に……本当によかった。

悠斗、ありがとう。

私に生きる喜びや、諦めないことや、恋する嬉しさ、人を思いやる心とか、いろいろと教えてくれてありがとう。

「ね、一人?　遊ぼうよ」

感謝の思いに浸っていると、二人組の男の人が私に声をかけてきた。

こういう誘いを対処《たいしょ》できなくて、挙動不審《きょどうふしん》になってしまう。

「あ……あの、その……」

「カラオケ行かない？」

「いえ、大丈夫です……」

「えー、そんなこと言わないで一緒に遊ぼうよ」

断ってもしつこい。どうしよう、困った。立ち上がろうとした時――。

「俺の連れだから」

後ろから声がして、驚いて振り返ると、悠斗だった。

「なんだよっ」

二人組は、つまらなさそうに去っていく。

助かったと胸を撫で下ろしたのも束の間《つかま》、今度は心臓が早鐘《はやがね》を打つ。

あえて、悠斗に会いに行くのを避けたのに、会ってしまった。

「助けてくれてありがとう」

「たまたまこっちに来る用事があったから。そうしたら、千華がナンパされているから慌てたわ」

クスッと笑いながら、私の隣に座った悠斗から、いい香りがする。

悠斗は、チェスターコートをラフに羽織って、お洒落な黒のブーツを履いている。

人と会う約束でもしているのかな。もしかして新しい彼女ができてデート？

「今日、受験日だっただろ？　どうだった？」

「悠斗のおかげで、よくわかったよ。あんなに問題の意味がわかったのは、はじめてだった。勉強を教えるのが上手なんだね」

私が微笑むと悠斗は満更でもなさそうな表情を見せた。

「ああ、さすが俺だな」

「さすがです」

「東京か。ま、すぐだろ」

「そっか。K大学だもんね」

「ああ。雪奈とは遠距離だったからさ。夏休みでこっちに帰ってきて……事故」

「辛かったね」

「今となってはこれでよかったと思ってるよ」

悠斗が私を見つめる。

「すぐ会いに行くから」

すごく艶っぽくて真剣な眼差しだったから、恥ずかしくなった。

「来なくていいよ。悠斗が来たら、いっぱい話しちゃうから勉強できなくなるでしょ？　私だって、立派な社会人になるために頑張らなきゃいけないんだし！」

「ふーん。夢あんの？」

「……将来は創作に関わっている会社で働いてみたい。私には才能がないから、創作する側にはなれないけど、本とか作る会社で事務員として働きたいって思ってる。そう思えたのは、ゆうさんのおかげだよ」

「そっか。千華のＯＬ姿も見たい」

「へ、変態！」

「男は全員変態なんだよ。覚えておけよ。東京は悪い男がいっぱいいるから、ほいほいついて行くんじゃねぇぞ。……やっぱり心配だから俺も東京に行こうかな。お前と一緒に住んでやろうか？」

「いい。来ないで！」

「そんなに嫌うことないだろ」

四月にはもう他人なのに、これからも未来があるような会話をしているのが不思議だった。

「ところで今日はなんで駅にいるの？」

「高校の時の友人と飲むんだ。退院祝いだってさ。入院してないのに、おかしな話だよな。俺が引きこもっていたのを知っているのは、千華と家族だけだ」

笑顔を向けられると辛くなる。

悠斗が外の世界で生きられることは、いいことなのに、あの引きこもっていた日々が懐かしい。

「ま、受験も終わったし、羽伸ばせよ」

私の頭をポンポンと撫でる。

「そうだね、遊びまくらなきゃ！」

「前に言った小樽のイベント覚えているか？」

「覚えているよ」

「来週末からだから行こう」

「う、うん……」

悠斗がやさしいのは、私を好きなわけではない。

きっと、大変な時に通い詰めたから、恩人みたいに思っているのかもしれない。

「一泊……するか？」

「はぁ？　お金ないよ」

「バカ、俺からのプレゼントだ。一足早いけど合格祝いだ」

正気で言っているのだろうか。

「同じ部屋はイヤ！」

「は？　お前、いっつも、俺のベッドで寝てただろ？」

「そ、そうだけど……。まだ高校生だしお父さんが許してくれないと思う」

「でも、暗くならないと見れないし」

悠斗は考え込む。

二人きりで宿泊なんてしたら、私の心臓は爆発してしまうだろう。

悠斗と一緒にいたい気持ちはあるけど、お別れが近づいているのだから距離を置かなきゃ。でも、本当に最後にするから小樽に一緒に行ってもいいかな……。

奥様もお兄さんも、それくらい許してよね。

悠斗はハッと、思いついたような表情をした。

「千華の親父さんにお願いに行くよ、俺」

「む、無理だってば！」

「お嬢さんと一泊だけさせてくださいって。手は出しませんからって。ま、こんなガキを襲う気にもならんけど」

ガキって言われると本当に傷つく。

「……門限は？」

黙り込む私の顔を覗き込んできた。

「十時くらいかな」

「じゃあ、それまでには家に帰すよ」

「うん……」

「千華が二十歳になったら、その時はどこかに一緒に泊まろうな」

返事に困って瞳を左右に動かす。二十歳になった私の隣にはもう悠斗はいない。

「悠斗！」

声がする方向に視線を向けると、バッチリ化粧をした綺麗なお姉さんが近づいてきた。

悠斗の友達だろうか？　それとも彼女？　悠斗は手を上げて応えている。

お姉さんが私を見て会釈する。

「こんにちは。あれ？　妹、いたっけ？」

「まあな」

はっきりとは答えずに、悠斗は立ち上がった。

私のほうに首をひねって質問される。

「千華も行くか？」

「だ、大丈夫」

「そっか。気をつけて帰るんだぞ」

「ありがとう」

お姉さんに頭を下げて、その場を去った。

綺麗な女性だったな……。

悠斗の周りには、美人がいっぱいいそう。私が姿を消しても、すぐに恋人が見つかって、私のことなんて忘れるんだろうなぁ。

切ない気持ちを胸いっぱいに吸い込んで、歩き出した。

家に到着して玄関を開くと、いい匂いがした。

キッチンでお姉ちゃんが料理を作ってくれている。

「お姉ちゃん！」

「千華、受験お疲れ様でした。今日は千華のお疲れ様会をするよ！」

「ありがとう！　お姉ちゃんが来るってわかっていたらもっと早く戻ってきたのに！」

「サプライズパーティーをしてあげたかったのよ。シュウもいるから」

リビングでは、父親とお姉ちゃんの旦那さんがすでにビールを飲んでいた。

「お疲れ様、千華」

「千華ちゃん、お邪魔してます」

ソファーに腰をかけていたら、お姉ちゃんが料理を運んでくれて、テーブルはご馳走でいっぱいになった。

大好物のエビフライやポテトサラダがテーブルに並んでいる。

「さ、食べようか」

お姉ちゃんがコップにオレンジジュースを注いでくれた。

「お疲れ様！」

乾杯《かんぱい》をして料理を口に運ぶ。お姉ちゃんが作ってくれたものは何を食べても美味しい！

「試験はたぶん合格できたと思うよ」

「そうか。ラストスパート頑張っていたもんな。でも、東京に行ってしまうなんて、お父さんは寂しい」

「恩返しできるように頑張るから」

父親は突然、両手で顔を覆い隠し泣き出す。

「ちょっと、お父さん……」

私はまさか泣くと思わなくて、驚いてつぶやく。

「娘二人が家から出てしまうなんて寂しい」

「いつでも帰ってくるから」

お姉ちゃんが苦笑いをして背中を擦っている。

「お父さん、これからは自分の時間を大切にしてね」

と私が言うと、さらに涙があふれる。

「そうよ。私と千華を育てて恋愛をする暇もなかったでしょう？　お母さんも許してくれると思うわよ」

シュウちゃんがやさしい笑みを浮かべている。

お姉ちゃんの言うとおり新しい奥さんをもらってもいいんじゃないかな。

父親ならきっと再婚できると思う。年齢の割にはスマートだし、スーツを着たらかっこいいし。

「ありがとな。お父さんは、お前らの孫が楽しみだ」

お姉ちゃんはもうすぐ赤ちゃんを産むかもしれないけれど、私はどうかな。

悠斗以上に好きになれる人にもしも出会えたら……父親の夢を叶えてあげられるかもしれない。

でも……、きっと、彼以上に愛せる人はいないと思う。一生、独身というのもありえるかもしれない。

「千華、何かあれはすぐに連絡してくれ。飛んでいくから」

背中を押してくれる父親に心から感謝の気持ちでいっぱいになる。

「ワガママを聞いてくれてありがとね」

父親は寂しそうに微笑んでいた。

それから二週間後、受験の結果が届いた。

ドキドキしながら封筒を開くと『合格』の文字が目に入る。

入学の申込書も同封されていた。

四月から大学生になるのかと、不思議な気持ちになる。

澪とヒカリは北海道の大学だから、二人ともしばらく会えなくなっちゃうから寂しいけれど、新しい環境で頑張らなきゃ。

◆

「そんなにお洒落して、どこに行くんだ」

「ちょっと友達と……。門限までには帰ってくるから」

「そうか、気をつけて行ってくるんだぞ」

「行ってきます」

今日は、約束していた小樽へ行く日。父親に見送られて私は外に出た。

悠斗とデートをしてしまえば、間違いなく気持ちがもっと膨らむだろうけど、最後なのだから思い出を作りたくて、一緒に行くことに決めた。

黒のタートルネックのセーターに茶色のチェックのふんわりスカートに黒のブーツを合わせて、コートも黒で茶色のショルダーバッグを選んだ。

髪の毛は横に持ってきて一つに結び、ナチュラルメイクにした。

電車で小樽まで行く約束をしていて、札幌駅で待ち合わせた。

三十分も早くついちゃって、ぼんやりと待っていると『バレンタインデー』の広告ばかりが目に入る。

チョコレートはあげない。好きな気持ちに気がつかれては困るから。

でも、きっと……手作りチョコをあげたら喜んでくれるんだろうな。

クリスマスの時にクッキーを贈ったら、本当に嬉しそうだった。

お金持ちだから、手作りに飢えているのかな？

私からのプレゼントだからという理由で喜んでくれたわけじゃないよね。

待ち合わせ場所に悠斗が歩いてくる。

黒のタートルネックに茶色のパンツ。まるでペアルックみたいで恥ずかしい。

目の前にやってくると、悠斗は私のことを見て微笑んだ。

「俺と似たような色合いの服だな」

「真似しないでよ」

「千華が真似したんじゃねーの？」

ツンっと人差し指でおでこを突かれる。頬を膨らませると楽しそうに笑う。

あぁ、やっぱり、チョコレートを用意してきたらよかったかな……。

「雪だから、気をつけて歩いてね」

「わかった。大丈夫だ」

「歩きにくいところがあったら、つかまっていいからね」

「ありがとう」

切符を購入して電車に乗る。

これで遠出をするのは最後になる。

想像するとおかしくなりそうなほど、胸が痛くなった。

今日は、別れの日を考えないで思いっきり楽しもう。

肩が触れ合ってしまう。

悠斗に顔を向けると、キスができそうなところにいて、急に恥ずかしくなってうつむく。

悠斗は、私がこんなにもドキドキしていることに気がついているのかな。

それとも、まったくわかっていない？

「いつ、東京に行くんだ？」

「……あぁ、うん。三月の最終週かな」

「住むところは決まったのか？」

「寮《りょう》だから」

「ふーん。泊まれるの？　そこ」

悠斗は、泊まりに来るつもりでいるのだろうか。

それは、どんな関係の立ち位置で？

兄のような存在として？　それとも……恋人？

答えないでいると次々に質問される。

「大学ってどこらへんにあるの？」

「……土地勘がまだあまりなくて」

「大学、どこにしたんだ？」

言えない。口をつぐむと、頬を軽く抓られる。

「痛いっ」

「言え」

「言ったら茶化しに来るでしょ？　落ち着いたら住所送るから、待ってて」

悠斗は、不機嫌そうな表情になり腕を組む。

「怪しいわ、お前」

「……怪しくない」

縁を切ろうと思っているのだから教えてあげられないの。……ごめんね、悠斗。

景色が流れていき、札幌からしばらく進むと、海が見えてくる。

北海道の冬の海は寒そう。

ムッとしている悠斗は窓をじっと見つめて無口になってしまった。

機嫌を直してほしくてバッグから飴《あめ》を取り出す。

「悠斗、飴食べる？」

「……大学がどこか教えてくれたら食べる」

「そんな、子供みたいなこと言わないの。ほら、あーん」

口に入れてやると指まで食べられた。

ちょっとセクシーな目をして、私をドキッとさせる。

「ちょっと、変なことしないでよ」

「されたいの？」

「はぁ？　私は、彼氏じゃない人とする気はない。世界一、いや、宇宙一好きになった人とするの」

「あっそ。今は、いないのか？　そういう人」

……いる。目の前のあなた……。なんて、言えない。

「いたら、悠斗と遊んでないでしょ？　バカ」

「お前は一言余計なんだよ！」

小樽に到着した私達は、喫茶店でランチをすることにして中に入る。

観光シーズンだけあって、混雑していた。

パスタランチセットを注文しホットミルクティーを頼む。

小さなテーブルに向かい合っていると、悠斗って本当にイケメンだなぁと思う。

運ばれてきたパスタを食べながら、スマホで行く経路《けいろ》を確認する。

「八時には出ないとな。門限に遅れさせるわけにはいかないし」

「ごめんね」

「千華の親に挨拶しておこうか。そうしたほうがお父さんも心配しなくて済むし」

「逆に心配するって」

「……なんだよ、トゲのある言い方」

蒼井家の人間と関わりがあるなんて口が裂けても言えない。普通の家庭なら驚くほどの大企業の息子なのだ。

「とりあえず、暗くなるまでオルゴール堂とか見てくるか」

「うんっ」

楽しくなってきてニッコリとすると、悠斗の動きが一瞬止まった。

どうしたのだろうと首をかしげると、悠斗は何事もなかったかのような顔をしてパスタを食べる。

何か言いたいことがあれば言えばいいのに。

ランチを終えて観光地をぶらぶらと歩く。

恋人ではないけれど、好きな人とこうして過ごせるだけで、こんなにも楽しいのかと驚いてしまった。

オルゴール堂には、何度も来たことがある。でも、悠斗といるせいか、いつもよりも数百倍ロマンチックな雰囲気に感じた。

レンガ造りの店内にはやさしいオルゴールの音が流れている。

どうしてオルゴールの音色って切なくて、キュンとするのだろう。

ガラスの置物があるコーナーは、照明が当たって輝いている。思わず歓喜のため息をついてしまった。

「はぁ……、すごい……」

「綺麗だな」

「うんっ」

箱型で白ベースに金が散りばめられている。

オルゴールの蓋をあけると、静かにメロディーが流れだす。

アクセサリーを入れるといいかな？

お姫様が使っていてもおかしくないくらい可愛らしい。

「買ってやろうか？」

「……えっ」

「千華の瞳がキラキラしていたから。欲しいのかと思って」

私は、首を横に振る。

このオルゴールを見るたびに、悠斗を思い出して切ない気分になるのは、絶対に嫌だから。

今、ここでオルゴールの音色を聴くだけでも泣きそうになってしまう。

「いらない。私、すぐに壊しちゃうから」

悠斗に対する思いも壊すことができれば楽なのに。

「そっか」

悠斗が残念そうに眉根を寄せた。

ロマンチックな空間から外に出ると空が暗くなってきている。

「歩いてばかりで疲れたでしょ？　ちょっと休もう」

「そうだな」

暖を取るためにも喫茶店に入ってホットココアを飲む。

のんびりと過ごしていると、だんだんと太陽が沈んできた。

小樽運河や旧手宮《てみや》線跡地をはじめ、市内各所に会場がある。

すべて見たかったけれど、運河会場に行くことになった。頬を突き刺すような潮を含んだ冷たい風が吹いている。

悠斗が手をつないできて、ハッとして立ち止まった。

「……恋人みたいじゃない？　俺ら」

「……そう？」

恥ずかしすぎてごまかす。悠斗と付き合うことができたら、どれほど幸せなのだろう。

「あのさ……、俺ら……」

「早く、行こう！」

何か言われるのだろうと思ったら、怖くなって遮った。

悠斗はそれ以上何も言わない。

恋人……みたいって、何よ、それ……。

私は、切なくなって泣きたかった。

運河会場に到着すると、ものすごい人数のカップルがいる。

ライトアップされた倉庫があり、川のように運河が流れていて、水面に光が反射していた。

数え切れないほどのキャンドルが、真っ白の雪の中や路面に設置されていて輝いている。

魔法の国のような、おとぎ話に出てくるような絶景《ぜっけい》で、思わずため息をついてしまった。

「綺麗！」

「だな……」

悠斗はなぜか口数が少ない。

心配になって横顔をちらっと見ると、すごく切なくなった。

悠斗とずっと、近くにいたい。

寒くてもいい。苦しくてもいい。傷ついてもいい。

だけど、私の感情だけで一緒にいて、悠斗の未来を潰すことはできない。

だから、私は……身を消すのだ。

雪が降ってきた。

キャンドルの光に照らされて輝く雪の結晶を見ると、胸が締めつけられて泣きそうになった。

「寒い……ね」

悠斗が私を後ろから抱きしめる。ビックリして硬直すると、クスッと笑った。

「温めてやるよ」

「だ、大丈夫……。お願い……離れて」

ドキドキしすぎて頭がおかしくなってしまいそう。あまり、からかわないで。

「悠斗、離れてよ」

少しだけ強い口調で言い放つと、悠斗は距離を置いた。おそるおそる瞳を見たら、悲しそうに笑っている。

「そんなに……怒るなって」

「……怒ってないけど」

「夕食摂って帰ろうか」

二人の空気が悪くなり、その流れを断ち切るように悠斗が告げた。私は黙って頷く。

無言のまま、予約しておいたレストランに移動する。

私のリクエストでそんなに高級なお店ではなかったけれど、ビーフシチューの美味しいところで体がすっかり温まった。

お腹いっぱいになり、帰るのが嫌になってくる。このまま、悠斗と一泊できたらいいのに。

「なんか、帰るの面倒になってきたな」

「たしかに」

同じことを考えているのだと思ったら胸が温かくなった。

名残惜しいけれど、レストランを後にして駅へとタクシーで向かった。電車に乗ると、この楽しい時間が終わりに近づいてくるのだと思って、ものすごく寂しい気持ちになってしまう。

「千華、来年も一緒に観に行こう」

「え？」

「春は花見、夏は花火大会、秋は紅葉狩り、冬は小樽のイベント。春夏秋冬、いろんなところに千華と出かけたいんだ、俺」

約束ができない私は、言葉に詰まった。うん、行こうねって簡単に言えたらいいのに、どうしても嘘はつけない。

「勉強があるから忙しくてそんなに帰ってこられないよ」

「じゃあ、可能な限り俺が上京する。俺もそのうち東京に住むことになると思うし」

「悠斗はこれからどうするの？」

「……まだ、わからん」

私が話をはぐらかしたせいか、悠斗は不機嫌になる。笑っている顔が好きなんだから、そんなに怒らないでほしいな。

電車が札幌駅に到着して降りると、ついに旅が終わった気がしてすごく切ない。

外に出ると小樽ほど雪は多くなかったけれど、ちらちらと雪が降っていて冷え込んでいた。

「今日は本当にありがとう。すごく楽しかったよ。じゃあ、また」

帰るために歩き出した私の腕をつかんだ。

「家まで送っていく」

「だ、大丈夫!」

慌てて拒否する私に悠斗は眉根を寄せてすごく怖い表情を浮かべた。

「一人で帰せるわけないだろ。もう、時間も遅いし。せめて家の近くまで送っていくから」

「本当に大丈夫! 子供じゃないんだし!」

少しだけ強い口調で言うと悠斗は、傷ついた顔をした。

「わかった」

寂しそうにつぶやき財布からお札を取り出す。

「じゃあ、せめてタクシーで」

お金を差し出す姿を見て、私の頭には奥様とお兄さんの言葉が浮かんだ。お礼をするから姿を消してくれとプレッシャーをかけられたことが、苦しくて、悔しかった。

私は瞳に涙を浮かべて、悠斗を睨みつける。

「お金なんて、いらない! そんなの、いらない!」

「おいっ、ちょっと」

私は泣き出してしまいそうだったから、走ってその場から消えた。

お金なんて、どうでもいい。私は、ただ、悠斗のそばにいたかっただけなの。

もう、何もいらないから、望まないから、悠斗の近くにいさせてよ……。

◆

「卒業証書授与《じゅよ》」

自分の番になるまで、ステージを見つめる。

学校生活は可もなく不可もなくだったけれど、澪とヒカリと親友になり、同じ時を過ごせたことは宝の時間だった。

陽一と付き合っていたことがあったけれど、懐かしい思い出。

澪といつまでも幸せになってほしい。

「佐竹千華」

「はい」

校長先生の目の前に行くと、卒業証書を受け取り、礼をした。

自分の席に戻る時、澪と目が合って微笑まれる。

うん、でもまあ、楽しい高校生活だったかもしれない。

小さなことで悩んで苦しんだけれど、振り返ってみるとちっぽけだったように感じた。

卒業式を終えたらホームルームをするために教室に戻る。

男子は相変わらずふざけあっていて、騒がしい。

担任が入ってきて、長々と語って、しまいには泣き出してしまう。

そんなにこのクラスに思い入れが深かったのかと驚いた。

すべて終わると、女子が男子に制服のボタンをもらいに行っている。

クラスの中に悠斗がいたら、私ももらっていたかもしれない。

私の高校生活は、最後の一年が濃厚だった。それはやっぱり、悠斗に出会えたからだ。

卒業証書が入った筒《つつ》を持って立ち上がると、窓からは春らしい暖かい光が入ってくる。

次、悠斗に会う日を最後にしよう。

◆

卒業式から一週間後。

最後に澪とヒカリと三人で会うことになり、カラオケに行く。

高校生じゃなくなった私らはちょっと大人っぽくなったように思う。

大学生になったらどんなファッションやメイクをしたらいいのか、雑誌を見て研究した成果だろうか。

「まずはハタチだよね。ハタチの時はまた三人で会おうよ」

ヒカリが言うと、私と澪は深く頷く。

「東京に遊びに来てね」

「もちろん！」

澪がニッコリとしながら答えた。

「誰が一番に結婚するかな」

「ラブラブの澪なんじゃないの？」

ヒカリがからかうと、澪が顔を真っ赤にする。

澪は出会った頃よりも女の子らしくなった。それは、陽一と付き合ってからいいふうに変わったのかもしれない。

「結婚なんてわからないけど、お互いにちゃんと大人になったら、できたらいいな」

「熱々」

幸せそうな澪を見ていると、私まで温かい気持ちになる。

「千華は……？　告白しないの？」

ヒカリの質問に、私は静かに頷いた。

「東京で一から頑張るよ。これが、私の答え」

「本当に、いいの？」

「後悔するかもしれないよ」

澪とヒカリが心配そうに見つめている。

「いっぱい悩んだけど、これが最善の道だと思って」

「そっか。千華が決めたことなら応援する。いい男見つけるんだよ」

「ありがとう」

その夜、家に戻ってお風呂に入り、自分の部屋で東京に行く準備をしていた。女性専用の安いマンションがあり、そこに入居することになっていた。悠斗に寮と言ったのは嘘。持っていく物は必要最低限にしなきゃ。

ブーブーとスマホが震えたので、画面を確認すると悠斗だった。躊躇しながら私は通話ボタンを押した。

「もしもし」

『千華。今何してた?』

「荷物の整理」

『ふーん』

少しの間沈黙が流れる。私は悠斗に怪しまれないように普通にしていなきゃと密かに呼吸を整えていた。口を開こうとした時。

『ホワイトデー、会える?』

「……えっ」

チョコレートをあげていないのに、誘ってくれるなんて。

言葉に詰まってしまった。

『いっぱいお礼しなきゃいけないから。あと……お詫《わ》び……』

「お詫び？」

『物投げたり、突き飛ばしたり。ごめんな』

いつのことを言っているのかと思えば、出会った頃の話をしているのだろう。なかなか心を開いてくれなくて苦労したけど、振り返ってみればとても貴重な時間だった。

私は思い出して胸が温かくなり、微笑んだ。

「もういいよ。気にしないで」

『会えないか？　少しでもいいし、時間は合わせるから。都合、悪いか？』

予定は空いていて、会いたい気持ちがあったけれど、けじめをつけなければいけない。

次に会いに行くのを最後にしようと決意していた。

「その日、ちょっと忙しくて」

『……そうか。次、いつ会える？』

こんなに食い下がってくるなんて珍しい。何か話したいことでもあるのだろうか？

「行ける時に行く」

『行ける時って、いつだよ。俺は待てをされた犬か！』

「今までだって会いに行く約束なんてしたことなかったでしょう？　とにかく、忙しいんだって。ご理解ください」

わざと敬語を使ってみた。

『……わかった』

悲しそうな声を出されるから、ついつい会いに行きたくなってしまう。

でも、心を鬼にした。そうしないと、苦しくて耐えられないと思ったからだ。

『千華、会いたい』

その言葉に私は絶句してしまった。私も会いたいと素直に言えたら、私と悠斗の未来は変わるのだろうか。

「いっぱい会ってたから、癖になっちゃったのかもね」

笑いながらごまかすと、悠斗は無言になる。また怒っているのかもしれない。

「悠斗が元気になってくれて本当に嬉しいよ。悠斗はアウトドア派だよね。アクティブだし」

私一人で話しちゃっている。受話器を耳に強く押し当てて音を聞く。

『……千華、なんで？』

「え？」

『お前、なんか変だ。避けてるよな？』

「そ、そんなことない。本当に……引っ越しの準備で忙しいの」

慌てて言うと悠斗はブチッと電話を切った。

「……悠斗。ごめんね」

私は座り込んで悠斗を思いながら、ポロッと涙をこぼした。

◆

三月中旬になり、春が近づいているが北海道はまだまだ寒い。

来週末に、私は東京へ引っ越す。

今日で本当に悠斗と会うのを最後にしよう。覚悟を決めて家を出た。

気がつかれないようにいつもどおり過ごして『またね』って言って、帰ってくるつもりだ。

通い慣れた道を歩きながら、私は悠斗と過ごした日々を思い返す。

「悠斗を助けたい。元気になってほしい」

そう願いながらも、励まされていたのは私だった。

人はどんなに絶望の中に落ちてしまっても、必ず這《は》い上がる。

そんな大切なことを教えてもらった。

悠斗と会えなくなるのは悲しすぎるけれど、きっと、これも乗り越えられる。

大丈夫と言い聞かせて歩いていた。

悠斗の家に到着した私は草野さんに促されて、まずは奥様に挨拶に行く。

リビングのソファーに腰をかけて待つ。

はじめてこの家に来た時は、豪邸過ぎて驚いてしまった。あの頃がものすごく懐かしい。

「お待たせしました」

目の前に奥様が座って後ろに草野さんが立っている。

「今までありがとうございました。引っ越しすることになったので、今日で悠斗さんに会いに来るのは最後にします」

私の言葉を聞いた奥様の表情がパーッと明るくなり、急におしゃべりになる。

「あらぁ、まぁ！　寂しくなるわねぇ。今までのお礼をたくさんしなきゃいけないわね」

「いりません。そんなの、いらないです」

少しだけ強い口調で言うと奥様は驚いた顔をする。

私は、今までもらったお金を全てテーブルに置いた。

「悠斗さんには、いっぱい勉強を教えていただいたので受験も成功しました。もらいすぎですからお金は不要です」

はっきりと言い切る。

奥様はキョトンとし、草野さんは目を見開いた。

「でも、受け取ってくださらないと」

「安心してください。どこの学校に行くかも悠斗さんには伝えていないです。もちろん住むところも。私の実家も教えていません。縁を切るために徹底しておりました。私は、悠斗さんには日本を代表する企業のトップで力を発揮してほしいです。それが、私の心からの願いであります」

「あ、あら……。そんなふうに思ってくれているなんて、悠斗も喜ぶと思いますわ。でも、しっかりと受け取ってもらわないと」

「ですから、いらないって言ってるじゃないですか。もう、悠斗さんの目の前には現れないので安心してください」

あまりにもしつこいのでムッとしながら立ち上がって、リビングから出た。

草野さんが追いかけてくる。

「千華さん」

「草野さん、今までお世話になりました。草野さんに声をかけてもらったおかげで貴重な経験ができました。本当にありがとうございました」

「あ、あの……」

唇を震わせて何か言いたそうにしているけれど、立場上言えないのだろう。

私は笑顔を向けて彼の言葉を遮った。今更何を言われても、私の気持ちは固まっている。

身を引くことが悠斗の幸せだと思うから。

二階へと続く階段を踏みしめるように上った。

悠斗の部屋に到着してノックをすると返事がない。

ドアノブを回して中に入ってみたら、テレビをつけっ放しでソファーで眠っていた。

最後なのに。いろいろ話したかったのに。気持ちよさそうに寝てる。

綺麗な寝顔を見ていると起こす気にならない。

ゆっくりと眠らせてあげよう。

……悠斗、本当にありがとう。

大好きだよ。

幸せになってね。

立派な大人になって、誰かの役に立てる人生を送ってね。

悠斗、大好き。本当に、大好き。

キス、してもいい？

右足にではなく唇に――。

ゆっくりと近づく。間近で見ても悠斗は肌がとてもツルツルしていて、相変わらずイケメンだ。

あと一センチというところまで近づいたけれど、なかなか口づけができない。

触れたら終わりなんだと思うと、熱い感情がこみ上げてきて胸が苦しい。

出会わなければ、こんな気持ちにならなかったかな？

そう思うけれど、私はやっぱり、悠斗に会えてよかった。悠斗という人物と時間を共有できて、幸せでした。

悠斗。私、あなたのことが超、大好き――。

ポタポタと大粒の雫が、悠斗の服に染みる。

もう駄目だ。こんなに泣いていたら、目を覚ました悠斗がビックリしてしまう。

『太陽が泣いている』と言っていた日が懐かしい。

私、太陽なんかじゃない。太陽のように世界中の人々を温かく照らせるような存在じゃないよ。

我慢しきれなくて、涙がボロボロとあふれてしまった。

キスなんて、やっぱりできない。

好き過ぎて、無理だ。

帰ろう。

離れようとする私の腕がギュッとつかまれた。そのまま身体を引き寄せられて、バランスを崩して悠斗に向かって倒れ込んでいく。いや違う。悠斗が自分のほうに近づけたのだ。

そう理解した瞬間、唇が重なった。

私は、目を大きく見開く。

頭をしっかり固定されて、深い口づけをされる。

他人と唇を合わせるなんて汚いと思っていたのに、悠斗からされるキスはものすごく特別に感じた。

妹って言ったくせに！

バカ！

バカ！

バカ！

涙があふれてくる。

「……んっ」

息をする間もなく、キスが降ってくる。

頭が真っ白になってしまった。

角度を変えていっぱい口づけをされた。

一体、どのくらいの時間唇を重ねていたのだろう。

やっと離してくれた。

「ふぅー」

息を吐いた悠斗が満足そうな表情で私を見つめている。

私の涙の跡も乾いていた。

「人の寝込みを襲うな」

「お、襲ってない！」

頭に血が上るくらい勢いよく言う私。悠斗にものすごくやさしい瞳を向けられる。

長い腕が私を力強く抱きしめた。

悠斗の香りが鼻腔《びくう》を通り抜けて、胸が切なさでいっぱいになった。

離れたくない。悠斗、好き……。大好き……。

これ以上一緒にいたら、離れられなくなる。

私は、思い切り悠斗から離れた。

「帰る」

「もう？」

こくりと頷いた。

私は、マフラーも取らないまま、コートも脱がないまま。

数分しかいないのに、恥ずかしくて、帰りたくなった。

最後なのにちゃんと目も見られないほど、頬が熱くて溶けてしまいそうだ。

「また、おいで」

勢いよく家を飛び出して、走った。

息切れして、立ち止まるとキスの感触がまだ残っている。

妙にやさしかった悠斗の声が木霊する。

「悠斗……、ゆうとぉ……、悠斗……」

大粒の雪が降りはじめた。

三月なのに、雪なんて、最悪。

まつ毛に雪がついて見えづらい。

何度も瞬きをする。

春なのに——北海道の冬はしつこいんだから……。

第九章　この世に生まれてきてくれたことに心から感謝

悠斗ｓｉｄｅ

ふと顔を上げれば、満開の桜が目に入った。

俺は吸い込まれるように眺めて、ぼんやりとする。近所の高架下に整備された道に、こんなに美しい光景が広がっているなど気がつかなかった。

今までの俺はそれほどまでに心に余裕のない人生を送っていたのだろう。

北海道札幌市の桜は、五月まで花を咲かせないことが多い。

ソメイヨシノという品種の桜で、花びらは薄い桃色である。

風が吹いて花びらが舞うと雪を連想させた。

千華が姿を消した日も雪が降っていた。

「お兄ちゃん。どうして、そんなに怖い顔をしているの？」

千華のことを考えていたら、小学生くらいの女の子が話しかけてきた。

「あ、ごめんね。怖い顔していたかな。会いたい人に会えなくて、辛いからかな……」

見知らぬ小さな女の子につい愚痴をこぼしてしまう俺って、かなり重症かもしれない。

「そっかぁ」

俺の近くから離れないで、しかめっ面をしている。

なんとか慰めようとの考えが伝わり、心やさしい女の子の存在に癒やされていた。

「会いたい人がいるなら、会いたい、会いたいって思い続けるといいよ」

「そうなんだ」

「うん！」

元気よく頷いて走っていく。

はじめて唇を重ね合わせた日から、俺は千華に会っていない。

どうして、千華は俺と連絡を絶ったのだろう。

どうして、なんで。

俺の何が嫌だったんだ？　誰か教えてくれ。

来る日も来る日も、連絡が来ないか待っているが音沙汰《おとさた》はない。

落ち着いたら住所を教えてくれるって言ってただろ。嘘つき。

どこにも当たれなくて苛ついている。

……千華に、会いたい。

右足にキスをされた時のことを繰り返し思い出す。

俺の枯れ果てた心と身体に水が注がれたようだった。

一度死んだ俺が生き返った気がした。

すぐに素直になれなくて、俺は千華を傷つけるようなことをたくさんしてしまった。

それでもいつも千華は、太陽のような笑顔で俺に接してくれた。

千華は、バカを装っているようで人の感情を敏感に感じ取れて、痛みや苦しみを自分のことのように捉えることができる人だった。

千華は、ズカズカと人の心に入り込んでくる。

俺は、どんどんと千華にはまっていった。

最初は、うるさいガキだと思っていたのに、いつしか来てくれるのを楽しみに待っている自分がいた。その心が恋だと気がついた時、俺は絶望的な気持ちになった。

大事な女性に裏切られたのに、まさか恋をするとは情けない。

人間なんて裏切る生き物だ。

雪奈は俺とあんなに愛し合っていたのに、事故に遭ってからコロッと態度を変えた。

千華もどうせ金のためだ。

一線を引こうといつも気をつけていたが、千華は泣きながら俺と向き合って、自分のことを話してくれた。

母親の命と引き換えに生まれてきた境遇を聞いて、守ってあげたくなった。そして、千華がこの世に生まれてきてくれたことに心から感謝をした。

裏切る人間ばかりではない。俺は千華を信じようと思ったのだ。

『青い羽根』は、俺の生きている証を残せる、唯一の場所だった。

元々文章を書くことが好きで、ポエムや小説を書いていたことがある。

サイトを運営するようになってから、アクセス数の多さに驚いた。

引きこもっていた俺にとって、唯一、外とつながれる場所だった。

千華が俺のサイトのファンだと知った時は、俺は運命という奇跡をどこかで期待していたのかもしれない。千華のおかげで俺は変わろうと思えたのだ。

義足は過去に一度試したが諦めていた。辛いリハビリに耐えて得られることがあるのかと卑屈《ひくつ》になっていたのだ。しかし、千華が応援してくれていると思えば頑張れた。車を運転できるようになったら、千華をいろんなところに連れていきたいとの一心だった。

雪奈に会いに行ったのは、過去にけじめをつけたかったんじゃなく、未来にけじめをつけたかったからだ。

片足を失ってから、雪奈は一度も会いに来なかった。

あいつのせいにはしたくないけど、雪奈を迎えに行くためにバイクに乗って事故に遭ったのだ。

それなのに他人事のように、雪奈の親から一通手紙が届いただけだった。

雪奈に会いに行った日、ご両親は俺が義足をつけながらも、普通に歩いていることに驚いていたようだった。

『うちの雪奈ちゃんったら、ごめんなさいね』

『いえ。今日は、お別れの挨拶に来たのでご安心ください』

やり直す気なんてまったくなく、俺の心には千華しかいなかった。

雪奈が帰宅して俺を見ると、死んだ人間が生き返ったとでも言いたそうな目だった。

なぜ俺は雪奈みたいな女を愛していたのだろうか。

『……悠斗、無事だったのね』

『あぁ、この通り』

場所を近くの喫茶店に移したら、雪奈は突然言い訳をはじめた。

『会いに行こうと思ったの。でも、いろいろ考え過ぎて』

『怒ってないし、もういい』

『ごめんなさい。それに今は東堂グループの社長さんの息子さんと、お付き合いしているの。あなたがこんなに回復すると思わなかったから』

『雪奈には、俺を支えるのは無理だろうな。俺はお前を愛していたけれど、お前の愛は俺の家柄に注がれていたんだろうね』

ちょっぴり皮肉をこめて言うと、雪奈は感情を露《あら》わにする。

『あなたは、この先真っ暗。あなたは、毎日が雨の日のような人生だわ』

『ああそうだ。でも、俺は太陽のような人に出会えたんだ。雨上がりの空には、虹がかかると思うけどね』

そう言い返すと、顔をみるみる赤くして、雪奈はうつむいた。

あんなに大好きで、人生を狂わされたのに今は何とも思わなかった。

雪奈と別れ、家に帰る途中に俺は決意をする。

千華が大学生になったら、交際を申し込もう。

俺に対して恋愛感情はないかもしれないが、千華への気持ちが日に日に膨らんで、千華以外目に入らなかった。


クリスマスは、最高に幸せだった。

千華は、大学受験を控えていたせいか、髪も真っ黒で大人っぽくなっていて、ドキドキさせられていた。

高校卒業するまでは、友達のままでいようと思ったけど、理性をコントロールするのが辛い一日でもあった。

『ところで、大学はどこ受けるんだ？』

『東京のとある大学』

『東京？』

東京と聞いて驚いたが俺も近い将来東京に行く。

会社を経営するために、いずれは兄の元で勉強をしようと決めていた。

千華を世界一幸せにするために、頑張ろうと勝手に意気込んだ。

千華にオープンハートのネックレスをプレゼントすると、顔を真っ赤にしていた。

俺からプレゼントされると思っていなかったのか、驚いているようで可愛かった。

このまま告白してしまおうかと思ったが、千華は受験前なので落ち着いてからにしてやろうと我慢をした。

千華は俺の気持ちに気がついてなかったのだろうか？

手作りクッキーをもらったのが嬉しすぎて写真を撮った。

千華は若干、引いていた気がする。俺は、自分の気持ちを胸に秘めておくのが精一杯だった。

小樽デートの日。受験が終わりやっと千華も落ち着いただろうと思って、気持ちを伝えようとしたのに、俺は急に不安になった。

こんなに好きなのは、俺だけなのか。

何度もそういう素振りをして見せたけど、千華は断固拒否していた。

プレゼントしようと思ったのに、オルゴールもいらないと言われてしまった。

小樽運河に行ってキャンドルの炎を見ていた。

ロマンチックな雰囲気の中で最高のチャンスだったのに、俺は勇気を出せなかったのだ。

意気地なしの自分が嫌になってしまい、次こそはと思っていた。

この時、俺は千華が消えてしまうなんて考えてもいなかった。

東京に行ってしまうけれど、これからも普通に会えると思っていたのだ。

ホワイトデーに勝負をかけて誘ってみたけれど、会ってもらえなかった。

バレンタインデーも、ホワイトデーも、千華は会ってくれなかった。

その時点で、俺は気づけばよかったのかもしれない。

千華は、俺を避けていたのだ。


三月中旬に、千華が家に来た。

ソファーの上で転《うたた》寝していると人の気配を感じた。千華だ。

千華が久しぶりに会いに来てくれた。

嬉しくて抱きしめたくなったが、千華がものすごく近くにいるのを感じた。

キス……してくれんのかな。顔を近づけているようだ。

俺は、眠ったふりをしていた。

期待で胸がドキドキして壊れてしまいそうで体温が一気に上昇した。

千華も俺のこと、好きなのかな。

妹とか言って、好きな気持ちをカモフラージュしていたから、気がつかれていなかったのかもしれない。
なかなか、唇は重ならなくて。
もどかしくなって、目を開けようと思った時、千華は離れた。
ありえねぇーだろと慌てて手を引いて、ちょっと強引に唇を奪っていた。
頭を両手で押さえて、キスを繰り返す。
ずっと、我慢してたんだ。
好きな女を目の前に、ずっと、ずっと我慢してたんだ。
俺は、満足するまでキスを繰り返した。
俺の愛を染み込ませるように、キスに魂を込めた。
『人の寝込みを襲うな』
冗談っぽく言った。
『お、襲ってない！』
顔を真っ赤にしている。
否定する姿がたまらなく、愛しくなって、俺は千華を抱きしめた。
好きと言ってしまってもいいか？
言ってしまおうか。
どうして、たった二文字『好き』というだけで、緊張してしまうのだろうか？
このまま、続きをしたい。

……その気持ちを察知してか、千華は、思い切り、俺から離れた。

『帰る』

『もう?』

こくりと頷いた。

千華は、マフラーも取らないまま、コートも脱がないままだった。

刺激が強すぎたかな。

ゆっくり小鳥のようなキスからはじめようと思っていたのだが、ついやりすぎてしまった。

千華が可愛すぎて真剣なキスをしてしまったのだ。

『また、おいで』

次に会う時は、行動で表すのではなくて言葉で好きって言ってやる。

千華が出ていき、窓に視線を移せば雪が降っていた。


すぐに会えると考えていたのだが、しばらくしても千華は会いに来なかった。

俺は、自分からあまり連絡はしない主義だ。引っ越し前で忙しいのだろうから、邪魔をしては申し訳ない。

キスをしたのだから心は通じ合っていると思っていたのだ。

ところが四月になろうとしているのに会いに来ず。

不思議に思った俺は千華に電話をした。

『おかけになった電話番号は現在使われておりません』

無機質なアナウンスが流れた。かけ間違えたかと思い何度も確認するが、電話番号は正しかった。

電話番号を変えたのに、なぜ俺に知らせない？

理解ができず、パニックを起こしそうになった。嫌な動悸《どうき》を胸に覚えながらなんとか気持ちを落ち着かせる。

フリーのアドレスに送っても、エラーで返ってくる。

ラインは、アカウントが削除されていた。

「ふざけんな！」

カッとなった俺は千華の実家に乗り込もうとしたが、俺はあいつの家を知らなかった。家まで送ると話しても断固拒否されていたのだ。

千華を失ってしまった。

恐ろしくなりスマホを持つ手がガタガタと震えだす。

自分が考えて以上に、千華を愛していたことに気がついた。

俺は……千華に嫌われてしまったのだろうか。

落ち込んでしまい食欲がなくなった。

引きこもりたくなった。

でも、千華が一生懸命俺を引きこもりから助け出してくれたことを思ったら、後ろ向きになっては駄目だ。

あいつを手に入れるために、今のままではいけない。一人前の男になれるよう努力しようと心に決めた。

そんなある日、兄貴が札幌にやってきた。俺の部屋に入り、大事な話があると言い出した。

「どうだ？　そろそろ仕事をしてみないか？」

「ああ、悪い考えだとは思わんよ」

俺の前向きな発言に兄貴は顔に安堵を浮かべる。

「お前も新しい恋愛をしろ。いいお嬢さんがいるんだよ」

兄貴の言ういいお嬢さんとは、企業がバックにあるお嬢さんのことだ。

兄貴が付き合っている女性も、とある企業の娘さんらしい。

父親も俺にそういう人ばかり勧めてきて将来を約束させようとしたが、うんざりだ。

俺はそんなことのために、自分の恋愛を縛られたくない。

「心に決めた人がいる」

ハッキリとした口調で言って兄貴を睨みつけた。

「今のお前に女を幸せにできる力があるのか？」

その言葉が胸に突き刺さる。たしかに、今の俺では千華を幸せにできない。

「仕事くらいはちゃんとしておかないとな」

勝ち誇った顔をされる。

「お前には幸い蒼井の血が流れているのだから、真面目にやっていけば成功は約束されている」

「……」

「まずは仕事に打ち込んだほうがいい。それから、心に決めた彼女を迎えに行けばいいじゃないか」

兄貴は何かを企んでいるかのような微笑を浮かべた。

もしかして、兄貴も千華の存在を知っていたのかもしれない。

千華は、俺に大切なファーストキスをくれた。

ということは、千華も俺のことが好きだったのではないか。

それなのに姿を消してしまったことに納得がいかない。

家柄の問題で、圧力をかけられたのではないかと嫌な予感がした。

「我が社も世界に進出している。アメリカの大学でしっかりと学んではどうだ？　まだ定員が空いている学校があったんだ」

兄貴はその大学のパンフレットをテーブルに置いた。

「アメリカの大学は本気で入りたい気持ちを大事にするらしい。まだ間に合うから本気で取り組んでみないか？」

「本気で……か」

「三年間、しっかりやってこい。アメリカの大学は四年いる必要がないからな。お前なら飛び級もありだろ。戻ってきたら俺の下で働けばいい。会社が発展していけば、一つくらいお前に経営を任せてやる」

俺の肩を軽く二回叩いて部屋を出ていった。

◆

俺はそれからアメリカの大学に行くために願書を提出。エッセイや動画を提出し、その大学に入りたい気持ちをアピールすることで入学を勝ち取ることができた。

九月から入学するが、留学生コースがあるらしく、八月に俺は日本を発つことになった。

未来に向かって頑張っていたが、やはり千華のことが頭に浮かぶ。

千華の本当の心が知りたくて、もどかしい気持ちで過ごしていた。

あいつは俺のことを実際はどう思っていたのだろう。

兄貴のような存在だったのか。異性として見てくれていたのか。

どんな思いで俺の部屋に来ていたんだ。

草野なら何か知っているかもしれない。庭で植物に水をやっている彼に近づいていく。

「草野」

「悠斗様、何かございましたか？」

俺に声をかけられた草野は柔らかな笑みを向けた。

水を止めて手を拭き駆け寄ってくる。

「お待たせしました」

「千華について知っていることがあれば教えてくれ」

「……わたくしは、なんにも」

目も合わせずに、草野は言葉を濁した。

これは、何か知っていそうだと俺は圧力をかける。

「俺は、あいつがいないと普通に生きられない。お前が連れて来たんだろう？　最後まで責任取って教えろ。俺は知る権利があるんだよ」

なるべく声を荒らげないようにして、怒りを押し殺しながら告げる。

草野はビクッと体を震わせ、躊躇しながら言葉を紡いでいく。

「ち……千華さんは、奥様から『たくさんお礼をする』と言われていました」

金か。

結局は、金がほしかったのか？

裏切られたような気分になったが、草野は言葉を続ける。

「千華さんは、身分の違うことに引け目を感じて、自ら身を引いたのだと思います。最後の日、ボランティアで渡していたすべてのお金を返してきました。彼女は一円も使っておりません……でした」

最後の日というのは、俺とキスをしたあの日だろうか。

「千華さんは、真っ直ぐに悠斗様のことだけを思って通い詰めていたのだろうと思います。千華さんは、お金目的じゃないです。わたくしは、そこだけは見守っていて断言できます」

「……そう、だったんだな」

千華の笑顔を思い浮かべると、今にも泣きそうだった。

「悠斗様が千華さんを心から大事にしていらっしゃるのが、わたくしにはわかっておりました。千華さんは、悠斗様が幸せになると思って身を引かれたのだと思います。引き止めたかったのですが、力及ばず。申し訳ありません」

草野は自分のことのように悲しそうに話してくれた。

「運命というのは、実際にあると思いました。身分など関係なく、お二人には幸せになっていただきたかった。……こ、こんなことを言ったら、奥様に叱《しか》られますね、わたくし」

「安心しろ。言わないから」

俺は、全身の力が抜けるような気がした。

千華は自分の存在が蒼井家にとって邪魔だと思って身を引いたのだろう。

俺の前から姿を消すことを決意した上で、最後の日にキスするなんて、バカだ。

あいつは本当に、バカ女だ。

「ありがとな、草野」

「いいえ」

「……俺、諦めないから」

草野が静かに頷いた。こいつだけは、心から応援してくれているように感じて、久しぶりに胸に熱いものがこみ上げてくる。

庭から自分の部屋に戻る途中、千華のことを考えていた。

頑張ることを教えてくれた千華に応えたい。

「そういえば、桜の木の下で出会った子供が言ってたな……」
会いたい人がいるなら、会いたい、会いたいって思い続けるといいよ――。
頑張り続ければ、会える。
会いたい、会いたいって思い続ければ、会えるんだ。
千華に再び会える日が来たら、すっげぇいい男になってやるんだ。
親に負けないビッグな男になってやる。
親も俺と千華のことを許してしまうくらい、一人前の人間になってやると誓った。

◆

近所の高架下のベンチに腰をかけて、スマホでポエムを綴っていた俺は顔を上げた。
真夏の太陽の日差しが暑い。
明日、俺は日本を出発する。そんな感じはしない。不思議な気分だった。
千華、今頃何をしてる?
ちゃんと勉強頑張っているか?
悪い友達ができていないか、心配だ。
――会いたい。千華にものすごく会いたい。
俺、自分の決めた道をしっかりと進んで頑張るから。千華も夢に向かって頑張れよ。
すっかり顔なじみになった女の子が近づいてくる。

「あ、お兄ちゃん！」

「こんにちは」

「会いたい人に会えた？」

「まだだよ」

「そっかぁ」

「会いたい人に会った時に、かっこいいと思ってもらえるように頑張ることにしたんだ」

「偉いね、お兄ちゃん」

女の子はものすごくやさしい笑みを向けてくれた。

千華に会いたい。

触れたい。もう一度、そばにいてほしい。

千華も、俺と同じ気持ちだったら嬉しい。

空を見上げると、青空が広がっていた。

「大丈夫。同じ空の下にいるよ」

我に返り、女の子を見つめる。

「ママとパパは、お空の上なんだ」

「そっか。そうなんだ……」

「お兄ちゃん。私ね、生きている意味があるのかなって不安になるの。ママとパパに早く会いたいなって、お空の上に行きたいって思うことがあるんだよ」

悲しげにつぶやいた女の子の声が胸を締め付けた。

俺が引きこもっていた時、千華がこんな言葉を言っていた。

『生きている意味ってあるのかな。私みたいな人間なんて、いらないよねぇ。どうして心臓が動き続けているんだろうって考えるんだよ。でもさ、こんな私でも生かされている何かがあると思うの。今はまだわからないけど、こんな私でも頑張るから、お願い。扉を開いて』と言って『悠斗、大丈夫だよ』と安心させてくれた。

その言葉で俺は勇気をもらえたんだ。

どんな人間も、生かされている意味がある。悲しみを経験するのは、人を励ますためなのではないか。

千華が俺を励ましてくれたように、女の子を励ましたいと思った。

「お兄ちゃんさ、片足を失っていて義足なんだよ。触ってごらん」

おそるおそる手を伸ばした女の子は、驚いた表情を浮かべた。

俺は持っていたバッグから取り出したノートにポエムを書く。

――人には、生まれてきた意味があるのだ。
それを理解できるようになるまで、苦しんだけれど、
理解できないと嘆かずに、理解する努力をしようと思った。
いつか、わかる日がくる。

大丈夫だから……。

安心して、毎日を生きていこう——


「これ、あげる」

「ありがとう」

女の子はポエムを読むとポロッと涙を流した。

腕で涙を拭うと、瞳に光が灯りニッコリと笑った。

十歳くらいの小さな女の子なのに、俺はこの子にいろいろ教えられた。

負けちゃ駄目だ。

今度、千華に会える時は、飛びきりいい男になっているって決めたんだ。

同じ空の下にいるだけ、俺は幸せじゃないか。

「ありがとう。明日、引っ越ししちゃうんだけど、元気でね」

「頑張ってね、お兄ちゃん」

「キミも」

俺は、心からのありがとうの言葉を女の子に伝えた。

「お兄ちゃんにも、幸せが訪れますように」

第一部　完

＋＋＋第二部＋＋＋

神田にある二十階建てビルの八階。

エレベーターから降りると、ドアには『アンシャンテ』と書かれたプレートがぶら下がっている。

ここは、私の職場だ。今日も一日頑張ろうと気合を入れて扉を開く。

「おはようございます」

元気いっぱい挨拶して事務所に入った。

カフェのような空間が広がっている。

部屋の真ん中には大きなダイニングテーブルが設置されていて、奥には座敷席のように座って仕事ができる場所まである。

窓際に置いてある整理整頓《せいとん》された大きなデスクに向かっているのは、社長兼デザイナーの大泉《おおいずみ》社長だ。パソコンに向かっていたが、視線を私に移して笑みを浮かべる。

「おはよう、千華ちゃん」

肩までのパーマをかけたロン毛と、整えられた眉毛。黒縁眼鏡のスタイリッシュな男性だ。

私は大学を卒業してから小さなデザイン会社『アンシャンテ』に入社した。

社員は全員で五名いて私以外は全員デザイナー。

広告や看板、ウェブデザインや、書籍のカバーデザインまでやっている会社だ。

夢を叶えて芸術に携わっているところで仕事をすることができていた。

事務員として、事務所メンバーの勤務管理や接客、補佐をしている。

私は事務員だけど、何でも屋さんみたいだ。

掃除をしていると、徹夜《てつや》をしていただろう智美《ともみ》がソファーで眠っていた。私の気配に気がついた彼女が寝ぼけ眼で視線を向けてきた。

「千華、おはよう」

「おはよう」

彼女はショートカットでいつもラフな格好をしている。ハッキリと物事を言う性格で、一緒にいて気持ちがいい。年齢が近いので、特に仲よくしてくれている。

「何か飲み物買ってこようか？」

「トマトジュース」

「了解」

一階に入っているコンビニへ向かう。

職場の皆さんは、とてもいい人ばかりで楽しい。皆さん、芸術家なのでちょっと個性的なところもあるけれど、自分には居心地のいい空間だ。

智美がいつも飲んでいる、紙パックのトマトジュースを購入して事務所に戻った。

「買ってきたよ」

「ありがとう」

受け取った智美は、欠伸をしながらストローをさして一気飲み。

メンバーが集まってくる時間は、決まっていない。それぞれ、好きな時間に出勤してくる。

社長は、いつも一番乗り……というか、家に帰っている様子があまりない。清潔感はあるから、おそらく近くのマンガ喫茶でシャワーを浴びていそう。

十三時になり、智美がお昼ご飯を一緒に食べようと誘ってくれた。

近くの激安食堂に行って、親子丼を注文する。

丼の蓋を開けると、卵がとろっとろでキラキラと輝いている。

口に入れると甘みが広がって、とても美味しい。幸せな気分に浸る。

「めちゃくちゃ、美味しい！」

「本当。これでワンコインってコスパ最高だわ」

智美と私は会話するのも忘れて真剣にがっついていた。食べ終わって満腹になり席を立つ。こういうお店は回転率が高くないと売上が上がらないだろうから、気を使って早く出た。

外に行くと冷たい空気に身震いする。

「仕事大変そうだけど大丈夫？」

「今、気合い入れている仕事があって頑張ってるところなのよ。コンペがあって他社と争うの」

「へぇ、どんな？」

「このサイトの書籍化が決まったんだけど、待っててね」

立ち止まって智美がスマホを操作して画面を見せてくれる。

青い画面が広がっていて、私は言葉を失い表情を動かせなくなった。

それは、何年間も見ないようにしていた『青い羽根』だった。

「ここのサイト、かなり昔からあるみたいなんだけど。ファンが多くてポエム集が大手から出版されるの。その表紙のコンペ」

悠斗のサイトを見てしまったら、封印した気持ちが一気にあふれてしまいそうだったから、見ないようにしていたのに……。思い出してしまう。

悠斗と過ごした思い出が脳裏を駆け巡り、泣きそうになった。悠斗は今、どこにいて、どんな人生を送っているのだろう。

出版するんだ。悠斗、すごいじゃない！　おめでとう。

十冊くらい買っちゃおうかな。いや、もっと、もっと、買おう。

私は自分のことのように嬉しくて、心臓がドキドキ動いていた。

「イメージが湧かなくてさぁ。何度も作り直してるんだけど、締切が近づいてきてるのよ。世界観を壊したくないなぁと思って」

智美は困ったように眉間にシワを寄せて、スマホの画面を凝視《ぎょうし》している。

「ゆうさんのポエムってやさしくて、力強くて、なんか綺麗なんだよね。そういう表紙にしたいって思うけどうまくいかなくて。どういう人がファンなんだろう」

再び歩きはじめた智美の横に小走りで近づいた。

「絶対にそのコンペ、勝ってほしい！　わ……、私、このサイトのファンなの」

「そうだったの？」

「うん。学生時代から大好きだったの。最近は、見ていなかったんだけど。管理人の書くポエムは ね、ストレートな言葉が多いから、あまり派手なのは合わないと思うなぁ。シンプルなほうがいいよ！」

気がつけば、口から勝手に言葉が出ていた。つい、感情が漏れてしまった。

恥ずかしくなって咳払いをしてから智美に視線を送ると、満足そうな表情をしている。

「ありがとう。なんかイメージが湧いてきた」

「ほんと？　よかった」

「またアドバイス求めるかもしれない。身近にファンがいるなんて、ラッキーだわ。絶対に勝つから！」

「うん！　頑張って」

私は智美にファイトとジェスチャーを送った。

ランチを終えて事務所に戻った私は、体中の水分が抜けたように力が入らない。

悠斗とお別れしてから、私はいっぱい泣いた。

実家でも、東京行きの飛行機の中でも、お風呂でも、トイレでも映画館でも、いっぱい涙を流した。

悠斗と会わなくなってからも、しばらくはサイトを見ていたけれど、いつまでも固執《こしつ》していてはいけないと気がついて、サイトをお気に入り登録から削除した。

とにかく忘れるために毎日疲れ果てるまで勉強したり、友達と遊びまくったりした。けれど、悠斗ったら夢にまで出てくるの。

大人になれば、新しい恋ができるって思ってたのに、未《いま》だに誰ともお付き合いすらできていない。

今でも悠斗を心に思い浮かべて話しかけてしまう。

悠斗を思い出さないよう努力して、サイトを見ることをしなかったのに先程見てしまい一瞬にして記憶が蘇ってしまった。

悠斗に会いたい。

悠斗のことが大好きだった。

気を引き締めなきゃと思いつつ、パソコンを見つめる。頭が正常に働かない。

「千華」

智美に声をかけられてハッとした。

三つも案を印刷しては持ってきて差し出される。

「青い羽根さんのコンペのデザイン。この三つだと、どれがいいと思う?」

「うーん……」

青と羽根を基調にしていて三作品ともサイトのイメージを壊すことなく、素敵だった。

悠斗の書いたポエムを思い浮かべながら選んでみる。難しいなぁ……。困っていたら社長が近づいてくる。

「これは、人気サイトの書籍化のコンペの?」

「ええそうです。千華、青い羽根のファンなんですって。千華からイメージを聞いたらアイディアが次々に浮かんできました」

「へぇ。それはいい。コンペ、勝てそうだな」

どれもさすが智美のデザインだなと尊敬しながら見比べていると、二個目の案がしっくりきた。

それを伝えて意見を言う。

「色はもう少し暗いほうがいいと思うの。あと、羽根のデザインは柔らかな感じにするほうがおすすめかな。デザイナーじゃないのに出しゃばってごめん」

「いや、ファンからの意見はかなり強みだよ！」

「ありがとう」

智美は満面の笑みを浮かべる。

職場の仲間はやさしくて居心地がいい。給料も充分すぎるほどもらっている。

私の人生の中での不満と言えば、誰ともお付き合いをしたことがないことだ。

合コンに行ったこともあるし、友人から紹介されたこともある。

素敵な人はいたけれど、どうしても悠斗と比べてしまう。

何年経っても、私の心の中で悠斗は生き続けている。忘れたいのに、永遠に忘れられない。

悠斗のせいで、私は誰とも恋愛ができなくなっちゃったじゃない……。

「絶対にコンペ、勝つぞ」

智美は気合を入れてパソコンの前に移動した。

このコンペが通ったら、作者がデザイン会社に打ち合わせで訪問するのだろうか。

心臓がドクンと動いて頬に熱を帯びる。

まさか、来ないよね。

もしここに来ることがあって、再会してしまったら、どんな顔をすればいいのかな。

私は、二十六歳になっている。ということは、悠斗は二十八歳か。

大人になった悠斗はきっと素敵な男性になっているのだろうなぁ。

蒼井コーポレーションの一員として働き、身分の高い女性と結婚しているかもしれない。もしかしたら、子供だって誕生していてもおかしくない。悠斗の赤ちゃんか……。ものすごく可愛いんだろうなぁ。

私の心の中から悠斗は消えていないけれど、悠斗は私のことを忘れているだろう。

切ない気持ちを押し殺しながら私はデータ入力をしていた。

◆

澪と陽一が結婚するとお知らせが届いたのは半年前。

今夜、結婚式があるので、早い時間のフライトで北海道へ向かっていた。

久しぶりに乗った飛行機の窓からぼんやりと景色を眺める。

実は、東京に出てきてから、北海道へは一度も戻ってきていない。

忙しかったのもあるし、東京出張することが多い父親とは頻繁《ひんぱん》に会えていた。とはいっても北海道に帰るチャンスはあったけれど、いろんな感情を思い出してしまいそうで、怖くて帰省しなかった。

新千歳空港に到着した私は、北海道の景色を見て胸がざわつく。

十八歳の時、東京へ飛び立った日にタイムスリップしたかのような気持ちになった。

あまりにも切なくて、我慢しても涙が瞳に溜まった。

悠斗と永遠に連絡を取らないと覚悟をして、番号を変えて、フリーのアドレスもラインのＩＤも消した。

身分差がなければ、あのままずっと一緒にいられたのかな。

悠斗は、私のことをどう思っていたのだろう。

最後の日にキスしたこと、覚えているかな？

私は、今でもキスの感触をハッキリと覚えている。

悠斗のことを忘れた日なんて一日もない。

札幌に向かうため電車に乗る。

小樽に一緒に行ったことがあった。電車で肩を寄せ合いいっぱい話をして、同じ時を過ごしているだけで幸せだった。

高校生だった頃の私は、悠斗のことが大好きだった。

もう、あんなに心が奪われる人には出会えないだろう。小さなため息をついてそっと目を閉じた。


久しぶりに実家に戻ってきた私は、チャイムを押す。

出てきたのは父親の再婚相手の久恵《ひさえ》先生だ。

「千華ちゃん、お帰り」

「先生、ただいま」

「チャイムなんて押さないで遠慮しないで入ってきて。ここは千華ちゃんの実家なんだから」

「うん、ありがとう」

久恵先生は、私の中学時代の担任の先生である。

母親がいない私のことを気にかけてくれて、何度か家に来て食事を作ってくれたことがあった。

結婚の報告を聞くまで、二人がこっそり交際していたなんて知らなかった。

「寒かったでしょう？」

「うん、久しぶりの北海道は冷えるね」

リビングに行くと父親が新聞を読んでいた。

「ただいま」

「お帰り、千華」

私の姿を見て満面の笑みを向ける。

「無事に帰ってきたか！　澪ちゃんの結婚式なんだろ？」

「うん。あまり時間がないから着替えをして美容室に行ってくるね」

「送っていくか？」

「大丈夫。ヒカリと待ち合わせしてるから」

自分の部屋に入ると昔のまま。綺麗に保たれているのは久恵先生が掃除をしてくれているからだ。

高校生だった頃を思い出し、このまま何気なく悠斗に会いに行きたくなった。

『これから結婚式に行くの』

そう言ってワンピース姿を見せたら、悠斗はだるそうに笑ってこう言いそう。

『可愛いワンピースだな。お前がじゃなくて、ワンピースが』って。

私が悲しそうにうつむくと急に頭を撫でてやさしくしてくれるんだよ。

意地悪なことを言われるのになぜかキュンとしちゃって、悠斗にどっぷりとハマっていたことを思い出した。

持参した紺色のワンピースに着替えて家を出る。

予約を入れていた美容室で髪の毛をセットしてもらって、ヒカリと待ち合わせしている札幌駅に向かう。駅から一緒に行く約束をしていた。

学生時代に澪と東京まで来てくれたことがあったけど、会うのは二年ぶり。

一足早く到着した私は心臓がドキドキする。

悠斗はおそらく北海道にはいないだろうけど、彼が北海道にいるような気分になり、鼓動が速まるのだ。

悠斗に会えるわけじゃないのに、私ったら本当に懲りない性格だ。蒼井家とは縁を切ったのだからこの先も永遠に悠斗と会うことはない。けれど、もしも運命の人ならもう一度、偶然でもいいから再会させてくださいと願ってしまう。そんなに人生うまくはいかないと年齢的にもわかってきた。

「千華！」

「ヒカリ！」

親友との再会は嬉しい。手を取り合って微笑み合う。

ヒカリは相変わらず美人ですごく素敵な女性に成長していた。

「千華、すっかり東京の女だわ」

「そんなことないよ。ヒカリ、ますます綺麗になったね」

「そう？　いい出会いはないけど」

私とヒカリは、楽しく会話をしながらホテルへと歩き出した。

同級生と一緒だと、どうしてこんなにも会話が弾むのだろう。

ホテルに到着して会場に行くと、ウエルカムボードが用意されていた。それを見るだけで幸せなのが伝わってくる。会費を支払って澪が選びそうなセンスのいいデザインの座席表が渡された。

「あった、竹」

私とヒカリは『竹』と書かれた円卓につく。テーブルクロスは黒で会場内には真っ赤なリボンと金色の花が飾られていてお洒落だ。

陽一は大手飲料メーカーの営業マンらしく、持ち前の明るさでかなり稼いでいるらしい。

高校時代の同級生が、ちらほらと見えて賑わっている。

「久しぶり、千華」

「元気だった？」

同じクラスだった女子が近づいてきてくれて近況を報告し合う。

お互いに成長した姿なのに一気に学生時代に戻った気持ちになる。みんな、元気そうだ。

ウェディングソングが流れて入口にライトが照らされる。

扉がバッと開き、真っ白なプリンセスラインドレスを着た澪と、紺色の光沢のあるタキシードを着た陽一が登場し二人は頭を下げた。

大きな拍手が会場を包み込み、二人は本当に幸せな笑みを浮かべている。

私とヒカリに気がついた澪が手を振ってくれる。

「おめでとう」

声をかけて手を振り返した。

高砂に到着して新郎新婦は頭を下げてから腰をかけた。

照明に照らされた澪は、お姫様にでもなったかのように美しい。

高校時代から付き合って愛を貫《つらぬ》くなんて、ロマンチックだなぁと思いながら見つめる。

運ばれてきた料理にもこだわったのだろう。どれも美味しい。

お肉のローストに添えられている人参はハート型にくり抜かれている。

料理からも二人の愛が伝わってきて胸が温かくなった。


二次会にも参加することになり、ホテルの一階にあるレストランを貸切りにしてのパーティー。

写真攻めにあっている澪が落ち着いた頃、ヒカリと一緒に近づいていく。

「澪、陽一、おめでとう！」

「ありがとうっ！　東京からわざわざ来てくれてありがとね」

「ありがとな」

二人の笑顔があまりにも眩しくて狼狽《うろた》えそう。幸せオーラがビシビシ伝わってきて倒れそうになる。

「千華はどうなの？　東京でいい人見つけた？」

「それが残念ながら」

苦笑いする私に澪が信じられないと言った表情を見せる。

「千華、超美人になったね。東京は違うんだねぇ」

「そんなことないって。澪、本当におめでとう！　落ち着いたら新居《しんきょ》に遊びに行かせてね」

「もちろん！」

自分の席に戻った私は、カシスオレンジをちびちび飲む。

愛する人と両想いになり、結婚することができるなんて奇跡なんじゃないかな。

親友の幸せそうな姿を見届けることができてよかった。末永くお幸せにね。


二次会を終えると、ヒカリと飲んで帰ることになり近くのバーに入った。カウンター席に並んで腰をかける。

私はあまりお酒に強くない。

ヒカリは結構飲んでいるようだったけれど平気そうだ。

「澪、幸せそうだったね」

「うん。千華は付き合っている人いないの?」

「全然……。……忘れられないし」

自分でも驚くほどの切ない声だった。ヒカリは遠くをぼんやりと見つめる。

「悠斗さん、今どこで何をしているんだろうね。連絡先とか一切、わからないの?」

「……うん。もう二十八歳でしょ。一児の父親とかになっていたら、うけるよね」

笑って話をしているけれど、悠斗のことを思い出すだけで胸が痛くなってしまう。

こんなにも忘れるのに時間がかかるとは思わなかった。

「千華はすごいよ。何年経っても一途に思い続けて」

「しつこい性格なだけの気もする」

「本物の恋なんじゃないかな?」

ヒカリがやさしい瞳を向けてきた。

「本物の恋だとしても、もうどうすることもできないから一日も早く忘れて結婚相手を見つけて父親を安心させてあげなきゃって思うよ」

「そっか。わかんないけど、千華は悠斗さんと結ばれているような気がする」

「ありえないって」

ヒカリと久々に会って楽しい時間を過ごせた。いつまでも語り合っていたいけれど、そんなわけにもいかないので、また会う約束をして店を出た。

タクシーで悠斗のことを考えながら実家に向かう。

すっかり帰るのが遅くなってしまった。

私のことを待っていたのだろうか、父親はまだ起きていた。

「ただいま」

「お帰り。どうだった？」

「澪、すっごく綺麗だったよ」

「そうか」

冷蔵庫からペットボトルのお茶を出して一気飲みする。

一息ついてからリビングに行き、ソファーに腰をかけた。

「千華は付き合っている人、いないのか？」

「あーうん……。ごめんね」

浮いた話を一度もしたことがないから、心配しているのだろう。ある程度の年齢になったら交際相手を紹介して、安心させるのが親孝行だと思うけど私には難しそうだ。

お姉ちゃんは五歳になる姪《めい》っ子を産んで、今は第二子妊娠中。

「今は仕事が楽しいから、もう少しこのままかもしれない」

「そっか。千華の人生だからな。とにかく体を大切にして頑張れ」

「ありがとう。お父さんも久恵先生と仲よく暮らしてね」

次の日、久恵先生の手料理を食べてから、東京に戻るため駅に向かっていた。

せっかく札幌に帰ってきたのだから、もう少しゆっくりできればよかったかな。

社長は有給を使ってもいいと言ってくれたけど、あまり長く北海道にいると悠斗のことばかり考えてしまいそうだったから、私は仕事をしているほうがいいと思った。

早めに家を出たので時間に余裕があったから、久しぶりに札幌の街を歩いてみようかな。

歩きだすと、どうしても気になる。

悠斗の家の前を通ってみよう。

草野さんはいるかな。家政婦さんはいるかな。

悠斗と過ごした時間を思い出しながら向かうと、到着してみて驚いた。

立派な屋敷はなくなっており、マンションが建設されていた。

庭は残されているが、悠斗との思い出が取り壊されてしまったような気がする。

悠斗は……どこに住んでいるのかな。北海道？　東京？　それとも海外？

ヒューッと頬を突き刺すような冷たい風が吹いた。冷えた空気の匂いが懐かしい。

吸い込むと胸が締めつけられた。

こんなにも引きずるなんて、自分が一番驚いている。

私は高校生の頃と変わらない。心は悠斗で支配されていた。

◆

「やったぞ、コンペ、通ったぞ！」

社長が歓喜の声を上げると、職場は拍手に包まれた。

「おめでとう！　智美」

「ありがとう！　千華のおかげだよ」

「私は何もしてないって。智美の努力の結果だよ」

満面の笑みを浮かべている智美はすごく嬉しそうだ。

「絶対に売れますように」

「そうだ。売れたら会社も有名になるかもしれないぞ！　しかし、まあ、こんなに小さなデザイン会社を採用してくれてありがたいな」

「作者本人が選んでくれたそうですよ」

悠斗が決めたんだ……。

うちの会社が悠斗の出版に関われるなんて、奇跡だ。本当に嬉しい。

とはいえ、私は仕事を一緒にすることはないけれど……。

私と悠斗が関わり合うことはなくても、縁があり、こうしてつながれていることだけでも幸せだ。

胸がじんわりと温かくなった。

悠斗、出版おめでとう。本当におめでとう。

◆

悠斗side

「今日の予定は？」

「午前中は経営企画会議、午後からはクライアント様と打ち合わせです。本日お食事会はございません」

「ありがとう」

蒼井コーポレーションの自社ビルである五十二階の社長室で、俺は秘書の加藤彩《かとうあや》に予定を聞いていた。

加藤は、黒のスカートスーツを着て、真っ黒のストレートヘアーを一つに束ねた、聡明《そうめい》な口調の女性だ。

「昨日、頼んでおいた資料だけど、急ぎで作ってくれる？」

「かしこまりました。午前中には仕上げます。出来上がりましたら共有フォルダに入れておきます」

一礼をすると、隣の秘書室へと入っていく。

俺は外国から帰ってきたあと、兄の下で働きながら経営の勉強をした。

世界的な不況《ふきょう》と災害などの影響で、蒼井コーポレーション全体の経営が下降気味だった。

『今のお前なら経営難を救えるかもしれない。俺はお前に託したい』

そう父に言われたのは二年前。俺は、事業を立ち上げることになった。

インテリア全般を扱う会社『株式会社ＹＵＵＡ』を作った。

一ヶ月、定額料金を支払ってもらいレンタルをする。

口コミで広がり、YUUAは順調に契約件数を増やした。

昨年からはYUUAブランドのインテリアを発売。宣伝には特に資金を注ぎ込んだ。

その効果もあってか、有名なアーティストを筆頭《ひっとう》に、若い芸能人が次々に購入してブログにアップしてくれた。

当初はインターネットのみでの販売だったが店舗も作った。

売れ行きが伸びに伸びて、蒼井コーポレーション全体の経営を立て直すことができた。

YUUAは、全国に二千人近くの従業員がいる。

今は途中経過だと思っていて、これからまだ伸びる見込みだ。

俺は、経営の楽しみとやりがいを知った。

一筋縄ではいかなかったこともあるが、一番大切にしたのは『人』だ。

事故に遭い、片足を失い、辛く苦しい時期があったからこそ、俺は人の痛みを理解できるようになった。

一人を大切にする心を千華から学んだおかげで、人材を育てることに成功した。

トップだからといって、偉ぶらないで、一人一人の社員と対話することに心を砕き社員のモチベーションアップに努めた。社員の協力があるからこそ会社は成長していける。

今の俺がこうして社会人として充実した毎日を過ごせているのは、千華のおかげだ。

俺は女性としても、人間としても千華を尊敬している。

彼女を堂々と迎えに行くために、俺は一心《いっしん》不乱《ふらん》に働こうと決意した。

気がつけば二十八歳になっている。

千華のことを忘れた日などない。

クリスマスにプレゼントしてくれたクッキーの写真を見て、自分を奮い立たせ今日までやってきた。

自分のピュアさに苦笑してしまうほど、俺は今でも千華を愛している。

会わない時間が多くなればいつかは千華を忘れられるかもしれないと思ったが、心に住み着いて離れない。

千華、会いたい。元気に過ごしているのか？

仕事柄いろんな女性と知り合う機会があったけれど、一度も恋愛には発展しなかった。

一部の人間からは、俺のゲイ疑惑まで出てしまっている。


仕事を終えた俺は社長室に残ったまま、プライベート用のメールアドレスを開いた。

『ゆう先生、いつもお世話になっております。文風社《ぶんふうしゃ》の森尾《もりお》です。いくつかデザインの提案をいただきました。先生のイメージに近いのはどれになりますでしょうか？　ご意見を聞かせていただけると幸いです』

出版社から表紙デザインが届いていた。

ポエムサイトを続けていたら、いつか千華が連絡をくれるかもしれないと期待をしていたが、まったく千華からの連絡はない。

ただ、続けていたことで出版社の目に止まりオファーをもらった。

出版にはあまり興味がなかったが、本を出せば千華の目に触れるかもしれないからとの理由で俺は承諾《しょうだく》をした。

三つ届いた表紙デザインから一つを選んで返信をする。

時計に視線を動かすとそろそろ約束の時間だ。今日はプライベートで学生時代の友人、浜谷《はまや》から食事に誘われている。約束の場所に向かうため俺は立ち上がった。

待ち合わせ場所のイタリアン酒場へと向かう。基本、運転手付き。だが、千華との約束であるドライブをするため、免許を取得した。

「こっち」

到着すると浜谷が手招きしている。

そこには、細くて、化粧をしっかりとして、フェミニンな服装をした女性が二人もいた。……ハメられた。ムッとしながら席につくと、作った笑顔が向けられる。

「エリちゃんと、ミーちゃん。エリちゃんは受付嬢で、ミーちゃんは大森建設の令嬢さん」

「あぁ、どうも」

「蒼井社長、お若いのに、あんなに大きな組織を作られてすごいですね」

エリちゃんがニッコリと笑い甘ったるい声で話しかけてくる。ポイントを上げようとしているのが見え見えだ。

「別にすごくないです」

俺は浜谷を睨む。こんな無駄な時間は過ごしたくない。それだったら、家でポエムを書いているほうが価値がある。

シャンパンが運ばれてきた。

「乾杯」

何に乾杯だよと思いつつ、モッツァレラチーズに手をつける。

浜谷は俺に恋人を作ろうとして定期的に女を連れてくるのだ。ありがた迷惑にもほどがある。

「悠斗さんって、呼んでいいですか？」

ミーちゃんが上目遣いで聞いてくる。うざい。

「好みのタイプってどんな感じですか？」

エリちゃんは直球だ。

好きでもない女とする食事ほどまずいものはない。

「タイプは、俺の好きな人ですね」

「好きな人いるんですか？」

「ええ」

はっきり言ってやると空気が悪くなる。

料理を食べ終えた俺は、これ以上意味のない会話を繰り返すのに嫌気が差して、伝票《でんぴょう》を持って席を立った。

「忙しいんで、お先に失礼します」

個室を出る俺。浜谷が慌てて追いかけてきた。

「悪かったって。お前も恋愛しろよ」

「大きなお世話だ。俺は、心に決めた女性がいるんだよ」

「だから、会わせてくれって」

浜谷がニヤリと笑う。

「二次元とか、言わないよな？　お前みたいな完璧な男に限ってオタクだったりするんだよ」

「うるせぇ」

カードで支払いを済ませて外に出た。

浜谷を置いてタクシーに乗り込もうとした時、ミーちゃんとエリちゃんの話し声が聞こえた。

「義足とかわかんなかったね」

「イケメンだし！」

「夜のほうは大丈夫なのかな？」

人のことをなんだと思ってんだ。

こっちが、お前らみたいな上辺しか見ない女は願い下げだって。

浜谷には、女を抜きで誘えと言っておかないとな。

◆

久しぶりに家族で食事会をすることになった。

俺の出版のお祝いらしい。

まだ出ていないのに気が早い奴らだ。それでも、喜んでくれるのは嬉しい。

中華料理のコース。

貸し切りの部屋で静かな音楽が流れている。

紹興酒《しょうこうしゅ》を飲みながら大海老《えび》のチリソースを食べていた。

「悠斗に書く才能があったとは驚いたな」

父親が言うと、母親が満面の笑みを浮かべて微笑む。

「ええ、とても驚いたわ。悠斗は本当にすべてにおいて完璧な息子なのよ」

「センスのある男だよ。兄としても誇りに思う」

兄も便乗しておだててくる。

蟹のあんかけチャーハンが運ばれてきた。

「会社の宣伝にもなるな」

「出版するに当たって蒼井グループの人間であることは公表しないつもりだ」

「そうか。宣伝になると思うのだが」

俺の発言に兄が意見をするが、首を振って拒否をした。

蒼井グループを有名にすることが目的ではなく、出版することで千華となんらかの接点を持てるかもしれないと思って決めたのだ。

「まあ、悠斗の好きにさせてあげたらいいじゃない」

悪くなった場の雰囲気を母親が和らげる。その後は仕事の話が中心になり食事中だが頭はフル回転していてあまりリラックスできなかった。

デザートのマンゴープリンと温かいジャスミン茶が運ばれてくる。そのタイミングで母親が写真を出してきた。白いワンピースを着た女性が写っている。

「悠斗、そろそろ結婚してほしいわ。この子、可愛らしいと思わない？　松野電気のお嬢様なのよ」

また縁談の話だ。

俺に会うたびにどこかの令嬢を紹介してくる。俺はムッとしながら、ため息をついた。

「悪いが、俺は心に決めた女性がいる」

「じゃあ、お母さんに紹介してちょうだい。そろそろ会わせてくれないと……。年も取っちゃうし。悠斗の子供の顔が見たいのよ」

今すぐにでも会わせたいが、そもそも千華と再会していない。

探偵でも雇《やと》って見つけ出そうと思っているが、そんなことをしたらストーカーと思われてしまいそうだが、そろそろそういう手も使わないと会えないかもしれない。

……本当に会えるのだろうか。もしかしたら、恋人がいるかもしれないし、すでに結婚している可能性もある。

「心に決めた女性って誰だ？」

父親の質問に黙り込む。

兄がハッとしたような表情になった。

「まさか、あの女子高生か？」

兄が質問してくるので俺は頷く。両親がものすごく嫌な顔をする。

「そうだよ」

俺は堂々と答える。

「何年も会ってないじゃない。まさか、会ってるの？」

母親が怪訝そうに質問してきた。

俺はジャスミン茶を口に含んで切ない気持ちを流し込んだ。

「連絡先もわからない。だけど、俺は彼女以外と結婚はしないよ」

「お前、あのな……」

父親は、何か言いたそうにしているけれど強くは言えない。それは、蒼井グループの売上が一番いいのが俺の会社だからだ。

「俺を縛りつけようとするなら、俺はYUUAをつぶして、身を隠すよ」

シーンと静まり返り、俺は勝ち誇った気分になる。

YUUAの利益を失えば、グループ全体が厳しくなるのは、目に見えているのだ。

「父さん、もう悠斗も大人なんですし本人の判断に任せていいんじゃないか？」

兄が俺の肩を持ってくれた。父親は諦めたような表情を浮かべる。

「好きなようにしなさい」

「ありがとう、父さん」

「あなた……」

母親も、仕方がないというように微笑を浮かべた。

食事会場を出てタクシーに乗る。出版社からメールが届いていた。

俺が選んだデザインに決定したそうだ。

会社に『青い羽根』のファンがいたらしい。ありがたい。近いうちに挨拶に行きたいと要望を添えて返信した。

◆

いつもどおり出勤をして掃除を終えてから自分の席についた。もうすぐクリスマス。

悠斗とすごしたクリスマスを思い出す。

あの時食べた和食ランチ、絶品だったなぁ。

オープンハートのネックレスは大事に保管してある。つけたいけれど、思い出して泣いてしまいそうだから奥にしまって見ないようにしている。

智美が張り切って印刷しているのを横目で見つつ、給与計算ソフトに勤務実績を入力していた。

「千華ちゃん。午後から来客があるからその時、お茶出しお願い」

「わかりました」

社長に言われて明るい声で返事をした。すると、智美が近づいてきてニコニコする。

「サプライズにしようと思ってたんだけど、驚いてお茶をこぼしちゃったらまずいから教えておく」

「なによ、その含みを持った言い方」

「実はね、青い羽根の作者さんと出版社さんが挨拶に来てくれるんだって」

「……え？」

心臓がドクンと跳ねた。今、なんて言ったの？

青い羽根の作者さん……。それって、悠斗ってこと？

「い、いつ？」

「今日」

「今日⁉」

再会の日がこんなに突然、やってくるとは思っていなかった。

蒼井家の皆さんにお礼をすると脅され、悠斗の未来を考えて姿を消したのに。

呆気《あっけ》なく会ってしまうなんて……。どうしよう。どうしたらいいの。早退する？　どこかに隠れる？

「おーい、千華、大丈夫？」

智美が私の顔の前で手をひらひら振っていた。

気が動転してしまい顔が熱くなっている。

お別れの日にしてしまったキスや柔らかい悠斗の唇の感触が鮮明に蘇り、脳みそが沸騰《ふっとう》しそうになった。

「やっぱり教えておいてよかったね。顔真っ赤だよ」

「……そ、そう？」

「お仕事で来るんだからサイン求めちゃ駄目だよ。どんな人なんだろうね。楽しみ」

鼻歌を歌いながら智美は自分の席に戻った。

どうしよう。悠斗に会ってしまう。

大人になった悠斗を見ることができるのが嬉しい半面、恐怖心が湧き上がってくる。

そもそも、悠斗は私に気がつくだろうか？

私のこと、覚えているかな。一言くらい、話をしてみたいけれど、それをきっかけに昔のように会う関係になることは、絶対に許されないことだよね。お互いに大人になっているから自由にしてもいいのかな。悠斗はきっとあの蒼井グループで責任職を任されて働いているだろう。普通の事務員が恋をしてもいい相手ではないのだ。過去はなかったことにしよう。なるべく普通にして対応するしかない。


ランチ中も悠斗のことばかり考えていて、ほとんど喉を通らず事務所に戻ってきた。

そろそろ来社する時間なので、給湯室でお茶の準備をする。

ドキドキして心臓が壊れてしまいそうだった。

悠斗に会ったら倒れてしまうのではないかと不安になってくる。

深呼吸を繰り返して気持ちを落ち着かせた。

デスクに戻りそわそわしながらパソコンを見つめていると、チャイムが鳴った。

来た！

頭に血が一気に上り、倒れそうになる。ドアの前に行き小さく深呼吸をしてから震える手で開いた。

「いらっしゃいませ」

「文風社の森尾と申します。十四時にお約束をしておりました」

スーツを着て眼鏡をかけた気さくな感じの女性が立っていた。

その斜め後ろに仕立てのいいスーツを着こなした悠斗が立っていた。

悠斗……だ。間違いなく、悠斗がそこにいる。

悠斗が強い視線でこちらをじっと見つめてきたので、私は慌てて目をそらして森尾さんに笑みを向けた。

「お待ちしておりました。こちらへどうぞ」

「ありがとうございます」

足を踏み入れた悠斗が私を見下ろし、何か言いたそうな顔をして凝視される。この表情からして悠斗は私のことを覚えていてくれたようだ。

胸が熱くなり、こみ上げくるものがあるけれど、あえて悠斗には気がつかないふりをする。

大人になった悠斗は、昔とあまり変わらないけれど、貫禄がついてさらに魅力が増していた。

応接室に通して二人に腰をかけてもらった。

「担当を呼んで参りますので、少々お待ちください」

智美を呼ぶために部屋を出ると、目眩を起こしてこめかみを押さえた。

悠斗ったら、相変わらずかっこよくて、素敵な男性になっていた。

ずっと、ずっと、我慢していたのに、どうして会ってしまうのだろう。

運命のいたずらとしか思えない。

事務所にいる智美に声をかける。

「智美、いらっしゃったよ」

「うん。ありがとう」

急いで給湯室に向かってお茶を用意して、応接室に向かった。

小さくノックをして中に入ると名刺交換をしているところだった。

「えー、作者様は蒼井グループの関係者だったのですね」

「そうなんです。ただ、今回は身分を明かさずに出版をしたいと希望しておりまして」

悠斗の低くてセクシーな声が耳に流れ込む。

「YUUAさんの商品、大好きなんです。これを縁に何かあれば」

「ぜひ。素敵なデザイン会社さんと知り合えて僕も光栄です」

「のちほど、うちの代表にご紹介させていただいてもよろしいでしょうか？」

「喜んで」

お茶をそっとテーブルに置くと、悠斗が私のほうに首をひねった。目が至近距離で合ってしまい一気に動揺する。

「ありがとうございます」

「……い、いえ」

完璧な笑みを向けられて、心臓が止まりそうになる。

目をそらした私は、つい、悠斗の左手の薬指を確認した。

リングはしていない。結婚していても指輪をしない男性もいるけれど……って、何をチェックしているのだろう。

「千華、社長にのちほどご挨拶してもらうように伝えておいて」

「……了解しました。失礼します」

頭を下げて応接室を後にした。

廊下に出ると身体が震えてくる。

悠斗と話がしたい。

悠斗で頭が一瞬でいっぱいになってしまう。どうしよう。

気を取り直して事務所に戻り社長のところに行くと、他には誰もいなかった。

智美に言われた件を伝えると、やさしい眼差しを向けられる。

「千華ちゃん、大丈夫?」

「え?」

「千華ちゃんの様子が変だから」

「す、すみません……」

「いつもあまり感情を表に出さないのに。青い羽根の作者さんに会って興奮しているのか?」

「そ、そんなこと」

顔に出てしまうなんて、終わっている。

悠斗にも気がつかれたかもしれない。

何年間も片思いをしているなんて、恥ずかしくて悠斗に知られたくないよ。

「嫉妬しちゃうな」

今までに見せたことのない表情をされた。

社長が男の人なのだと、つい意識してしまうような瞳で見つめてくる。

「千華ちゃん。ずっと忙しくて余裕なかったからタイミングを失って言えなかったけどさ。今度、二人で食事でもしない？」

「……え？」

それはどういう意味で？

上司と部下ってこと？

固まっているとククク と社長が笑い出す。

「返事は今度でいいよ。ゆっくり考えて」

頭を下げて自分の席に戻る。

パニック状態で文章を打っていたせいで、誤字ばかり。

悠斗……。どうして、目の前に現れたの？

悠斗side

デザイン会社に挨拶に行きたいと出版社に伝えると、快《こころよ》く了承してくれた。自分の会社ともつながれるかもしれない。縁を大事にしたいと思い行くことにした。

文風社の森尾さんと事務所へ訪問し、ドアを開いてくれた女性に視線を送ると、千華だった。まさか、千華がここで働いているとは知らなくて。俺はじっと見つめていた。気がつかないふりをしているようだ。

身分の違いを気にして身を隠したのだから、俺との再会は嬉しくないかもしれない。

大人になった千華はブラウンヘアーをシュシュでまとめていて、ナチュラルメイクの美人になっていた。OLの制服ではないが、黒のニットのアンサンブルに茶色のベロア生地のフレアースカート。

今すぐにつかまえて家に連れていきたいところだが、そんなわけにもいかない。なんとか、二人きりで話せる機会があればいいのだが。こんなに綺麗になっていると、男がいるのではないかと心配してしまう。

応接室に通されると担当の女性が入ってきた。名刺交換をすると「デザイナー星野《ほしの》智美」と書かれている。挨拶をしていると、千華がお茶を運んできた。

お茶を出し終えた千華の顔をもう一度確認して、ビジネススマイルを向けた。

「ありがとうございます」

「……い、いえ」

ハッとしたような表情になり、目をそらされた。顔が真っ赤だ。からかいたくなる。相変わらず、千華は世界一可愛い。千華が出ていってしまう。

「実は、彼女、青い羽根のファンなんです。表紙のイメージを聞いたら熱く語ってくれて」

「そうだったんですか」

「作者さんに会えて嬉しいのではないでしょうか。顔が真っ赤でしたもんね」

千華が俺のことを覚えていてくれたことに安心する。

あの頃は子供だったから、力がなくて、千華を幸せにするための基盤《きばん》を作るしかなかったのだ。

「しかも、先生、ハンサムなので千華もドキドキしちゃったかもしれないですね」

「ありがとうございます。でも、先生ではないので……」

他愛もない話をして、時間が過ぎると、星野さんは社長を呼びに行った。

森尾さんがニコニコして、眼鏡を中指で上げている。

「形になるのが楽しみですね」

「ええ」

千華とどうにかつながりたい。

俺の頭の中は、千華のことばかりでいっぱいになっていた。

しばらくして、社長がやってくる。個性的な雰囲気を身にまとった芸術家タイプの男性だった。

「大泉と申します。この度はありがとうございます」

「蒼井です。よろしくお願いします。ＹＵＵＡというインテリアを扱った会社を経営しております」

「そうでしたか。いやいや、それは驚きました。小さな会社ですが、我が社でできることがあれば、お声がけください」

「ありがとうございます。デザイン会社様とはつながりを持っておきたいと常日頃《つねひごろ》考えております。非常に興味がありますので、もしよければ近いうちにお食事会などいかがでしょうか?」

「ぜひ」

そうだ。

その場に千華も参加すればいい。そうすれば、話せるチャンスがあるかもしれない。

仕事を利用して千華に接近しようと思う俺の邪《よこしま》な考えを許してくれ。

「……先ほどのお茶を運んでくださった彼女、青い羽根のファンだとうかがいました。もしよければ、ご一緒に」

「あ、えぇ、そ、そうですね」

社長はあまりいい返事をしない。千華に俺を近づけたくないのだろうか? もしかしたら、千華と社長は付き合っているのかもしれない。

体を走っている血管が凍りついていくような感覚に襲われる。そうだとしても、俺が千華を想う気持ちは誰にも負けない。

「せっかくなんで、日程を決めてしまいましょうか?」

森尾さんの手前申し訳ないが、ここは一歩も引けない。

スケジュール帳を出すと、社長さんも慌てて手帳を出した。

「こちらは木曜の夜、空いております。いかがですか？」

社長はチェックして頷く。

「大丈夫です。星野、お店予約しておいてくれる？」

「わかりました」

あとは、こいつらがちゃんと千華を連れてきてくれたらいいのだが。

不安だったが、これ以上突っ込んだら怪しすぎるので帰ろう。最後に一目、千華の姿が見たい。

「もしよければ、事務所の見学をさせていただけますか？」

「事務所ですか？」

「ええ。応接室ものすごくおしゃれなので興味を持ってしまいまして。今後オフィス家具にも力を入れたいと考えておりますから、ぜひ参考にさせていただきたい」

「なるほど。散らかっておりますが、どうぞ」

「ありがとうございます」

千華の働いている姿が見られる。心の中でガッツポーズをした。

◆

仕事をしていると騒がしくなってきて、ドアが開く。

視線を動かすと悠斗がいた。

どうして、事務所まで入ってくるの？

びっくりしたが、落ち着け自分と心の中で何度も繰り返していた。

悠斗は事務所の空間を興味深そうに見ている。

「素敵ですね」

「いえ、片付いていなくて申し訳ありません。基本的に個人の席は決めていなくて、社員が自由に働けるようにと思ってこんな感じにしました」

社長と会話している姿を盗み見る。

やっぱり悠斗だ。ずっと会いたかった悠斗……。

智美が近づいてきて、耳打ちしてきた。

悠斗はインテリア会社の社長になり、オフィス家具も検討しているらしく、見学させてほしいと言ったそうだ。

私は立ち上がり頭を下げてから、おそるおそる彼に視線を送った。相変わらず悠斗は背が高い。

「お仕事中に申し訳ありません」

わざわざ、私の目を見て言われるとドキンと心臓が動いた。

「いえ」

また、何か言いたそうな瞳。私はつい固まる。

もう、悠斗と会うことはないだろう。

だから、今この時をなんとかやり過ごせたらいい。

悠斗の視線が社長に移される。

「見せていただきありがとうございます」

「少しでも参考になれば幸いです」

悠斗をちらっと見ると、帰ってしまいそうな雰囲気だった。

ここで一言、何か言ったらどうなる？

もう、悠斗を見ることができないの？

胸にこみ上げてくるものがあって泣きたくなる。

高校時代の感情があふれだしてしまい、取り乱しそうだった。

「では、失礼いたします」

「今後ともよろしくお願いします」

社長と智美が悠斗らを見送るために外へと出ていく。

私は深々と頭を下げた。……悠斗さようなら。

本当は追いかけたいけれど、そんなドラマチックなことは無理。

悠斗は、悠斗の人生を歩んでほしいと願い、身を隠したのだから。

悠斗とお別れした日をもう一度体感しているような、絶望的な気持ちだった。


パソコンを見つめていると、社長と智美が戻ってきた。

智美が近づいてきて肩を叩かれる。

「木曜の夜、予定ある？」

「ないけど」

「付き合ってほしいところがあるの」

「う、うん」

どこに行きたいのかはちゃんと言ってくれない。智美は、サプライズが好きなところがあるんだよね……。社長は事情を知っているのか、いないのか。苦笑いをしていた。


その夜、仕事を終えた私はヒカリに電話をしながら駅へと向かう。

悠斗に再会したことを誰かに伝えたかったのだ。

すぐにヒカリは出てくれて、ちょうど仕事が終わったようだった。

『どうしたの？　千華』

簡単に事情を説明すると、ヒカリは電話越しに驚く。

『すっごい、運命じゃん』

「……もう、会うことはないと思うけど。ちょっと動揺しちゃった。だって、悠斗、もっと、もっと素敵になってたんだもん」

大人になった悠斗の姿を思い出すだけで胸が締めつけられる。二十歳だった彼は落ち着いていて、でも、その中にやんちゃな一面を持ち合わせているようなそんな雰囲気だった。

今は、余裕があってさらに惹かれてしまう男性になっていた。

『会えないことないでしょ』

「でも……」

『親友として言えることは、真っ直ぐ突き進めだわ』

真っ直ぐ……。とはいっても、悠斗の迷惑になることはしたくない。

「ありがとう、ヒカリ」

電話を切ると、改札を通って電車を待つ。

通勤時間は約三十分。人混みが苦手。

東京に来て何年も経っているのに混雑にはなかなか慣れない。

電車の本数が多いことはありがたい。多少寝坊《ねぼう》してもなんとかなるから。

◆

木曜日になった。

今日は、智美に夜予定を空けておいてと言われているが、彼女はとても忙しそうにしていた。この様子だと夜の約束はなくなったかなと思っていると、六時になった途端パソコンの電源を落とした。

「社長、行きましょうか!」

「おう」

どうやら社長も行くようだ。ということは、仕事関係の用事なのかもしれない。

「千華も」

「えっ」

「え？　じゃないわよ。今夜は空けておいてって言ったでしょう？」

「うん」

慌てて立ち上がった。

どこに連れていかれるのだろうと思いつつ、後ろをついていく。

しばらく歩くと、会社の近くにある飲食店に入る。

個室になっている創作料理居酒屋だった。

テーブルにはおしぼりと箸《はし》が全部で五名分用意されていた。

他にも誰か来るようだ。何も知らない私は智美を見た。

「誰か来るの？」

「聞いて驚かないでよ。なんと、青い羽根の先生が声をかけてくださったんだよ。千華も、ファンなら、ぜひって」

聞いて驚いた。

な、なんで？

悠斗と食事会なんて聞いてない。

智美のことは大好きだけど、こういう心臓に悪いサプライズはやめてほしい。

もっと早く言ってほしいと内心思った。

逃げ出したいけれど、変な行動をするほうが怪しまれる。

「……ファンって教えたの？」

「そうだよ！」

心臓が激しく動き出す。悠斗にまた会えるなんて考えてもいなかった。

今日に限って黒のVネックに花柄のふんわりスカートというシックな服装だ。

悠斗に会えるならもっとお洒落をしていたのに……って、変な期待はしちゃいけない。

もう、過去のこと。

縁を切ったのだから、悠斗と私は赤の他人なのだ。

ざわつく気持ちを落ち着かせるように、細く息を吐く。

ドアが開いた。

視線を動かすと悠斗と女性が入ってきた。

「お待たせしました」

一緒に来た女性、めちゃくちゃ美人。もしかして、悠斗の奥さん？

見せつけるために私のことも誘ったのだろうか？

一気に気持ちが落ち込んでしまう。

悠斗なら綺麗な彼女ができると思っていたけど、目の当たりにするときつい。

「いえ、お忙しい中わざわざありがとうございます」

社長が立ち上がると、悠斗は柔らかな笑みを浮かべて席につく。

私の斜め前に座り、目の前には美人さんがいる。

あぁ、勝てる相手じゃない。落胆《らくたん》の文字が体中を支配していく。

「ご挨拶遅れました。秘書の加藤と申します」

加藤さんは秘書さんなのか！

でも、小説とかだと社長と秘書が付き合っている設定が多々ある。

社長、智美、私の順番で名刺交換をした。すると、悠斗がこちらに視線を向ける。変なことを言い出さないかとドキンと心臓が鳴った。

「僕もちゃんとご挨拶しておりませんでした。蒼井と申します」

知ってるよ。

ものすごく、知ってるのに、知らないふりをしなさいということだろうか。

「さ、佐竹千華です」

名刺交換をする。こんな形で悠斗と挨拶するなんて思っていなかった。

「いつもはもっとちゃんと話せるのに、ゆう先生のファンだから緊張してるんだよね、千華」

「う、うん……」

「ファンだったなんて嬉しいです」

皆さんいるのに射貫くような視線を送ってくる。

「あ、はい。高校生の頃から見ておりました」

「ありがとうございます」

「やだぁ、千華、感動して泣かないでよ？」

智美が私の背中をバシバシ叩いて笑っている。

場を盛り上げてくれてなんとか笑顔を作れたけど、飲み会が終わるまで私の心臓は壊れそうなほど動き続けるに違いない。

私と悠斗の秘書さんはウーロンハイ。

その他の皆さんはビールを注文すると、すぐに前菜が運ばれてきた。

少し飲んだだけなのに、いつも以上に酔っ払う。

料理を食べている間は、主にビジネストークなので私は黙って話を聞いていた。

「デザイン全般をやっているのですね」

「何でも屋みたいな感じです。得意なのは表紙とウェブデザインなんですが」

「うちも広告を出すことがあるので、今度相談に乗っていただけるとありがたいです」

悠斗はすっかり社長になっている。

引きこもっていた頃の面影はまったくない。聡明なビジネスマンに見えた。

悠斗の元気そうな姿を確認できただけで、もう充分だとわかっているのに、悠斗のことを見ていると泣きそうになる。

何年過ぎても好きなのだと実感してしまう。どうすることもできないのに……。

「仕事の話ばかりしてしまいすみません。佐竹さんもデザインなどされるのですか？」

突然悠斗に話しかけられてハッと顔を上げた。

「いえ、私は事務員です」

「そうですか。佐竹さんはお休みの日は何をされているんですか？」

あえて私に話しかけてこなくていいのに。困っていると智美が助け舟を出してくれる。

「先生、気を使わせてすみません」

体が熱くなってきて目眩がした。少し体を冷やそうと席を立つ。

「ちょっと、失礼します」

これも仕事の一環《いっかん》なのに、私ったらどうしようもなくて、悠斗を目の前にしてしまうと普通でいられない。

トイレに入って深いため息をついた。

「はぁ……」

息苦しい。どうすれば、この気持ちを消せるのだろう。

化粧を直して気持ちを落ち着かせてからトイレを出る。ふと視線を上げた。

「わっ……」

息が止まるかと思った。

悠斗が壁に寄りかかって、腕を組んで立っている。そして……睨まれているかも。

「あ、蒼井社長……」

「お化けが出た、みたいな声出すな」

「も、申し訳ありません……」

こみ上げてくる感情を抑えるために手に握りこぶしを作った。

「俺は、めちゃくちゃ怒ってる。勝手に姿を消しやがって……」

「仕方がないじゃない」

「家柄か？」

気がつかれていたのか。ということは、私の恋心もわかっていたのかもしれない。

「金も全部、返したんだろ？」

「……」

「姿を消すつもりだったくせに、キスしようとしてさ。お前が躊躇していたから俺がしてやった」

何も言えなくてうつむく。

懐かしいだけじゃなくて、心の中には間違いなく悠斗への想いがあるのだと実感する。

どうして、私はこんなにも悠斗のことが好きなんだろう。

「キス泥棒《どろぼう》」

イラッとして弾かれるように顔を上げた。私の顔が一気に熱くなる。

「ど、泥棒なんて失礼ねっ」

「あれは、反則だ。寝込みを襲おうとしてたんだぞ」

「もう、過去のことでしょ！」

「俺は、過去にしたことなんてない」

真剣な視線を向けられて言い返せなくなった。

それって、どういう意味なんだろう。

「千華、ちゃんと話がしたい。時間を取ってもらえないか？」

「無理です。ごめんなさい」

「は？　なんで？」

「……皆さん、待ってるから、戻る」

帰ろうとした時、手をギュッとつかまれた。

「離して」

「嫌だ」

持っていたスマホを奪われてしまう。

取り返そうとしてもかわされる。

「ちょっと、何すんの！」

さっと操作してスマホを返してくれたが、悠斗は勝ち誇った顔をしている。

「これでよし。メッセージアプリと番号、登録しておいたから」

「悠斗……！」

「ちゃんと電話に出ること。そうしないと許さないぞ」

「……相変わらず、俺様なんだから」

「なんだって？」

頬をやさしくつまんでニヤッと悪ガキのような表情を見せた。

あの時、別れた意味が一瞬にして崩れてしまった。

あんなに苦しんで姿を消したのに、なぜこんなことになってしまうのだろう。

「お前、酒弱いんだな？」

「え？」

「ちょっとウーロンハイを飲んだだけで顔が真っ赤だったから」

私のことを観察していたのかと知って恥ずかしくなる。

悠斗によく『大人になったら飲もう』って言われていたっけ。まさかこんな形で約束が果たされるなんて皮肉なものだ。

「あんまり飲みすぎるなよ、特に男の前では」

再び、手をつかまれた。

悠斗の体温が手首に伝わり、心臓の鼓動が一気に上昇する。

上から見下されると、目が潤んできた。

「お詫びしろ」

「は？」

「勝手にいなくなったお詫び」

「もう、時効だよ」

「千華、俺は」

悠斗が何か言いかけた時、足音が聞こえて慌てて離れた。

振り返ると社長がこちらに向かってくる。それなのに悠斗は手を離そうとしない。

「悠斗……」

目の前にやってきた社長に悠斗が微笑みかける。

「彼女、アルコールに弱いようですね。具合が悪そうだったので声をかけさせてもらいました。もしよければ、うちの車でお送りしようかと」

「うちの社員がご迷惑をおかけしました。責任を持って送り届けますので……」

悠斗と社長が睨み合っているように感じた。

こういう場合、どうするべきなのだろう。

「迷惑なんてそんなことありません。僕がお送りします」

驚くほどに悠斗は一歩も引かない。

「私、歩けそうです。大丈夫ですから」

悠斗から離れて社長のほうに行く。こうするのが自然の流れに感じた。

社長は安心したように表情を緩める。

「蒼井社長、ありがとうございました」

頭を下げて社長と個室へと戻る途中、背中に手を添えられてびっくりした。

今までこんなことされた記憶がない。酔っていると思って心配してくれているのだろうか。

「あ、あの……」

「タイプなのか？」

「え？」

「蒼井社長のこと」

予想もしていなかった質問に固まってしまう。まさか、社長がこんなことを聞いてくるとは思わなかった。

「……彼は身分が違いすぎるから、やめておいたほうがいい。千華ちゃんが傷つくだけだよ」

「わかってます」

胸がえぐられるように痛くなる。この場にいるのが辛くてたまらなかった。

◆

悠斗からいつ連絡がくるかとドキドキしながら待つ日々を送っていた。

ところがなかなか連絡が来ない。でも私は、連絡が来ても返事をしないつもりでいた。

もし一度でも会ってしまえば、気持ちにブレーキがかからなくなって突き進んでしまうような気がしていた。

きっとあの時は、昔を思い出して連絡先を交換しただけだ。

仕事を終えて自宅に戻ってきた私は簡単に夕食を済ませて、ぼんやりとテレビを見ていた。すると突然ラインにメッセージが届く。

《人助けをするつもりはないか？》

悠斗からだった。突拍子もないことを言われたので、つい返事をしてしまう。

《たとえば？》

《社長をしている人間が集まるクリスマスパーティーがあるんだ。そこにパートナーを連れていかなければならない》
クリスマスパーティーと人助けが、どのように関連しているのかわからない。返信に困っていると続いてラインが入った。
《もし恋人を連れていかなければ、いろんな女性が声をかけてくるから大変なことになってしまう》
何よ。自慢？
《千華に、恋人のふりをしてもらいたい》
そっか。
だから私と連絡先を交換したのか。
他の女性に恋人のふりをしてほしいなんて頼めるはずがないよね。頼まれた女の子が本気になってしまっても困るもの。
《悠斗なら、お付き合いしている人いるんでしょう？　本命を連れていってもいいんじゃない？》
《付き合っている人がいれば、そいつを連れていくに決まってるだろ。フリーで困っているから千華に頭を下げてるんだ。勝手に姿を消したお詫びだと思って協力してくれ》
《そのお願い事を聞いたら、もう一生、連絡をしてこないでください》
しばらく返事が届かない。
悠斗のことが嫌いになったわけではなく、自分の立場を考えて発言をした。
許されるなら永遠にそばにいたい。私がどんな思いで札幌を出たか、悠斗はわかる？

《とりあえず、わかった。じゃあ、詳細が決まったらまた連絡する》

◆

クリスマスパーティー当日になった。

夜にあるらしいが準備をするらしく、昼間から来てほしいと言われて待ち合わせの駅で待っていた。本当は自宅まで迎えに来てくれると言ったが、私は今度こそ永久に縁を切るために自宅は教えたくないと言った。

学生時代からずっと想い続けていた気持ちを今度こそ封印しよう。

高級車が目の前に停車した。

悠斗が車から降りてきて、セーターにジーンズというラフな格好していた。

「おう」

馴れ馴れしく挨拶してくる悠斗に、私はそっけなく頭を下げた。

「休みの日に付き合ってくれてありがとな。乗ってくれ」

運転手付きで登場した悠斗を見て、相変わらずお金持ちなんだなと思い知らされる。後部座席に並んで座ると車が進みはじめた。

「これからパーティーに着ていくドレスを選んで、ヘアメイクをしてもらう」

「はい……」

今日で会うのは最後。私は悠斗から勝手に姿を消したお詫びのために、協力することにした。彼の隣で恋人のふりをして一日過ごせばもう会うことはない。

車の中が静まり返る。隣から強い視線を感じて首をひねった。

「俺と一緒にいるのがそんなに不満か？」

どうして困るような質問をしてくるのだろう。

不満なんじゃなくて、好きな気持ちがあふれてしまうから不安なのだ。

悠斗は、私の気持ちを知っているはず。からかって楽しんでいるのかもしれない。

「そんなんじゃないけど」

「けど？　ご機嫌斜めだなぁ……」

悠斗が私の頭を撫でる。

「ちょっと、やめてよ……。子供じゃないんだから」

本気で怒っているのに、悠斗は楽しそうにククと笑う。

高校生の頃に戻ったかのような気持ちになる。

このまま悠斗と会い続けていたら、いずれは悠斗の家族が追いかけてきて、引き離されるのだ。

「そんなに難しい顔、すんなって。美人が台無しになるぞ」

悠斗は大人になっても昔のまま変わっていないが、今は大企業の社長となった。過去よりも、もっと私と悠斗は生きる世界が違う人間になってしまった。

「悠斗が社会で活躍しているのを知ることができてよかったよ」

「なにそれ」

「心配してたから」

「あれから俺は海外に行って勉強して、あっという間に時間が過ぎた。でも、一日も千華のことを忘れたことはない。お前には必ず会える気がしてたんだ」

悠斗の柔らかい声音がすごくやさしいから、私は感情をコントロールするのが大変だった。

車が銀座に到着した。私一人では、絶対に入らないような高級ブティックに入店する。

小説や漫画ではお金持ちの男の人が大人買いするシーンをよく見るけど、まさか知り合いの人がやっているお店とか言わないよね。

「いらっしゃいませ」

金色の名札に黒の文字で『マネージャー』と書かれたパンツスーツを着た女性が出てきた。

「俺の会社の社員の奥さん」

「こんにちは。佐竹と申します」

「お世話になっております」

満面の笑みを向けて、歓迎してくれる。

「今夜クリスマスパーティーがありまして。彼女に似合うドレスを選んでもらえないでしょうか？」

「かしこまりました」

どのドレスも値段が高そうだ。

躊躇しているとあっという間にコーディネートを組んでくれた。

「お試しに着てみてください」

「……は、はい」

ベージュのドレスで、肩周りがシースルー。

綺麗に編み上げられたレースのショールをふんわりとかけると、セレブみたい。

差し色で赤のハイヒールを履く。ゴールドの小さなショルダーバックを肩にかける。

試着を終えると、カーテンが開かれた。

悠斗が頭の上から足の先まで目を細めて見つめてくる。恥ずかしくて、私は頬が熱くなるのを感じていた。

「いかがでしょう?」

「ああ、文句なく似合っています」

自分としてはちゃんと着こなせているのか不安だが、悠斗は満足そうな表情を浮かべているからいいのかな。

「これ、すべていただけますか?」

ブラックカードでお支払い。

悠斗の用事で買ったドレスだが、私が着るものなので財布を出す。すると、手を止められた。

「お前は男に恥をかかせる気か?」

「だって」

「俺のために付き合わせているんだから、これくらい受け取れ」

悠斗の大盤振る舞いには、驚いてしまう。

ブティックを出ると、近くにある美容室に連れていかれる。ヘアメイクをしてもらい、出来上がった自分を見ると、いつもと違って色っぽくて、美人に見えた。プロの技に感動してしまう。

外に出ると車が迎えに来ていた。車に乗り込み、クリスマスパーティーが行われるホテルに向かう。

悠斗もパーティー用のスーツに着替えていた。隣に座るだけで緊張してしまうほど、素敵だ。

「なんだ、じっと見て。惚れたか?」

「バカっ。そんなわけないじゃない!」

ついつい言い返してしまったが、悠斗はどこか嬉しそうだった。

会場は近くにありすぐに到着した。

ホテルの入り口に車を停めて降りると、スタッフの皆さんが頭を下げて出迎えてくれる。まるでお姫様にでもなったような気分だった。

パーティーが行われる会場へ行くと、たくさんの人で賑わっている。

巨大クリスマスツリーがロマンチックに輝いていた。

立食式になっていて、それぞれ恋人や奥さんを連れてきているようだった。

男性はスーツ、女性はパーティードレスを着こなし、手には細長いグラスを持っている。

私と悠斗が到着すると、すぐにシャンパンが手渡された。

「あまり飲み過ぎるなよ」

「うん」

金色に炭酸の泡が浮いていて、ライトに照らされて、キラキラと輝いて美しい。

悠斗の姿を見つけると、すぐに名刺交換や、挨拶がはじまる。

私はその様子をにこやかに見つめているだけ。

本物のパートナーではないから、あまり目立たないようにしようと心がけていた。

テレビで見たことがあるモデルや俳優がいる。

悠斗は本当に別世界に行ってしまったのだ。

「千華ごめん、ちょっと待ってて」

挨拶したい人がいたのか、私をその場に残して行ってしまう。

せっかくこんな素晴らしいところに来たのだから、料理をたくさん食べておこう。

シェフが焼いてくれているビーフステーキや、北京ダックを作ってくれるブースまである。

クラッカーにはクリームチーズとキャビアが乗っかっている。

豪華な料理ばっかり。

「あれ、千華?」

「保奈美《ほなみ》！」

大学時代の同級生がそこにいた。

どうしたのかと思って話を聞いてみると、最近婚約したそうだ。

その相手が社長らしく、パートナーとして付き添っているらしい。

「玉の輿《こし》だね、保奈美」

「社長の奥さんとかすごく大変そうだけど、まぁ職業というよりも、彼自身のことを好きになったっていう感じかな」

保奈美の父親は普通のサラリーマンだったはずだけど、身分差などで反対はなかったのだろうか。

「ところで千華は誰と来たの？」

「あそこにいる……」

「蒼井悠斗？　えーすごい。付き合ってるの？」

「いや……」

恋人のふりをしてきているとは言えずに濁す。

「蒼井さんと何度か会ったことあるけど、いつも綺麗な女性かどこかの令嬢さんが近くにいるのよ」

「そうなんだ」

「彼の恋人を続けていると大変なこともあると思うけど、何かあれば、相談にのるから気軽に連絡してね！」

「ありがとう」

保奈美がパートナーの元へ戻ると、挨拶を終えた悠斗が戻ってくる。

「彼女、知り合い？」

「大学時代の同級生なの」

「ふーん。食事、楽しんでいるか？」

「あ、うん」

「まぁ、この雰囲気だし、あまり食べられなかったら、後で何か食べに行ってもいいから」

「……私はこのパーティーに付き合うために来たの。時間になったら帰る」

ちょっと冷たい言い方をしてしまった。ちらっと彼のほうを見ると悲しそうな顔をしている。どうしてそんな顔するかな。

パーティーではプロのミュージシャンの演奏があった。

照明が落とされて、悠斗が、腰に手を回してきたから、驚いて固まる。……な、何をするの？

私は悠斗を思いっきり、睨みつける。

「そんなに怖い顔するな。パートナーなんだから、普通だろ。周りを見てみろ」

言われたとおりに見てみると、大胆にキスしている人までいる。

私は、ぎょっとして視線を慌てて逸らした。

悠斗以外の男性を好きになれず過ごしてきたので、こういうシーンに免疫《めんえき》がない。

一途過ぎるとバカにされたくないな……。

悠斗が動揺している私を見て笑っている。

腰を抱き寄せる腕に力が込められて、さらに密着した。

有名な歌手がクリスマスソングを歌い、その場を盛り上げてくれていた。

私は圧倒されながら、ステージをじっと見つめている。すごいな……。プロのテクニックに感動してしまう。

でも、悠斗と寄り添うのが恥ずかしい。

パフォーマンスが終わると、悠斗は、いろんな人に声をかけられて、アルコールを相当飲んでいるように見えた。

お酒は強いのかな。大丈夫かなと心配してしまう。

やっとパーティーが終わると、時間は二十三時を過ぎたところだった。

私の役目はこれで終わりだ。これからは絶対にプライベートでは会わないと心に誓った。

廊下に出て悠斗に視線を向ける。

「じゃあ、私はこれで」

離れようとする私の手をつかみ、唇を耳に寄せてくる。カップルばかりいる空間ではこんなことをしていても目立ちはしない。私は耳が千切れそうなほど熱くなっていた。

「こんなところでバラバラに帰ったら、本当にパートナーなのかと疑われるだろ。家まで送る」

言われてみればそうだ。私はコクリと頷いた。

「そうだよね。じゃあとりあえず車まで一緒に行こう」

「あぁ」

パーティーの参加者にお別れをしながらエレベーターに乗った。

ホテルの正面玄関に到着した私達はタクシーに乗り込む。専用の車は時間が遅かったのでドライバーに気を使って帰ってもらったらしい。

「千華の家は？」

「私は近くの駅で大丈夫」

なかなか行き先を伝えない悠斗に視線を動かすと、こめかみを押さえている。

「イテテ……、あぁ……痛い……」

「どうしたの？」

「飲み過ぎたのかもしれない。なんか目眩がする」

「え、大丈夫？」

「悪いが、俺の部屋まで送り届けてくれないか？」

「はあ？」

何を言うかと思えば、とんでもないことを言い出した。

断ろうと思ったが具合が悪そう。

もし転んでしまったら大変なことになってしまう。

怪我をしたら危ない。

部屋の中に入るのを見届ければ……。それなら、いいよね。

「わかったよ。玄関までね」

「サンキュー」

悠斗は自宅マンションの住所を告げた。

タクシーが走り出す。彼は腕を組んでうつむいて瞳を閉じている。

「あまりお酒に強くないなら無理をしなければよかったのに……」

「あぁ……だな……」

なんとか家まで持ちこたえてくればいいのだけれど……。

タクシーが悠斗のマンションに到着し、裏玄関についた。

降りるのを見届けたドライバーはすぐに発車した。立派なマンションに開いた口が塞がらない
コンシェルジュが座っているが、悠斗は別のところから入る。

専用のエレベーターホールに向かうとカードをかざした。

自動ドアが開きエレベーターの中に乗り込むとボタンがかなり少ない。

最上階の住民専用らしい。

悠斗を支えるようにして、寄り添う。

「悠斗、大丈夫？」

「無理」

すぐにエレベーターは最上階に到着した。ドアが一つしかないことに私は驚く。

「ワンフロア、悠斗の家なの？」

「そうだけど」

「ハイスペックすぎる」

「当たり前だろ。俺だぞ？　大泉なんかよりもハイスペックだ」

「なんで社長の名前が出てくるのよ」

カードをかざしてロックを解除するとドアが開いた。

長い廊下が続いている。部屋の中がすごく気になるけどこれ以上は一緒にいてはいけない。

「ここまで送ったから、あとは大丈夫だよね？」

「リビングまで連れていってくれ」

「もうっ。相変わらず、俺様なんだからっ！　お邪魔するわよ」

長い廊下を抜けると、広いリビングが見えた。

広いリビングだけど、必要最低限の家具しかない。

テレビと大きな黒革のソファー。

奥にはダイニングテーブルがあった。

悠斗をソファーに座らせた。

「お水とか飲む？」

「いらん」

「わかった。じゃあ、帰るね」

「東京タワー見えるか？」

「……え？」

言われてつい窓から景色を眺めた。

大きな窓からは、東京の夜景がキラキラと輝いていて見入ってしまう。

昼間でも景色がよさそう。

「綺麗」

突然、後ろから抱きしめられて驚いた私は固まる。

「や、やめて……」

「やめない」

「具合が悪いんだから、早く休みなよ。私は帰る」

「千華、残念ながら俺は酒に強いんだよ」

「演技だったの？」

「そうでもしないと、お前俺のこと避けるだろう。俺は千華とゆっくり話がしたかった」

「話すことなんて、ないっ」

腕を振りほどこうとするけど、力が強くて抵抗できない。

「……い、一応、大人の男女なんだから！」

「あぁ、そうだな。だから、襲ってくださいってか？」

「バカ！」

思いっきり力を入れて離れて、悠斗から距離を置いて睨む。

慌ててバッグを持って帰ろうとすると、悠斗が追いかけてくる。

「義足の俺を走らせるなよ。千華が怖がることはしないから、こっち来い」

「か、帰る！」

「バカ。こんな夜中に女を一人で帰せるわけ、ないだろ」

やさしい瞳を向けながら、私を気遣うようなことを言われてつい立ち止まってしまった。

「見てのとおり、広い部屋だ。ゲストルームもある。明るくなってから帰ればいいだろ。千華、ちゃんとゆっくり話をしよう」

悠斗が落ち着いた口調で言った。

「一方的に姿を消されて本当に悲しかったんだ。ずっと千華に会いたかったんだぜ」

彼の気持ちがスーッと胸に入ってきて、自分のことを思ってくれていたのが伝わってくる。でも、大人になった私は、高校生だった頃の私よりも、身分差のある恋がうまくいかないことをもっとよくわかっている。

再会してしまったのだから、過去のことをしっかり話して、もう一度お別れをするべきなのだろう。私は大人しくソファーに腰を下ろした。悠斗も目の前に座る。

「あの時は、勝手に消えてごめんなさい」

「金も全部返したって草野から聞いた。あと、家族から圧力をかけられたことも」

「うん。悠斗と過ごした時間は私にとって実り多い時間だったから、お金なんていらなかったの」

「千華にまた会えて、俺は素直に嬉しい」

射貫くように見つめられて頬が熱くなるが、悠斗のペースにハマってはいけない。慌てて目を逸らす。

「もしかして……大泉と付き合ってるのか？」

そんな質問をされると思わず、驚いて顔を上げた。

「付き合ってないけど、なんでそんなこと聞くの？」

「あいつのこと、好きか？」

過去が懐かしいからとの理由で、私にこだわっているのだろうか？

懐かしいだけで二人の距離を縮めることは、危険だよね。だって、悠斗と私は身分が違いすぎるもの……。

「……うん、好き」

嘘をついてしまった。

それくらいしないと、悠斗は懐かしいという理由で何度も連絡をしてくると思うから。

「……好きなのか」

急に弱々しい声になった悠斗は、落胆するようにため息をついた。

遠くを見つめて今にも泣きそうな顔をしている。

どうして、そんな表情をするのだろう。私も悲しくて泣きたくなってしまう。

勘違いしてしまいそうになるような嫉妬を含んだ声だった。

もしかして、悠斗も私のことを好きなのではないかと感じてしまう。

「どこが？」

「え？」

「あいつのどこが好き？」

「……い、いろいろと」

困惑して、言葉に詰まってしまう。

今、悠斗のことが好きと言って抱きついたら、幸せになれる？

そんなこと、考えたら駄目。悠斗にはふさわしい人がいると思って離れたんだよ。

「……いつから好きなんだよ」

「忘れちゃった。悠斗には関係ないし」

悠斗は目を大きく見開き、涙をポロッとこぼした。

いつも勝ち気の悠斗がまさか泣くなんて思わなくて、心臓がドクンと動く。

ふてくされたような、いじけたような複雑な表情を浮かべている。

「なんで、あいつがいいんだよ」

「ごめんなさい。すごく疲れちゃったから眠らせて」

「そうだよな。ごめんな。右のドア。勝手に使っていいから」

「おやすみなさい」

「千華」

振り返ると、悠斗はやさしい笑みを向けてくれた。

「今日は、ありがとう」

「……うん」

私は、ゲストルームに入った。

泣いたり、微笑んだり、悠斗らしくない。……今日は、本当に疲れちゃった。

振り切って帰ればよかったのかもしれないけど、悠斗を走らせたくなくて泊まることにした。朝になったら、早く帰ろう……。


目を覚ますと、パンの焼けるいい匂いがした。

パーティードレスのまま眠ってしまったから、疲れが取れていない。

悠斗と同じ家で一晩一緒にいたのだと思うと、胸が締めつけられる。

本当はもっと、いろんな話をして、そばにいたかった。

悠斗と恋人になれたら、どれほど楽しい毎日が待っているのだろう。

ゲストルームから出ると、キッチンに悠斗がいた。

朝日が差し込む部屋で料理をしている悠斗は、とってもかっこよくて、爽やかだ。

本当に魅力的な男性になった。

見惚れていると、悠斗がこちらを向いて微笑を浮かべる。

それだけで、キュンキュンしすぎて顔が熱くなる。

「千華、おはよう」

「お、おはよう」

「とりあえず、シャワー浴びてくれれば？　メイクもボロボロだぞ。そんな顔で外に出たら笑われるぞ」

「……う、うん」

「昨日、着ていた服、バスルームに置いてあるから」

「ありがとう」

普通に会話をしているのが不思議だった。

お別れしようと思っているのに永遠にこの時間が続きそうな気持ちになる。

言われるがまま、バスルームへと向かった。

お風呂場も広い。介護用の椅子が置いてある。座ったままじゃないと洗いづらいもんね。

シャンプーを借りると悠斗と同じ匂いがして、ドキドキする。

悠斗と一緒にいると心地がいい。どうして、こんなに幸せな気持ちになるのだろう。

バスルームから出てメイクを直す。

着替えをしてリビングに戻ると、ダイニングテーブルには料理が並べられていた。

「腹減っただろ。パンと目玉焼きくらいしか作れないけど」

恥ずかしそうに言う悠斗を見ると抱きしめたくなる。

私のために料理をしてくれたなんて、嬉しい。

「ありがとう」

向かい合って腰を下ろした。

「このジャム、甘さ控えめで美味いんだ」

「へぇ」

太陽の光が差し込む中、二人でゆっくりと食事をする。

ちらっと悠斗を見ると、目が合った。

「千華。俺さ、大泉に負ける気がしない」

「え？」

「俺、千華のこと誰よりも幸せにできる自信がある」

真っ直ぐに見つめて、ストレートな言葉を投げかけられるから言葉を失う。

「な、何を言ってるの。わ、私は……大泉社長のことが……」

嘘でも、社長のことが好きなんて言えない。唇を噛みしめる。すると、笑い声がした。

「朝から、困らせてごめんな。いいよ、ゆっくり俺に振り向いてくれたら。そのほうが燃えるしな」

「……」

「俺、免許取ったんだ。このあと、ドライブしよう」

「ちょっと、勝手に決めないで。帰る」

「ドライブするって約束しただろう。約束は守れよ」

ムッとした口調で言われると断れない。

「わかった」

あぁ。すっかり悠斗のペースに引き込まれている。

「鎌倉のほうに行こうか。あっちに美味いパスタがあるんだよ。千華と行きたいって、ずっと、思っていて」

饒舌になり、本当に嬉しそうにするから思わず頬が緩んでしまう。

一度くらい一緒にドライブをしてもいいよね？

食事を終えると地下駐車場に行き、シルバー色の車に乗り込んだ。

運転手席に座ると、慣れた手つきでエンジンをかける。車が走り出した。

無音だから、心臓の音が聞こえてしまうのではないかと緊張してしまう。ラジオをつけてくれて助かった。

狭い空間に二人きりになり胸が締めつけられる。運転している悠斗の横顔を見ていると高校時代の思い出が蘇ってきた。

いつか免許を取得して、ドライブに連れていってくれる約束をたしかにした。

ちゃんと車を運転できるようになった姿を見れて感動的だ。

「ちゃんと、運転できるんだね」

「当たり前だ」

悠斗はとても上機嫌だ。

私が高校生だった頃と何も変わってない。あの頃よりも、責任ある仕事をして男っぷりはアップしているのに、悠斗は悠斗なのだ。愛おしさがこみ上げてくる。

悠斗の運転は丁寧で乗り心地がいい。

俺様な彼だから、もっと乱暴な運転をするのかと思っていたけど、違った。

悠斗は大事な物や人を心から大切にする人なのだ。

昔からそうだった。

私が澪やヒカリに会ってほしいと言えば、初対面の二人にも丁寧に対応し、いっぱいご馳走していたよね。

車が走り、海が見えてきた。

「冬の海だから波が高いな」

「そうだね」

「夏になっても一緒に見に来よう」

未来の約束をしたがる。昔もそうだった。

二人に明るい未来なんてないのに……。

「もう、来ないよ」

「悲しいことを言うな。千華は、大泉よりも俺に会いたくなるさ」

「どうして、言い切れるのよ」

「自信があるから」

俺様過ぎるのに、私はこういうところも好きなのかもしれない。

好きな気持ちが体中に溜まっていき、爆発してしまいそうになる。

海が見えるカフェに到着して、カウンター席に並んで座った。海が見える。パスタランチを堪能する。

トマトベースのソースでとっても美味しい。

海を見ながらのランチがあまりにも切なくて泣きそうになる。

食事を終えると、海辺を歩く。風が冷たくて、冷えてきた。

「道民でもさすがに寒いな」

「うん」

「手でもつなごうか？」

「つながない」

悠斗は、冷淡にあざけ笑う。

車に戻ると日が落ちてきていた。無言のまま車が進む。

「家まで送る」

「大丈夫。適当に降ろしてくれていいよ」

絶対に家は教えないつもりだった。悠斗が来たら入れてしまいそうだから。

結局、私は家を教えることなく最寄り駅で降ろしてもらった。

悠斗が車から一緒に降りて手をギュッとつかんできた。

「一月の十日から一ヶ月、海外なんだ。帰ってきたら話がある」

「プライベートで会うのは、今日で終わり。話すことはないよ」

「お前がどんなに冷たくしても、俺は諦めない」

そんなに真っ直ぐ見つめないでほしい。

今すぐ胸に飛び込んでいきたくなってしまう。

あえて、冷たくしているのに、悠斗には逆効果だ。

悠斗は私を心から女性として思ってくれているのかもしれない。

もしかして、両想い？

でも、悠斗は家柄のいいお嬢様と結ばれるべきだ。

頭の中が混乱してきて、よくわからない。まずは、ゆっくり考えたかった。

「帰ってきた頃、出版だね」

「ああ、出版記念パーティーをしてくれる予定だから、千華の会社も招待されると思うぞ」

「その時はしっかり応援させてもらうからね」

悠斗はなかなか手を離してくれない。

「帰ってきたらもう一度しっかり話をさせてほしい」

「……うん、わかった」

そう返事をしなければ永遠に手を離してくれない気がしたから、やむを得ず頷いた。

悠斗はゆっくりと手を離す。

「じゃあ、またな」

私は悠斗に背中を向けて車に乗った。

◆

年末年始の休みを終えて日常生活に戻っていた。

相変わらずデザイナーの皆さんは忙しそうにしている。

社長からは時折アプローチに似たようなことがあったけれど、私はあまり気にしないようにして過ごしていた。

明日から悠斗は海外出張だ。

悠斗に付き添ってクリスマスパーティーに行ってから、毎日、ラインが届いていた。

もし、悠斗が私のことを女性として思ってくれているのなら、素直になってもいいのかな。

悠斗は私の身分も、自分の立場もわかった上で行動しているのだ。

もうあの頃のように子供じゃない。

私が怖くて勇気を出せていないだけなのかもしれない。


仕事を終えて外に出ると、綺麗な女性が頭を下げてきた。

誰だろうと思ったら悠斗の秘書の加藤さんだ。私は駆け寄る。

「お世話になっております。うちの人間に用事でしょうか？」

「いいえ、佐竹さんに用事があってまいりました」

「私にですか？」

キョトンとしてしまう。

加藤さんが私に話したいことがあるなんて。私と加藤さんに接点があるとすれば悠斗のことしかない。

「込み入ったお話がありまして……。ここでは落ち着きませんので、近くの喫茶店にでも行きませんか？」

断る理由を見つけられずに私はついて行くことにした。

近くの喫茶店に場所を移して向かい合って座った。

店内にはコーヒーの香りが漂っている。二人ともホットコーヒーを注文する。

どんな話をされるのか緊張しながら加藤さんを見つめた。

彼女は眼鏡を指先で上げて背筋を伸ばして真っ直ぐ視線を向けてくる。

「本日は蒼井のことでお話がありまして参りました。突然お邪魔してしまい申し訳ありません」

「いいえ」

加藤さんはとても頭がよさそうな顔をしていて、品のいい雰囲気が漂っている。

あまり感情を出さずに話をしてくれる人だけど、今回は真剣に何かを訴えたいような感じがしていた。

「ご存知かと思いますが、蒼井は大企業のトップです。彼の財産目当てにいろんな女性が近づいてきます。その女性たちの素性を調べ上げるのも私の仕事です」

「はぁ……」

加藤さんは私の過去を調べたのだろうか。

嫌な予感がする。

「蒼井との過去を調べさせてもらいました」

「……そうですか」

加藤さんは鋭い視線を送ってくる。

私と悠斗の過去はやましいことは何一つない。大人になって再会してからは、加藤さんも含めて一緒に飲み会に参加した。そして、クリスマスパーティーに一緒に行った。ドライブを一度したけれど、私と悠斗は交際はしていない。

何を言いたいのだろう。

「私は、蒼井のことを心から慕っております。会社をここまで大きくした蒼井のエネルギーは、本当に尊敬できます。蒼井は、今まで仕事一筋に頑張ってきました」

「そうなんですね」

「蒼井は、誰よりも幸せになってほしいと思います。そのためには、ある程度身分のよろしい女性と結婚するのが望ましいです」

昔、悠斗の家族にも言われた言葉だった。

何年過ぎても、私と悠斗が一緒になることを反対する人がいる。

あまりにも壁が厚いと実感した。

「蒼井のご両親も、お兄様も佐竹さんと社長が再会してしまったことを嘆かれておりました。私は秘書として働いておりますが、こう見えて祖父は大手銀行の会長をしています」

悠斗の両親が嘆いていたなんて……。

加藤さんが自らいい所のお嬢様アピールする。

やはり、私と悠斗は、生きる世界が違うのだ。

悠斗にとって、本当に幸せな道は、何？

「自分で言うのも厚かましいかもしれませんが、蒼井のご家族にはとても気に入られています。蒼井のことを理解してあげられるのは、一番近くにいる私ではないでしょうか？」

どんな言葉をかけていいのかわからず、黙って加藤さんを見つめる。

加藤さんも悠斗のことが好きなのだ。

素直に受け入れられず、黙った。私の態度が気に食わなかったのか、加藤さんの表情がきつくなった。

「蒼井コーポレーションと、佐竹さんがお勤めになっている会社は、これからもいい取引ができると思います」

「私個人のことと、会社のことは無関係です」

少し強い口調で言うと加藤さんは厳しい表情になった。

「そうですね。では私も個人的な立場で言わせていただきます。蒼井は過去にあなたにいろいろ助けてもらったことを感謝しているんです。だから責任を持ってこれからも面倒見ていきたいと考えているのではないでしょうか？　蒼井はすごく面倒見のいい人なんです。自分だけ幸せになることが申し訳ないと考えているのです。あなたに一生かけて奉仕しようと考えていることでしょう。ですから、蒼井に負担をかけないためにも、彼の目の前から姿を消していただけないでしょうか？過去のお礼はたくさんしますので」

綺麗な顔をしている加藤さんが意地悪な笑みを浮かべる。

お金持ちが考えることは皆さん一緒だ。

お金と権力を振りかざして、自分にとって不必要な人間は消したいらしい。

「お金が目当てで私が彼と会ったとでも言いたいのですか？　それは違いますよ」

私はバカらしくなってクスッと笑った。

「そんな理由で悠斗と連絡をしているなら、違う人でもことが足ります。悠斗じゃないと駄目だから、ついつい返信してしまうんです。彼じゃなくていいならそのほうが私も楽です」

テーブルに、財布からコーヒー代を出すと私は席を立った。

加藤さんと話をして、私が乗り越えなければいけない壁が自分自身なのだと気がついた。

私は、悠斗と一生会えない人生なんて耐えられない。

様々な困難はあるかもしれないけれど、愛する人と乗り越えていきたい。

◆

智美宛に大きな段ボールが届いた。

テーブルに段ボールを置くと、智美は住所を確認して嬉しそうな表情で早速開封をする。

中には、バレンタインデーに出版される悠斗のポエム集の見本誌が入っていた。

「本のデザインをするのが夢だったの！」

嬉しそうに声を上げて抱きしめている。

私も悠斗の本が出来上がったのだと思い嬉しくて一つ手に取った。

青い表紙にやさしい羽の絵が描かれている。

パラパラとめくってみると新しい本の匂いがした。

すごい、本当に紙の本になったのだと実感して涙が出そうになる。じっと見つめて微笑んでいたら、社長が近づいてきた。

「立派な本が出来上がったな」

「ええ！」

智美が元気いっぱい返事をした。

「バレンタインデーの日に出版パーティーがあるらしい。招待状が届いたから全員で参加しよう」

「いいですね！　千華、またゆう先生に会えるじゃん。よかったね」

智美が肩をポンポンと叩いてから、パソコンの前に行った。

今日も一日が終わり、お風呂からあがってソファーの上で雑誌を読んでいるとスマホが震えた。
悠斗からチョコレートの画像が送られてくる。
悠斗は、海外に行っている間もメッセージが届く。
風景や食べ物の写真を送ってくるので、一緒に海外に行っているような気持ちになっていた。
《千華、これ美味そうだろ？》
《すごく美味しそう！　でも太りそう》
《俺は太りにくい体質だから》

《まったくもう》
《お土産に買っていくから》
《ありがとう。悠斗の見本誌届いたよ。すごく立派だった》
《出版パーティーの前日までこっちにいることになった。パーティーを終えたら話がしたいから、部屋を予約しておくから来てほしい》
《わかった》
どんな話をされるかわからない。私のことを好きだと言ってくれるかもしれないし、もしかしたら、もう会わないでおこうと言われるかもしれない。
でも、私は学生時代に精一杯悠斗に恋していたことを伝えたかったし、今でも大好きだという気持ちを勇気を出してちゃんと伝えたい。
悠斗と一緒に過ごせるなら、どんなことも覚悟するつもりだ。
結果がどうなのかわからないけれど、後悔しない人生を歩んでいきたい。

◆

目が覚めると温かい日差しが差し込んでいた。

ベッドから抜けてインスタントスープを飲む。

東京の春は北海道よりもずいぶんと早く感じる。

「……いよいよ、パーティーかぁ」

今日、夕方から出版記念パーティーがある。

ついに悠斗のポエム集が発売日を迎えるのだ。

パーティーに参加することになっていて、正装するように言われていた。

新調したワンピースを自分の部屋で眺める。

久しぶりにサイトを見てみる。出版のお知らせがあった。

彼の言葉に触れたい。私は本当に彼の言葉のファンなのだ。

幸せな気分に浸ってから、会社にワンピースを持って出社した。

午後まで働き、着替えてパーティーに行く準備をしていると、悠斗からメッセージが届く。

《千華、パーティーが終わったら三七〇一号室に来て。会えるの楽しみにしているから》

ドキッとしながらスマホの画面を見つめた。返信をして着替える。

私は桜色の長袖のワンピースを選んだ。

「千華、可愛い！」

ベージュのワンピースを着た智美が褒めてくれる。その後ろからスーツを着た社長がやってきた。

「社長がスーツなんて面白い」

「おいおい、失礼だな」

智美にムッとした表情を向けている社長が、私に視線を移した。

「千華ちゃん、一段と美しくなったな。恋してるんじゃないのか？」

まるで心を見透かされているようで恥ずかしい。きっと、社長には私が悠斗を心から愛しているとバレてしまっている。

「じゃあ、行くぞ」


会場に到着すると名前を告げて受付を済ませた。

扉を開くとステージ上には大きな花が飾られ、『蒼《あお》い羽根、出版記念パーティー』と、看板がかけられていた。

大好きな、ゆうさんのポエムがインターネットの世界を飛び出して、紙書籍になるのだと思うと心から嬉しい。

会場にはメディア関係者や出版に携わった人など、皆さん正装した姿でたくさんの人数が参加していた。

司会者が出てきていよいよパーティーがはじまる。

「この度は、蒼い羽根出版記念パーティーにご出席くださり誠にありがとうございます。それでは、弊社を代表し、編集長の川口よりご挨拶申し上げます」

編集長が出てきて形式的な挨拶をしているのを、ぼんやりと聞いていた。

悠斗のポエムに出会った時、私は本当に心から救われた。

人の人生に影響する行動を起こせる機会ってどれくらいあるのかな。

彼のポエムに出会っていなければ私は今ここにいなかっただろう。大げさと思われるかもしれないけれど、本当にそう。

永遠に自分を否定して引きこもっていたかもしれない。心から感謝をしている。

「続きまして、作者のゆうさんに登場していただきます。皆様、大きな拍手でお迎えください」

スーツ姿の悠斗が登場する。

私は、高校生の頃、自ら姿を消した。いろんな圧力に負けてしまったから。

あれから、ずっと、ずっと悠斗のことを考えながら生きてきたのだ。

二十八歳になった彼に再会して、出版記念パーティーに参加することができてよかった。

この場にいさせてもらえることに心から感謝していた。

「作者よりご挨拶があります」

悠斗がステージ中央に用意されているマイクの前に行く。

柔らかな笑みを浮かべて堂々とした振る舞いで口を開いた。

「本日はお忙しい中、お集まり頂き本当にありがとうございます。僕には悲しい過去がありました。その悲しい出来事を乗り越えるためにポエムを綴りました。はじめはただただ自分のためだけに書いていたと思います。そんなある日、一人の女性からメッセージが届きました。僕のポエムによって励まされたという内容でした。誰かの役に立てていることがとても嬉しくて、生きるエネルギーをもらいました。たくさんの人のおかげでこの本を作ることができ、大変に感謝しております。ありがとうございました」

悠斗は挨拶を終えてステージの上に用意されている椅子に腰を下ろす。立派な姿を私は感動しながら眺めていた。

続いて、プロの声優さんがポエムを朗読するコーナーになった。

イメージ映像にはやさしいオルゴールの音楽が流れている。

その中で声優さんが声を乗せていく。美しい空間に私はすっかり癒やされていた。

無事に出版記念パーティーが終わり、智美が耳打ちしてくる。

「ちょっとお腹空いたから何か食べて帰らない？」

「ごめん。今日はこれから予定があって」

「残念」

「ごめんね。また次の機会に何か食べに行こう」

会場から、どんどん人が消えていく。

私も会場から出ると悠斗が立っていて来場者に頭を下げていた。

智美や社長に怪しまれないように、一緒にホテルの玄関まで行って外に出た。

途中まで一緒に歩き何食わぬ顔で会話をしながら歩いた。

「蒼井社長の挨拶よかったですよね」

「あぁ。言葉って力があるんだなって思った」

「デザインもそうですよ」

「たしかに！　いいこと言うな！」

智美と社長が話しているのを聞いていたが、私は立ち止まる。

「すみません。これから用事があるのでここで失礼します」

「そっか。気をつけて帰るんだぞ」

「千華、おつかれ」

私は頭を下げて二人から離れ、ホテルへと戻った。

悠斗から送られてきた部屋番号を確認して、緊張しながら部屋に向かう。

チャイムを押すと、すぐに扉が開いた。

「誰かに見られたら厄介だ。まずは入ってくれ」

「お邪魔します」

正装姿の悠斗はいつもに増して男っぷりがアップしている。ドキドキしすぎて耳が熱い。部屋の中に入り私は目を見開く。

おそらくここはスイートルームと呼ばれる部屋だろう。

大きな白いソファーが目に入る。

部屋の中に食器が飾られている棚があり、全て綺麗に磨かれていた。

テーブルは猫足になっていて金色に縁取られていた。まるでお城のような作りだ。

さすがお金持ち。

普通の人は予約が簡単にできない部屋だ。

夜景が見えて、ロマンチックな空間だった。

「悠斗、すごいね、この部屋！　いやぁ……すごい」

窓から景色を見ていた私は振り返り悠斗を見つめたら、彼の顔が強張っている。

空気が張り詰めている気がして、私も笑顔を消した。

「千華、好きだ。結婚を前提に付き合ってほしい」

こんなにはっきりと愛の告白をされたのははじめてだった。

悠斗らしいストレートな言葉に胸が熱くなる。

「け、結婚？」

結婚を前提なんて言われると思っていなかったから、声がひっくり返ってしまう。

「ああ、結婚してくれ」

「ちょっと待って……！」

あまりにもグイグイ来るので心の整理がつかない。

「俺と永遠に会わないか、結婚をして一生一緒にいるのか。どっちがいいか選べ」

「そんなの、ずるい」

自分の気持ちに嘘をついて生きていくなんて無理だ。

身分差があっても、反対されても、私は悠斗を愛しているのである。

悠斗は私に紙を差し出してきた。受け取って確認してみれば婚姻届《こんいんとどけ》だ。しかも悠斗の名前とご両親の名前が書かれている。

「大丈夫だ。両親も兄も、千華を受け入れる準備はできているから」

「えぇぇ？」

「これは俺の本気度を示すため。千華の親にも挨拶に行かずに勝手に提出したりはしないから。安心して俺にお前の人生を委《ゆだ》ねてほしい」

あまりにもやさしい声音だった。

悠斗が微笑んでいる。

「その涙はなんだ？」

「……好き、悠斗のことが好き！」

「あれ？　お前……大泉のことが好きだったんじゃなかった？」

クスッと笑って頭を撫でられる。

嘘をついていたことがバレてしまった。というか、きっとはじめから嘘をついているって、悠斗は知っていたんじゃないかな。

「ずっと、ずっと我慢してたの。本当に、愛していいの？　私なんかが、愛していいの？」

悠斗は、私の涙を親指で拭いてくれる。

我慢しきれなくて、次から次へと涙が出ちゃう。

「お前じゃないと、俺は駄目だ」

「悠斗……」

「あの時、千華の大事なファーストキスをくれてありがとう」

ものすごくやさしい目で見つめられ、私は微笑んだ。

悠斗が両手を伸ばして抱きしめてくれる。私も首に手を回した。

「愛している」

「私も、愛してる」

キスをされそうになり、私は慌てて顔を背ける。

高校生の時にした悠斗とのキス以来なのだ。

そんな一気に進まれては心臓が持ちそうにありませんって。

「千華」

「お願い、待って」

後ずさりすると、悠斗が近づいてくる。

背中に壁が当たり逃げられなくなってしまった。

私の顔の横に両手をついて鋭い瞳で見下される。

「まさか……そんなわけないよな。もう二十六歳だろ?」

「そのまさか……なんですけど!」

私は、おそるおそる悠斗を見上げる。恥ずかしさと、緊張で顔が熱くなって痛いくらいだ。

「お前はりんごか!」

「だって、だって……あのっ」

顔が近づいてきて、目を思いっきりつぶった。両頬を包み込まれて、額同士をくっつけられる。

「ドキドキしすぎて頭がおかしくなっちゃいそうだよ」

「それは俺も同じだ。ずっと我慢してたんだから」

「怖い」

「大丈夫。やさしくする」

今までに聞いたことがないような甘い声に全身が火照る。

「俺の愛を受け止めろよ」

そんな真剣な眼差しを向けてくるなんて、卑怯《ひきょう》だ。

どんどん、好きになっちゃう。これ以上、好きになりたくないよ……。

耳元に唇が寄せられた。

「愛してるよ、千華」

甘すぎる台詞が耳の中で流れ込んできて、溶けてしまいそうになる。耳がくすぐったい。

「お前のこと、ずっと思ってたんだぞ？　クッキーの写真だけが、お前との思い出を繋ぐ唯一の品だったんだ。小樽の時も、クリスマスも、キスをした日も。我慢してたんだからなっ！」

「いつの話をしてるのよ……!!」

それだけ私のことを想ってくれていたのね。素直に嬉しい。

だから、今日は悠斗に委ねようと、思う。

悠斗は、私をヒナ鳥のようにやさしく包み込んでくれた。

◆

悠斗とお付き合いをして二ヶ月が過ぎ、四月を迎えていた。

東京は暖かい日が続いていてもうすぐ夏がやってきそうな陽気だ。

先日、悠斗のご家族と会って食事会を開いてもらった。

ものすごく緊張したけれど、実際に会ってみると大歓迎だった。

悠斗が私以外の女性と結婚しないというものだから本気で悩んでいたらしい。

今では一日も早く結婚して孫の顔を見せてほしいとまで言われている。

帰り際、奥様が過去に酷いことをしてしまってごめんなさいと謝ってくれた。私は気にしてないとお伝えした。

会えない時間があったからこそ、二人の絆が深まったのかもしれないと今では感謝をしている。

何よりも悠斗を産んでくれたお母様なのだからありがたい存在だ。

秘書の加藤さんからもお詫びがあった。

『失礼をお許しください。私が直接会いに行ったことは、どうか秘密にしておいていただけないでしょうか……？』

ものすごく困った表情を浮かべて訴えられたので、私は笑いながら彼女を許した。

寝返りをうつと悠斗に触れて、目を覚ました。瞳をゆっくりと開くと気持ちよさそうに眠っている。

金曜日は悠斗の家にお泊りして土日はいろんなところにデートに行く。

家でまったり過ごすこともあり、悠斗はたっぷりと愛を注いでくれていた。

ベッドから抜け出そうとしたら悠斗に捕まえられた。

「悠斗、起きてたの？」

「今起きた」

「おはよう。お腹空いたね。何か作ろうか？」

「ゴールデンウィークに北海道に行こう」

「え？」

「千華の父さんに、挨拶に行く。夏に籍《せき》を入れよう」

仕事を指示するかのように、淡々と言っている。

悠斗らしいといえば、彼らしいけど。突然のことにビックリしてしまう。

「お父さん、反対すると思うんだよねぇ……」

「なんで？」

「だって、驚くでしょ。私が蒼井コーポレーションの息子と……だなんて」

「知らないよ、んなこと。俺は千華と結婚するんだ。あと、草野にも会いに行こう。あいつに結婚報告すると喜ぶぞ」

「草野さん、元気なの？」

「今は仕事を辞めてのんびり過ごしてる」

「そうなんだ」

草野さんとの思い出は、いっぱいある。

私と悠斗を出会わせてくれた恩人だ。草野さんに会えるならお土産をたくさん持参していこう。

「もし私に恋人がいたらどうするつもりでいたの？」

「関係ない。俺に目を向かせるだけの話だ」

「さすがね」

「そんな俺のことが好きなくせに」

そうですよ。そうですとも。

蒼井悠斗のことが、心から大好き。

私がニッコリ笑って悠斗に抱きついた。

◆

ゴールデンウィークになっても社長である悠斗は忙しいのに、時間を作ってくれて、二泊三日で北海道に行くことになった。

飛行機で悠斗と一緒に北海道へ向かっている。

父親に紹介したい人がいるとは伝えてあるけれど、悠斗に会ったらどんな顔をするかな。

予め父親には義足であることを電話で伝えてある。事故でなってしまったことを説明すると驚いていたけれど、理解してくれていた。

結婚の報告に実家に戻る日が来るなんて感慨深い。

私は悠斗にピッタリとくっついて幸せを噛み締めながら瞳を閉じた。

北海道に到着して電車で札幌へ向かう。

まずは草野さん宅へお邪魔する予定だが、悠斗ったらサプライズにしたいからって連絡を入れていないらしい。

札幌駅に着いてタクシーで草野さんが住んでいるマンションに行く。悠斗と札幌を一緒に訪れているのだと実感して胸が温かくなる。高すぎるビルが少ない札幌がやっぱり好きだなと思いながら車に揺られていた。

草野さんは蒼井家が用意したマンションに一人暮らしをしている。

オートロックのインターホンを押す時、私の姿が見えないように隠れていろと悠斗が言うので、私は言われた通りにカメラに映らない位置にずれた。

『はい』

のんびりとした初老の男性の声が聞こえる。

「俺だ」

『ゆ、悠斗様！　今、お開けします』

声がひっくり返っている。オートロックが開かれた。

エレベーターから降りたら草野さんが目をまん丸にして出迎えてくれた。

「悠斗様！　千華さんまでご一緒に！」

「草野さん！　会いたかった」

私は草野さんに抱きついた。草野さんは涙ぐんでいる。

「夢でも見ているのでしょうか？」

「現実だ。結婚することになったから、報告に来た」

「素晴らしい！　本当におめでとうございます」

部屋の中に入れてもらうと２ＬＤＫで、綺麗に片付いている。

緑茶を出してくれた。

土産を渡すと草野さんは恐縮しながらも嬉しそうに受け取った。

「わざわざ、ありがとうございます」

「出版、おめでとうございます。三冊購入いたしました」

「ありがとな」

「お二人が結ばれることが、本当に喜ばしいです」

草野さんは、年齢を重ねて白髪になって皺《しわ》が増えているけど、元気そうに暮らしていた。

「結婚式には出席してくれよ」

「ぜひ、行かせていただきます」


草野さんのマンションを出て実家へ挨拶に向かう。

タクシーでは、悠斗が珍しく緊張しているように見えた。さすがの悠斗もこんな表情をするのか。

「悠斗」

「ん？」

「可愛いね」

「……お前な。覚えておけよ」

実家に到着して悠斗は家の前で深呼吸をした。

チャイムを押すと父親と久恵先生が出迎えてくれた。

「ただいま」

「お帰り」

父親は悠斗に視線を移す。いつもにこやかなのに強張った表情を浮かべていた。

「はじめまして。千華さんと交際させていただいております、蒼井と申します」

「千華の父です。どうぞお入りください」

久恵さんは笑みを浮かべてくれていたが、父親はあまり愛想がよくない。

リビングに行くとテーブルには、お菓子を用意してくれていた。

全員が席につくとなんとも言えない空気が漂っている。

「この度は時間を取ってくださり、ありがとうございます」

「……蒼井さんはどのようなお仕事をされているんですか?」

父親として一番気になるところなのだろう。

蒼井グループの御曹司であることを伝えると父親は顔色を変えた。そりゃ、日本でも有数の企業の名を出されて驚いたに違いない。

「蒼井グループの立派な息子さんがなぜ、うちの千華なのでしょうか?」

「千華さんとは数年前に一度会っています。事故で落ち込んでいた時に救ってくれた方でした。その頃から結婚を意識しておりました。絶対に千華さんを幸せにしますので、僕にください」

悠斗らしいストレートな言葉に私は恥ずかしくなったけど、すごく嬉しかった。

必死な姿を見て、キュンってなる。また惚れ直してしまいそうだ。

父親は腕を組んで無言になってしまった。久恵先生が隣で苦笑いを浮かべている。

「お願いします。結婚させてください」

悠斗が頭を下げる。

「お父さん、お願いします。私、悠斗じゃないと駄目なの。絶対に二人で力を合わせて幸せになるから。お願いします」

私も頭を下げた。沈黙が流れる中、父親は立ち上がり奥の部屋に行った。

どうしたのだろうと顔を上げると、一通の封筒を持ってきて私に渡す。

花柄だけど、ちょっと黄ばんでいた。

「お母さんからだよ」

「えっ？」

私は、手紙を開く。綺麗で丁寧な文字がぎっしりと書かれている。

声に出して一文字ずつ読むことにした。

『大好きな、大好きな、可愛い私の子供、千華へ。

この手紙を読んでいるということは、結婚が決まったのですね。大好きな人と、人生を歩んでいこうと決意したのですね。幸せになってくれることが、お母さんの願いです。

お母さんは、大好きなお父さんと結婚して、お姉ちゃんを産んで、千華を妊娠して本当に幸せでした。明日が千華を生む出産予定日です。もしかすると、お母さんはこの世にいないかもしれません。でも、後悔はしていないです。

顔を見ることはできませんが、元気にお腹を蹴っている千華と、こうして一緒に過ごせたことは、お母さんの最高の宝の時間です。

千華、あなたはこれから奥さんになるのですから、何があっても愛する旦那さんを支えてあげてください。

人と比べないで、世界一の旦那さんだと思って、尽くしてあげるのですよ。

そして、旦那さんになる方へ。千華を世界一愛してあげてください。きっと、私に似て素直じゃないところもあるかもしれません。だけど、そこも包んであげてください。

幸せになってね。本当の幸福は『悩みに負けないこと』。力を合わせて明るく前向きに人生に立ち向かってください。お母さんより』

父親が泣いていた。私も泣いた。久恵先生も涙ぐんでいる。

だけど、一番泣いていたのは悠斗だった。

「悠斗さん、うちの娘を頼みます」

「もちろんです。幸せにします」

その夜の父親は本当に嬉しそうに、愉快そうにビールを飲んでいた。

悠斗、遅くまでお父さんに付き合ってくれてありがとう。

実家に一泊し、次の日、私と悠斗は札幌の街を一緒に歩く。

大通公園に到着すると、桜が風に吹かれて散っていた。

桜の雪みたいで、すごく綺麗——。

空は青くて、桜は薄いピンクで美しい。

吸い込まれるように見つめていた。

「ゆう、と……?」

悠斗は、涙を流している。

「千華に会えない時、桜を見て泣いてたんだ。男なのに、情けないだろ。でも、会いたくて切なくて。桜を見るたびに、千華を思い出していたよ」

「そうだったの……」

涙も無駄じゃない。

雨の日があってもいい。

太陽に照らされて、虹がかかるから。

その虹は、幸せな世界へ続いているに違いない。

「ゴールデンウィーク近くになってさ、北海道の桜は咲くだろ。しかも、色が白に近い。千華が姿を消した時も雪が降ってたから、思い出して辛かったな」

悠斗は、やさしい声で話してくれる。そんな辛い思いをさせていて申し訳なかった。

これからの人生は一生、一緒だからね。

私は悠斗の手をそっと握る。

「その時、小さな女の子に慰められたんだ。――だいじょうぶ。同じ空の下にいるよ。――ママとパパは、お空の上なのって。あの子、どうしてるかな」

涙を拭うと悠斗がポケットから小さな箱を出す。

私と悠斗は向かい合った。

蓋を開けると、ダイヤモンドのリングが輝いている。

「千華、幸せになろうな」

「悠斗……」

嬉しくて言葉が出ない私の左薬に指輪をはめてくれる。

サイズがピッタリだった。

温かい春の風が二人を包み込んだ――。

第二部　完結

書き下ろし短編

ラブラブおまけ

千華side

「あーもう……。着せ替え人形じゃないんだから！」

悠斗はソファーにゆったりと座って、怒る私に笑みを向けている。

ウェディングドレスの試着を、もうどのくらいしたかわからない。

ゴールデンウィークに父親に挨拶に行ってきて、私と悠斗は入籍《にゅうせき》する日程を決めた。

七月に入籍して、結婚式は十月でホテルを押さえたところだ。

私は一人暮らししていた家を出て、悠斗の家に一緒に住んでいる。悠斗は結婚するのだから新しい家を探そうと言ってくれたけど、今でも充分過ぎるほどいいところに暮らしている。

赤ちゃんが生まれてもまだまだ余裕なので、引っ越しせずに住ませてもらうことにした。

今日は、結婚式の衣装デザインをするために、サロンにお邪魔してドレスの試着をしていた。

デザイナーは悠斗の知り合いでアメリカ人のマーク。マークはブロンドヘアーで瞳が青くていつもお洒落な柄のスーツを着ている。

世界的に有名らしく数々のデザインを担当しているらしい。

ドレスは、女の人の憧れだ。

レースが繊細《せんさい》に編まれていて綺麗だし、ウェディングで使うアクセサリーってキラキラしていて可愛い！

でも、ドレスの着替えってかなり大変。

ドレスって重たいし、モコモコしていて動きづらい。

これを着て結婚式をするなんて疲れちゃうだろうなぁ。

「悠斗、もういいよ……」

「次は、ピンク」

「えぇ、また着替えるの？」

「次は、カラードレスを選ぶんだ」

悠斗が偉そうに注文してくるので、私はうんざりした表情を浮かべた。

「脱ぐのが大変なら、俺が脱がせてやろうか？」

「……はい、はい！　ピンクを着ればいいんでしょ！　もう」

私と悠斗のやり取りをデザイナーのマークは、苦笑いしている。

ピンクのドレスを着て試着室から出ると悠斗は目を細めた。

「これもいいな。千華は何を着ても似合う。さすが俺の惚れた女だ」

「ちょっと、恥ずかしいからそんなこと言わないでよ」

悠斗はマークが近くで聞いているのに平気な顔をして、甘いセリフを言う。悠斗って、ストレートに言葉を伝えてくるから反応に困ることがある。

「千華は鎖骨《さこつ》が綺麗だから、それを活かすようなデザインにしてほしい。華やかであり、天使に見えるようなのがいいかな」

「ユウトのイメージは、ＯＫ。まかせて。いいドレスが出来るよ」

「頼んだぞ、マーク」

「Yes!」

ドレスの打ち合わせで三時間なんて、ありえない。

サロンから出た私は疲れ切っていた。

げっそりする私の隣で元気いっぱい歩いている将来の夫を見つめる。

「……なんだよ、その目」

「……疲れちゃったの。甘い物食べたい。禁断症状が出ちゃう」

「太るぞ」

「意地悪っ」

結婚式に向けてダイエットを頑張っているのだが、甘い物が食べたくなる。

悠斗は、かなりの量を食べるけど太らない。

腹筋は綺麗に割れているし、腕も逞しい。羨ましいなぁ。

私なんて少し食べ過ぎたらすぐ体重に影響が出るのだ。

「悠斗は太らないからいいよね」

「義足ユーザーはあまり太れないっていうのもあるけど、たしかに肉は付きにくいかもしれないな」

「いいなぁ」

駐車場に到着して車に乗り込む。

運転手席は悠斗で私は助手席。

悠斗の運転はやさしいので乗っていて安心できる。

「お前のために来たのに、そんなに不機嫌になるな」

「だって、疲れたんだもん。いいよ、普通のドレスで……。悠斗と結婚できるだけで私は充分なんだよ」

悠斗とずっと一緒にいられる未来が約束されている。これほどの幸せはない。

私が微笑を浮かべると、悠斗は慈愛に満ちた瞳を向けてきた。

悠斗はキーを入れてエンジンをかける。

「普通じゃ駄目だ。世界一こだわったウェディングドレスにしないと。千華は、俺の自慢の嫁になるんだ。忘れられないほどの思い出を作ってやりたい」

「私のためなの？　もう、幸せ過ぎて怖いくらいだよ。私は、悠斗が喜んでくれるなら、頑張る」

急に腕をつかまれてビックリして横見ると、悠斗と視線が絡み合う。

心臓がドクンと激しく動いて頬が熱くなった。

悠斗の顔があまりにもイケメンだから、至近距離に慣れていないのだ。そのまま抱きしめられて悠斗の腕の中に閉じ込められてしまう。

「千華。綺麗だったぞ」

艶っぽくて低い声が耳に注ぎ込まれて反応に困ってしまった。

「あ、ありがとう。悠斗のタキシード姿も楽しみにしてるよ」

「俺も千華と結婚できることが嬉しくてたまらない。俺と出会ってくれて本当にありがとう」

「こ、こちらこそ」

チュッと小鳥のようなキスをすると悠斗は前に向き直った。

車が動き出す。心臓が壊れてしまいそうなほどバフバフと動いている。

地下駐車場を出庫して明るい世界で隣の座る悠斗を見たら、素敵で照れてしまう。

ハンドルを握っている逞しい腕も、素敵だし。横顔もたまらない。

悠斗は俺様でストレートなところがあるけれど、思いやりがあって、すごくやさしい。一緒にいるとやっぱり落ち着くんだよね。

ドレス選びは大変だけど、大好きな人と結婚するのだと思ったら、嬉しさのほうが勝る。

悠斗のことが大好き。

こんな素敵な人が、旦那さんになるなんて。やっぱり、夢？

車がどんどん進んでいく。

家とは違う方向に行っている。

「悠斗、どこに行くの？」

「秘密」

楽しそうに笑っている悠斗を見て、私も楽しい気分になっていた。

どこに連れていかれるのかと思えば、有名なホテルの中に入った。

真っ直ぐ家に帰る予定だったのに、気分でも変わったのだろうか。

「あれ、どうしたの？」

「愛する俺の婚約者の願望を叶えてやろうと思って」

「……ん？　何？」

車から降りてホテルの中に入る。

連れてきてくれたのは、喫茶店だ。

ケースの中には色とりどりのケーキが置かれている。

どれも美味しそうでキラキラ光っているように見えた。

「甘い物、食いたいって言ってただろ？」

「悠斗……！　ありがとう！」

嬉しくて満面の笑みを浮かべたら、悠斗は耳を赤くして咳払いをした。

落ち着いた照明と静かなジャズピアノの音楽が流れている。

案内された席に座りメニューを開けば美味しそうで目移りしてしまった。

「どうしようかな」

「頑張ったご褒美に好きな物を注文するといい」

「うーんと……」

私はいろんな種類が食べたいので、夏みかんのスペシャルプレートを注文した。

悠斗はブラックコーヒーのみ。

「そういえば、千華は新婚旅行どこがいい？」

「悠斗、忙しくて時間取れないんじゃないの？」

「一生に一度のことなんだから、それくらい何とかするさ」

「行けると思ってなかったから、考えてなかったよ」

夏みかんのスペシャルプレートが運ばれてきた。

ミニパフェに、ミニショートケーキ、ミニゼリーと、クッキーが可愛らしくワンプレートで盛り付けられている。

「うわぁ、可愛い。美味しそう。いただきます」

私が頬張っている姿を悠斗は満足そうに見ている。

「お前、本当に美味そうに食べるよな」

「あ、一口食べる？」

あーんと口を開く悠斗にパフェを食べさせた。

「甘酸っぱくて美味い」

「ねっ！」

大好きな悠斗と甘いデザート。私にとって最高の時間だ。

こんなに幸せなのにふとした瞬間、不安になることもある。大企業の社長の悠斗が強い視線を向けてきた。

「お前、また余計なことを考えてるだろ？」

「なんでわかったの？」

「ずっと一緒にいるんだから、愛する人の表情の変化くらいわかるんだ」

「すごいね」

「マリッジブルーじゃないか？」

心配そうな目を向けてくるから、申し訳なくなった。結婚すると覚悟を決めたのだから、これからは悠斗を支えていかなきゃ。

気持ちを切り替えてデザートをパクパク食べた。


家に着くと悠斗は義足を外して車椅子に乗る。

土曜日なのに悠斗は忙しいようでひっきりなしに電話が鳴っていた。

対応している悠斗を横目に私はウェディング雑誌を眺める。

澪とヒカリに結婚の報告をするとすごく喜んでくれた。

東京まで来て結婚式に出席してくれるみたい。わざわざ申し訳ないけど、友人が祝ってくれるのはやっぱり嬉しい。

電話を終えた悠斗が手招きするので、立ち上がって近づいた。

「千華」

「何？」

「キスしろ」

「は？」

「誓いのキスだよ。絶対に俺から、離れないって約束しろ」

「離れるわけないじゃん。悠斗じゃなきゃ、駄目なの、私」

何度も言葉で伝えているのに、不安そうな表情をする。

悠斗は、過去に私が姿を消したことがトラウマになっているらしい。

時折不安そうにしてキスを求めてくることがある。

「恥ずかしい」

「二人きりだからいいだろ」

手をぐっと引っ張られて悠斗の胸に閉じ込められる。

ギュッと抱きしめてくれた。悠斗の香りに包まれて私はうっとりとする。

やっぱり悠斗の近くにいると落ち着く。

「どうしたのよ」

私が、顔を上げるとキスの嵐。

ちょっと強引で余裕のないキスだった。

「風呂、一緒に入るぞ」

「え……！　いきなり？」

「命令」

「わ、わかった」

お風呂で背中を流してあげたら、悠斗は機嫌が直った。

湯船に浸かって他愛のない会話をする。

「来週、急遽《きゅうきょ》九州出張になってしまった。千華と離れたくないから一緒に行けないか？」

「私も仕事があるから無理だよ……」

「……だよな」

悠斗は出張が多くて、たまに急にいなくなってしまうことがある。

離れている間も頻繁に連絡をくれるので寂しくないけれど、できればやっぱり一緒にいたい。

「寂しいけど頑張ってきて」

「あぁ」

お風呂からあがると、ミネラルウォーターを飲んでいた。

悠斗はそれからもしばらく仕事をする。

いつも遅くまで頑張っているから疲れてしまわないか心配だが、見守ることしかできない。

「先に眠ってろ」

「……うん。まだかかりそう？」

「あと一時間くらいかな」

「じゃあ、起きてる」

悠斗は呆れたような目をしたけれど、どこか嬉しそうだった。

頑張って仕事を終えてくれた悠斗とベッドに入って、身体を密着させて眠る。

悠斗に再会するまでは布団に一人で眠ることが当たり前だったのに、今は悠斗がいたほうが安心して眠れるのだ。

お互いに横を向いて見つめ合う。オレンジ色のベッドランプの柔らかい光の中で。

大好き。超、愛しているよ。

悠斗の胸にピッタリとくっついて瞳を閉じた。

悠斗side
スースーと寝息が聞こえてきた。千華は、眠りについたようだ。

そっと、頬に触れる。

身体のハンデは、やっぱりもどかしい。千華をすぐに助けに行けなかったりする。

そういう時は落ち込むが、俺は自分のできる精一杯の方法で千華を守っていくと決めていた。そして、絶対に何があっても彼女の手を離さないつもりだ。

早く結婚をして千華との間に子供がほしい。二人の時間も楽しみつつ、子作りをしていきたい。

俺は安らかな気持ちで眠りについた。


朝起きて車椅子に乗りリビングへ行くと、千華は朝食を用意してくれていた。いつも栄養バランスの取れた料理を考えて作ってくれるのでありがたい。

「悠斗、おはよ！」

「おはよう」

出勤前に千華のエプロン姿を見られるなんて、最高にいい気分だ。

この幸福がずっと続くのかと思うと胸が温かい。

ダイニングテーブルに和食の食事が並ぶ。味噌汁の香りがほっこりする。

「いただきます」

「どうぞ」

千華は相変わらず仕事を続けていた。

仕事をしながら家事をこなしていて大変なのではないか。大泉は結婚報告をしたことで諦めてくれたようだからよかったけど。

何よりも一番心配なのは千華の体調だ。

「結婚したら仕事辞めてもいいけど、千華はどうしたい？　家事も頑張ってくれているし、あまり無理させたくないんだ」

「ありがとう。でも今の仕事も好きなんだよね……。新しい事務の人が入らないと、大変だろうし。でも、赤ちゃんができたら休まなきゃいけないなぁ」

俺は、千華がやりたいことをやらせてあげたい。

彼女の満足する人生を歩ませてやりたいと思っている。

「お前のやりやすいようにしたらいいよ。家事も大変なようなら家事代行サービスを使ってもいいし」

「でも悠斗には私の手料理を食べさせたいな」

ニッコリと笑う姿があまりにも可愛くて、朝から襲いたくなってしまう。しかし、タイムリミット。さ、出勤の準備をしてくるか。

今日は朝から会議があり、アポが三件入っていた。

忙しい毎日だが、仕事が途切れないであることはありがたい。

感謝の気持ちを忘れずにやっていこうと毎日決意している。

本当は定時に仕事を終えて少しでも早く家に帰りたいが遅くなるのがデフォルト。

それでも千華は嫌な顔を一つしないで帰りを待っていてくれる。

仕事を終えて時計を見たら十九時。今日はかなり早いほうだ。

家に帰る支度をしていると秘書が口元を押さえて笑っている。

「なんだ」

「そんなに慌てなくてもよろしいのではないですか？」

「……別に、慌ててないけど」

「奥様にお会いできるのが楽しみで仕方がないのですね。社長ったら、奥様のことが大好きで仕方がないのですね」

秘書にからかわれて、俺は恥ずかしくなる。

感情を表に出さないようにしているのだが……。

千華のこととなるとついつい顔が緩んでしまう。気をつけなければいけない。

「加藤も愛する人ができたらわかるさ」

「ええ。その日を楽しみにして頑張ります。では、失礼いたします」

頭を下げてから退出した。俺も急いで社長室を後にした。

家に到着すると、いい匂いがする。

今日も愛情たっぷりに食事を作ってくれているのだ。キッチンでは千華が料理の最中だった。

「ただいま」

「あ、お帰り！」

満面の笑みを向けられると、心から嬉しくて感動する。夢じゃなければいいとさえ思ってしまう。

「思ったより早かったね。遅くなってごめんね。仕事が長引いちゃって」

「今日も作ってくれてありがとな」

思わず後ろから抱きしめた。

「ちょっと、料理やりにくいよ」

「抱きしめたかったんだ。仕方がないだろ」

「……もう」

千華は、怒った口調だったが、耳を真っ赤にして照れている。

めっちゃくちゃ可愛い。こんなに愛おしい気持ちがこみ上げてくるなんて、自分でも困ってしまう。

「もうちょっと時間がかかるからお風呂に先に入ってきて」

「おう」

毎日、一緒に風呂に入りたいが千華は拒否をする。

仕方がないから先に入浴を済ませてこよう。

千華ｓｉｄｅ

食事を終えて、片付けると私はお風呂に入る。悠斗は何を作っても美味しいと喜んでくれるから作りがいがあるんだよなぁ。

ゆっくりと入浴してからリビングに戻ったら、二十三時になっていた。

やはり仕事と家事の両立は大変かもしれない。奥様には専業主婦になって悠斗を支えてあげてほしいと言われている。

悠斗は自分の好きなようにしていいと言ってくれているけど、籍を入れるまでにはちゃんと考えなきゃ。社長にも話さないと……。

リビングに悠斗の姿がない。

仕事部屋を覗けば、パソコンに真剣に向かって仕事をしている。

いつも頑張ってくれている彼の役に立ちたい。でも何もできないんだよなぁ。

私はキッチンで紅茶を淹《い》れて持っていくことにした。

コンコンとノックをする。

「入るよ」

「おう」

「大丈夫？　疲れない？」

温かいお茶を淹れて置く。

「サンキュー」

笑みを浮かべて一口飲んでくれた。

悠斗の仕事部屋は、難しい本がいっぱいある。私には、さっぱりわからない。

あまり無理をしないでほしいけれど、やることが多いので仕方がないのかもしれない。

私は陰ながら見守ることしかできず、ソファーに腰をかけて黙っているしかない。

この光景、悠斗が引きこもっていた時と似ている。

悠斗の背中を見ているのが大好きだった。

これからも永遠に悠斗と一緒にいられるなんて、本当に幸せ……。

「千華、キス」

おい、飯。

みたいな勢いで突然言われるキスのおねだりに、まだ慣れない。

「仕事中でしょ。集中して」

「俺は仕事で疲れてんだよ。褒美くらいくれてもいいだろ」

相変わらず俺様発言に私は苦笑いをしてしまう。

「……甘い物食べたら？　持ってきてあげようか」

「甘い物とか、エナジードリンクよりも、お前からのキスのほうが数百倍、元気が出るんだよ」

歯の浮くような言葉を言われて私は固まる。

いつまでもこうやって動揺し続けるのかもしれない。

私を見て悠斗は楽しそうに笑う。

「こっち、おいで」

急にやさしい声になって手招きをされた。

おそるおそる近づくと手が伸びてきて体を引き寄せられる。

チュッと小鳥のようなキスをされた。

ほわんとして頭がぼんやりしてしまう。

「充電完了」

私、愛されている。

悠斗が私を大切に思っているのが伝わって、顔が熱くなった。

「無理しないでね」

「おう。早く終わらせる。先に寝てろ」

「うん」

邪魔をしちゃいけないと思い部屋を出た。


どうやら私は、リビングのソファーで眠ってしまったらしい。

寒いと思って目が覚めた時は、三時だった。

悠斗が気になって、仕事部屋に行くとソファーに腰をかけて眠っている。

――綺麗な顔。

ドキドキしながら、悠斗を見ているとキスをしたい衝動に襲われた。思わずキスをしてしまう。

悠斗の柔らかい唇の感触に胸が締めつけられる。どうして私は悠斗のことがこんなにも好きなのだろう。

離れようとした時、ガバッと抱きしめられた。

「きゃっ、お、起きてたの？」

「人の寝込みを襲うな！」

「襲ってない！」

なんか、こんなやり取りを昔もしたような気がする。

悠斗の隣に座ったら、肩を抱いて引き寄せられて体を密着させる。

「まぁ、お前に襲われるなら歓迎だけどな」

口元をクイッと上げて笑っている。

「千華、今何時」

「三時くらい。心配になって覗いてみたら眠っていたから」

「そっか。だから襲いに来てくれたんだな。たっぷりとお礼をしてやらないと」

からかわれた私は頬を熱くして、悠斗をバシバシ叩いた。

「ったく。夫婦なんだからな？　寝るぞ」

「うん」

私と悠斗は二人で寝室に向かって、寄り添って眠った。

◆

考えたドレスのデザインを家まで持ってきてくれた。

純白のウェディングドレスも、カラードレスもとても素敵で胸がときめいてしまう。

ピンクのふわふわなドレスは、桜をイメージしたらしい。

真っ赤な薔薇のようなドレスや、空をイメージした青いドレス。

黄色い向日葵みたいなドレスがあって、どれも素晴らしい。

「マーク、すごい。全部素敵！」

「チカのことを思い浮かべていたらあっという間に思いついたよ」

「素晴らしい！」

私は嬉しさのあまり手を差し出して、マークとがっちり握手を交わす。マークは私がすごく気に入った様子を見て安堵しているようだった。その隣で悠斗が舌打ちする。

めちゃくちゃ不機嫌な表情を浮かべているのだ。

「どうしたのよ。こんなに素敵なデザインばかりなのに気に食わないわけ？」

「夫になる男の目の前で、他の男とベタベタするんじゃねぇよ」

「そんなんじゃないでしょ？　お礼しただけじゃない」

悠斗はかなり嫉妬深い。

とても素敵で仕事もできて有能な男性なのに、たまにものすごく子供っぽいところがある。

「ほら、悠斗もお礼をして」

「……マーク、サンキュー。さすがだ」

渋々頭を下げた悠斗に、マークは苦笑いをしている。

「ね、悠斗。どれにしよう。選べない」

「マーク、全部作ってくれ」

「ちょっと！」

さすがに贅沢過ぎるのではないかと、私は焦りだす。

「一生に一度しかない大事な日なんだから、大事な奥さんを可愛くしてやりたい」

艶っぽい瞳を向けられると何も言い返せなくなる。私は照れながらも悠斗に従うことにした。

マークはそんな私達に温かい眼差しを向けていた。

◆

あっという間に七月になり、お互いのタイミングのいい日に婚姻届を持っていくことになっていた。

今週の金曜日なら悠斗も都合がいいらしく、二人で婚姻届を出しにいく。

いよいよ、悠斗と籍を入れるのだと思うと嬉しいのに、最近体調が思わしくない。

真夏の太陽が照りつける中、会社のおつかいのために外を歩いていた。

「あぁ……気持ち悪い……」

体がだるくて仕方がないのだ。

職場に戻った私は、椅子に座り込む。

「大丈夫？」

智美が心配そうに話しかけてくれる。

「うん、最近体調があまりよくなくて……」

水を持ってきてくれたので一口飲んでみるが、吐き気がする。熱っぽい感じもするけど気のせいかな。鼻水も出ないし、喉も痛くない。

社長が近づいてきた。

「無理しないほうがいいぞ」

「……そうですね」

「早退して病院に行ったほうがいい」

「すみません……」

「一人で行けるか？」

「はい、大丈夫です」

智美がニヤニヤしている。どうしたのだろう？

「千華、もしかして」

「何？」

「おめでたなんじゃないの？」

「え！」

まだ入籍していないけれど、赤ちゃんがいてもおかしくないかも。

そういえば、月の物が来ていない。赤ちゃんがお腹の中にいる？

お腹に手を当てて呆然としてしまう。

社長が確信したように深く頷いた。

「蒼井社長、押しが強そうだもんな。俺だったらやさしくしてあげたのに」

「ちょっと、社長。諦めが悪いですよ」

智美に咎《とが》められて社長は頭をポリポリとかいて笑っている。

すぐに産婦人科を受診したかったけれど、予約しないといけないので、今日は早退させてもらった。

妊娠検査薬を購入して自宅に戻り、はやる気持ちを抑えながらトイレに駆け込む。

検査結果が出るまで緊張しながら待っていたら、はっきりと線が浮かび上がった。

「……出た！」

まずはちゃんと病院に行ってから報告しよう。だって、検査薬の結果が間違っているということもあるし。

……でも、嬉しい。

悠斗の赤ちゃんを産むことができるなんて、幸せすぎる。

奥様に勧められていた産婦人科を金曜日の昼に予約することができた。入籍日に予約なんてと、私は苦笑いした。

こんな時に限って悠斗は出張でいない。

金曜日の夕方に東京に戻ってくると言っていた。早く悠斗に会いたいな……。

金曜日になった。
今日私達は婚姻届を一緒に提出することになっている。
産婦人科に行くことは、まだ悠斗には伝えていなかった。
緊張しながら出勤準備をしていたら悠斗からラインがきた。
《おはよう。今日仕事が終わったら連絡するから》
《うん。いよいよ入籍するんだね》
《ああ。やっと俺の千華になるんだな。気をつけて会社に行ってこいよ》
《ありがとう。悠斗も気をつけてね》
のんびりと朝食を摂ってから出勤する。外に出るとかなり天気がよくて暑い。
職場に到着すると、社長が近づいてきた。
「あまり顔色がよくないようだけど大丈夫か？」
「はい。ご心配かけてすみません」
「うん」

「もし妊娠していたら、しばらく会社をお休みしなければいけないと思うんです。ギリギリまで働きたいと思っているんですが」

「旦那様が許してくれるかね？」

たしかに悠斗はすごく心配して過保護になりそうだ。

「千華ちゃんのタイミングでいいから。こっちも事務員を探しておこうと思う」

「はい」

仕事を辞めてしまうのは少し寂しいけれど、家族を守るためには仕方がないことなのかもしれない。世間の人達はこうやって家庭の事情で悩んでいるのかもしれないなぁ。社長は理解がある人でありがたい。

午後になり、社長に断りを入れて会社を出た。


産婦人科に行き、お腹の大きいお母さんを見ると一気に現実味を帯びてくる。

緊張しながら待っていたら私の順番がやってきて、検査をした。

結果、私は妊娠二ヶ月だった。

今のところ母子ともに健康らしい。

次回の予約を入れて、診察室を後にした。

病院を出るともう夕方になっていて、太陽がものすごく美しく見えた。

お腹に赤ちゃんがいるなんて信じられないけど、ここに間違いなく宿っているんだよね。ものすごく温かい気持ちで満たされる。

「悠斗の赤ちゃんかぁ……。うふふっ」

愛する人の子供が自分の中にいるなんて、これほど嬉しいことはない。

吐き気がしているのについつい笑みがこぼれてしまう。

私のお母さんも、私やお姉ちゃんを妊娠した時、こんなふうに何とも言えない喜びに包まれたのだろうか。

これからお腹が大きくなって子供を産んで育てていくということに少し不安を感じたけれど、お母さんは私のことを命がけで産んでくれたのだ。悠斗と力を合わせて大切に育てていきたい。

早く悠斗に伝えたくて、気がつけば会社へと足が向いていた。

ビルに到着すると高層すぎて圧倒される。やっぱり、悠斗って大企業の社長なんだよなぁ。悠斗ってすごいよなぁ。なんて思いながらスマホで電話をかけてみた。

『千華、どうした?』

「今、会社にいる? 忙しい?」

『大丈夫だけど迎えに来てくれたのか?』

「ちょっと早く着いちゃったから、もしよければ会いに行ってもいい?」

『あぁ、一件電話があるから加藤に迎えに行かせる』

忙しいところ申し訳なかったと思いつつロビーで待っていると、加藤さんが迎えに来てくれた。

「お久しぶりです、千華さん」

「突然、申し訳ありません。近くまで寄ったので……」

「本日婚姻届を提出されるのですよね。おめでとうございます」

「ありがとうございます」

「社長室でお待ちしておりますので、ご案内しますね」

結婚を一度は反対した加藤さんだが今では笑顔で接してくれている。

悠斗と結婚するまでにはいろんな壁があったけど、すべて乗り越えて今日を迎えられたのだと感慨深かった。

「社長ったらいつも奥様のことを自慢してくるんですよ。奥様と再会してからの社長はさらに精力的にお仕事に励んでおられます」

「そうですか。ご迷惑かけてしまうこともあるかと思いますが、これからも彼のことを支えてあげてください。よろしくお願いします」

「こちらこそ、よろしくお願いします」

会話をしながら社長室まで案内してくれた。

中に入ると悠斗は忙しそうに電話をしていたので、家で待っていればよかったと後悔する。でも今日だけは一秒でも早く会いたかった。

はじめて入った社長室。

大きな窓があり眺めがいい。

部屋の中には、社長の大きなデスクがあり、キャビネットが壁に置かれていた。

応接セットはビロード生地のソファーで座り心地がいい。

いつもここで働いているんだね、悠斗。


電話を終えると悠斗が心配そうな瞳を向けて近づいてきた。

「どうした？」

「ごめんね、会社まで……」

「何かあったのか？」

「あ、うん」

なかなか言い出さない私に悠斗は怪訝そうな瞳を向けてくる。

口を開いた時、社長室の扉のドアがノックされた。加藤さんが入ってくる。

「社長、他に何かございますか？」

「いや、大丈夫だ」

「かしこまりました。それではお先に失礼致します」

「お疲れ様」

加藤さんは私に頭を下げて社長室から出ていく。再び二人きりになった社長室で悠斗は不安そうにこちらを見つめてきた。

「で？」

悠斗が近づいてきて、心配そうに顔を覗き込む。

「妊娠したの」

「妊娠？」

「二ヶ月だって。早く、伝えたくて……来ちゃった」

一瞬、時が止まったかのようにシーンとなる。

次の瞬間長い腕が伸びてきて、力強く抱きしめられた。

「俺、父親になるのか。嬉しい……。ありがとう」

涙声なのが気になって顔をあげるとポロポロと涙を流している。

こんなにも喜んでくれると思わなかった。

「千華、愛してる。一生、千華と子供を守っていくから、よろしくお願いします」

真面目に言われると照れる。でも、本当に嬉しい。私は満面の笑みを浮かべて頭を下げた。

「こちらこそ、よろしくお願いします」

「じゃあ、婚姻届出しに行こうか？」

「うんっ」

会社から近い役所に向かい、無事に婚姻届を提出した。

私は蒼井千華になった。

パパになっても、悠斗は俺様なのかな。

きっと、たっぷりと愛情を注いでくれる父親になりそうだ。

婚姻届を提出してきた私達は美味しい料理を食べて自宅に戻ってきた。食事中は吐き気に襲われることもなく楽しく過ごすことができた。

妊娠したことを奥様や私の父親に報告するとかなり喜んでくれた。

祝福の言葉をもらうとすごく嬉しくて、悠斗の家族にもちゃんと認めてもらえた気がした。

体調が心配だと言ってくれたけど、社長としてどうしても結婚式の日程を変更することが難しいため、赤ちゃんが生まれる前に結婚式をすることになった。

「悠斗、お腹大きくなったらドレス着られるかな……」

「そうだよな。相談してみるか」

マークに電話をしてくれて悠斗が事情を説明する。マークの声がかなり大きくて二人の会話は丸聞こえだった。

「妊娠したからお腹周りのサイズを大きくしてもらえないか？」

『なんだ、そんなことか。二人にはすぐに赤ちゃん出来ると予想していたよ！　オメデトーネ！すぐにできちゃうほど仲よしだと思ったから、問題ない。後ろの紐《ひも》で調整できるようにしてあるから、オッケーさ』

その言葉を聞いて安心したけど、そんな風に思われていたなんて恥ずかしい。

「そうか、わかった。ありがとう」

悠斗は要件を伝えて電話を切って、私に視線を移した。

「何も心配することはないって」

「うん、聞こえてた」

悠斗と見つめ合い微笑み合う。

早く赤ちゃんに会いたい。大好きな悠斗の子供が生まれるなんて楽しみだ。

悠斗、ありがとう。

私、とっても幸せだよ。

これからも私達は力を合わせて生きていく。

辛く苦しいことがあっても、愛する人となら必ず乗り越えていけると私は信じている。お互いに支え合いながら暮らしていこう。

ね、悠斗。

Happy End

あとがき

こんにちは、ひなの琴莉と申します。

このたびは『引きこもり王子様は、平民の私をからかうことがお好きのようです』をお手に取ってくださり、本当にありがとうございました。

こちらの作品は、私がネットで小説を公開することに興味を持った時に、自分が本当に書いてみたいテーマで書いてみようと思って作ったものでした。

予測不能な難題が降りかかってきて、もう無理だと諦めたくなることがあった時、人に助けられた経験から、友人とか恋人とか家族とか、何気なくそばにいてくれる人の存在がありがたいと思ってもらえるような作品を書きたいと思ったのです。

そして、ピュアな恋愛小説が好きだったので、心が温まり胸キュンする小説にしたくて書きました。

『ずっと、ずっと我慢してたんだ。』というタイトルでサイト掲載するも、はじめは全然読まれませんでした。しかしある時、一人の方が感想を書いてくれました。

「面白かった。もっと注目されてもいいと思う」

そのコメントがついてから一気に読者数が増えて一位になりました。

『無謀かもしれないけれど、この作品を紙の書籍にしたい』

私は、夢を持つようになりました。

ところがなかなかこの夢が叶わず……十数年、時が流れました。

その間にも、千華と悠斗がたまに頭の中にやってきて『諦めるな』と声をかけてくるんです（笑）

そして、諦めそうになるたびに励まして、応援してくださる人がいたおかげで、夢を諦めないで、毎日文章を書いていこうと思うようになりました。

まだまだ文章が下手な私ですが、少しでも表現力を身につけて、また書き直そうと決意しました。

その後、この作品をリメイクしてとあるコンテストに出すと、奨励賞をいただくことができました！　ところが書籍化の夢は叶いませんでした。

でもこの作品の主人公たちが諦めないことと、人生どうなるかわからないということを教えてくれたのです。

諦めないでこの作品が本になるように、また頑張っていこうと思っている中、素敵なご縁をいただき、こうして作品を世の中に出させていただくことができました。

この本が出版されるまで、たくさんの方にお世話になりました。

出版社の方や、可愛くて一生懸命な担当編集者の方には、いろいろお話を聞いていただき本当に感謝しております。

この本の制作に携わってくださった皆様、この本を売ってくださる皆様、そして素晴らしい表紙イラストと挿絵を描いてくださった藤未都也先生へ、心から感謝申し上げます。
最後に、この本を手に取ってくれている読者様、本当にありがとうございました。
もしよければ、お手紙などで感想を送ってくれたら嬉しいです！
皆さんの叶えたい夢とか、頑張っていることを教えてほしいです。
皆さんの夢が叶うように、微力ながら私もテレパシーを送りたいです。
私も新たな夢に向かってまたコツコツやっていきます！
皆さんがいっぱい笑顔に包まれますようにと心から願いつつ、あとがきを終わります。

原作
小説
その本のない世界で
本を愛する少女は全力を尽くす。
本を読める
世界をつくれ!